朗山軒讀書記

梅杰 著

海峡出版发行集团 | 福建教育出版社
THE STRAITS PUBLISHING & DISTRIBUTING GROUP

梅杰，笔名眉睫，湖北黄梅人。中国作家协会会员，副编审。研究现代文学、儿童文学。曾担任陈伯吹国际儿童文学大奖复评委，荣获"中国好编辑""中国出版新星"等称号。策划出版《丰子恺全集》，主编"中国儿童文学大视野丛书""林海音儿童文学全集"等。著有《重写中国儿童文学史（纲要）》《废名圈》《现代文学史料探微》《文学史上的失踪者》《黄梅戏源流考辨》《丰子恺札记》《黄梅文脉》《梅光迪年谱初稿》《文人感旧录》等十多种专著。编有《许君远文存》《梅光迪文存》《绮情楼杂记》《喻血轮集》《梅雨田集》《邓文滨集》等。

"叙旧文丛"出版弁言

叙，讲述，盼侧耳倾听；旧，过去，期一日相逢；叙旧，网罗旧闻，纪言叙之，以温故，以溯往，以述怀，以知新。

搜寻、稽索、钩沉、抉隐，一句话，一件事，一本书，一个人，那满满的闪着光芒的过去，在琐细字间，鲜活，绽放。

走进旧时光，来一场返程之旅，为那心中永不褪色的旧日情怀。我们相信，叙旧的过程，是唤醒记忆，省思历史，亦是安顿今者，启示未来。

序一　编辑的正途

俞晓群

2011 年，我按照引进人才的标准，将梅杰从武汉聘到中国外文局海豚出版社，出任文学馆总监，那时他只有二十七岁。有人可能会问：太年轻了，你这样做的根据是什么呢？实言之，此前我与梅杰还未见过面，能如此看重他，大约有三个原因。一是口碑，我熟悉的几位学者如陈子善先生，很赞赏梅杰的才气。二是著作，那时他个人已经出版了三部书——《朗山笔记》《关于废名》《现代文学史料探微》，我还读到他的几篇文章，思想成熟，文字中规中矩，不会想到他是一位二十多岁的年轻人。时值海豚出版社启动"海豚书馆"，有许多著名学者参与，陈子善先生能将梅杰编的梅光迪《文学演讲集》列入书馆中，可见学术界对梅杰能力的认可。三是此前梅杰已经从事编辑工作多年，得到名家徐鲁先生亲炙。我与梅杰在电话及网上交流，感受到他对童书出版具有独到的见识与功力。再者他为自己规划人生，立志以童书出版为终身志业，而不单是成为一名学者或作家。正是基于这样一些原因，我才会做出聘任梅杰的决定。

梅杰入职后，在海豚出版社一做就是七年，直到2017年10月，我从海豚出版社退休，梅杰也辞去海豚出版社策划总监的工作，离开北京，回到武汉。回顾这七年，梅杰说收获很大，学术与出版双丰收。个人著述方面，或写或编，出版了《绮情楼杂记》《蕙芳日记·芸兰日记》《废名先生》《文学史上的失踪者》《童书识小录》《丰子恺札记》《梅光迪年谱初稿》《黄梅文脉》等。编辑方面，我交派梅杰的任务"中国儿童文学经典怀旧系列"出版几十种，融入了他的很多心血；还有《丰子恺全集》五十卷，以及一大批丰子恺作品的单行本、小丛书，他几乎将这项工作做到了极致，为社会贡献了一大批好书。而且梅杰具有很强的选题策划能力，他创意策划的"中国儿童文学走向世界丛书"，陆续出版三十几本，汇聚了当代儿童文学优秀作家作品，同时推出中英文两个语种的版本，被列为国家重点资助项目。他还策划了"海豚学园"，请到了一大批著名学者加盟，书目有《周作人论儿童文学》《孙幼军论童话》《儿童文学思辨录》《曹文轩论儿童文学》等，这套书成为童书出版研究的重要资料，提升了出版社的学术地位与文化品位。七年的工作中，我看到梅杰许多优长之处，诸如他自身的学习精神，以及他对图书版本，对图书市场，对作者、编者，都有许多独到的见解与思考，我也在工作中吸纳了他的许多好想法。我始终认为，海豚出版社年轻编辑居多，能有几位梅杰式的优秀人物存在，才会有好书不断出版，他们对于塑造企业文化起到了至关重要的作用。

梅杰回到武汉后，我们的交流不多，只是在网上读他的文章，如公众号"出版六家"中的文字。还有他一本本新著出版时，一定会及时寄给我，如《绮情楼杂记（足本）》《文人感旧录》《重写中国儿童文学史（纲要）》。梅杰的文章好看，首先缘于他走的是周作人、止庵的文字风格，简洁清晰，不重修饰。其次他做学问注重学术方向的选择，如他在很多年里专攻"文学史上的失踪者"，研究的人物有废名、许君远、梅光迪、喻血轮、喻文鏊、邓文滨等，避免了"炒冷饭"，也避免了学术冲撞，表现出他善于思考和善于发现的人生智慧。在冷僻的领域中，自然会发现许多新鲜的故事，因此吸引阅读者的目光。最近我见到"荆楚文库"请梅杰整理《邓文滨集》《喻血轮集》《喻文鏊集》，可见他的路径没有选错，而且功夫不负有心人，他已经在找寻失踪者的过程中，成为那些人物研究的专家了。此门学问做起来难度很大，但梅杰还有深一层的思考。有一次他对我说，这些文化人物的失踪，是一个特定历史时期的产物。随着社会的发展，学术研究的禁区消失了，这些失踪的问题可能就不再是问题了，所以这项工作不是一个可持续的研究课题，自己的学术方向还需要不断创新，不断突破。

总结梅杰的学术探索，大约有四个主题：废名、方志、儿童文学、梅光迪，他在每个方向都有所建树。单说儿童文学史，我做过多年童书出版工作，对于眼下的出版状况、理念、理论、作家、作品，有许多感性的认识。在很长一段时间里，我对这一领域有着强烈的怀旧情绪，因此提出"人文少儿"的出版理念，还偏重出版了一大批旧时代的童书，让它们起死回生，重新融入今天的社会生活，打破政治化、极端市场化的僵局。为此我认真阅读过"儿童文学史"一类文字，这方面的领军人物是蒋风先生，他是梅杰的老师，"中国儿童文学经典怀旧系列"的主编。2014年我曾经前往浙江金华，登门拜访蒋先生，希望他能够编一套私家幼童教材。那时蒋先生年近九十，高高的身材，举手投足间依然保持着旧式学者的风度，谈吐平和，心胸坦荡。读他的儿童文学史，有自著本，有主编本，有个性的光艳，也有时代的痕迹。总之，老人家的历史地位已经成为自在之物，不必言说，而他固有的书生本色，也不是时代的流光可以遮掩或泯灭的。梅杰经萧袤先生推荐，曾经投奔蒋风先生门下，攻读儿童文学研究生班，深得老先生赏识，获得结业证书。现在梅杰接续师长志业，出版《重写中国儿童文学史（纲要）》，蒋风先生亲自为之作序，欣喜之情溢于言表，当然是师门的幸事。全书分为三个部分：一是重写儿童文学史纲要，可以见到梅杰的志向与功力；二是附篇，包括梅杰近年写的文章，可以从中读到他的思想脉络；三是附录，包括师长同人们点评梅杰的文字。应该说梅杰的文化生活非常丰富，而且走上了人生的正途，路子愈走愈宽，不但得到学界的支持与认可，还会得到后来者的追随。由此我想起梅杰在北京工作的那些年，他时常来我的办公室，工作之余闲聊一会儿，由拘谨到轻松，彼此说过很多闲话。梅杰后来在文章中说，他记得我的一句话：如果路子走正，会有大成就的。

了解梅杰的故事，一定有人会说梅杰是学者型编辑。关于编辑的"型"，我曾经写过《编辑的类型》一文，列举了三个正面例子：周振甫型、巴金型、胡愈之型。其实还可以继续列举下去，陈原型、范用型、沈昌文型、钟叔河型云云。他们的工作特点各有偏重，殊途同归。近来深入思考，我觉得此事不必说得太复杂，如果将他们归于一型，那就是学问与热爱。学问包罗万象，比如周振甫的学问在古代典籍，巴金的学问在文学创作，胡愈之的学问在思想构建，形式各异，抽取共性，都是对于书与人的学问。热爱是做事情的发动机，只有爱书人来做出版，才更有做出成就的可能。正如陈原先生所言，要想成为一名好编辑，首先要爱书，何为爱？书迷而已。所以讨论编辑的正途，能做到这两点就足够了。

最后想到三个问题。一是关于师门的选择，我觉得一定要拜在高人门下，而且要选择名门正派，人生短暂，我们没有重新来过的机会。二是学者身份的认定，此事有些复杂，非本文论题。如果按照时下世俗的观点定义学者，那么出版人不一定是学者，但一定要有学问，或曰要懂文化。三是何为出版人的学问？简言之，就是对于书的认知能力，兼具文化与市场两个方面的内容。用沈昌文先生的话说，我不是知识分子，只是知道分子而已。

序二　梅杰的学术趣味和学术方法

谢　泳

我很注意梅杰的学术工作，不是因为我们曾有过一些学术交往，而是我欣赏他的学术趣味和学术方法。

今年秋天，我在北京见过梅杰一次，两天时间里有过多次交谈，我感觉他对学术的热情格外强烈，而他选择的学术路径，也切合自己的学术处境。所谓学术处境，是我自己不经意想到的一个说法，主要是指一个人在自己真实生活中所具备的可能从事学术研究的基本条件，以此观察，梅杰的学术处境确实不好。传统社会中，学术处境的第一条件是家学或者师承，而现代社会中，学术处境的初始前提是学历。梅杰的学术处境，要是在旧时代，完全没有问题，但那个时代过去了，在新时代，以学历和专业论，他不具备常态社会中从事学术工作的条件。

常态社会对学者的基本要求是专业对口且是专业中的最高学历，这些梅杰都没有。他现在从事的是中国现代文学史或者较这个范围还要宽的中国现代史方面的研究，但梅杰的专业背景是法学，还不是本专业中的最高学历。但就是在这样的学术处境中，梅杰做出了比本专业最高学历获得者一点都不差的学术成绩。我感觉他不仅有浓厚的学术趣味，更有强烈的学术热情，同时还具备较为熟练的学术研究方法。

我最早关注梅杰的学术研究工作，不是因为他做了什么大的学术研究，而是因为他做了小的学术研究。这个学术路径，最合我对学术方法的基本判断。

梅杰最初的学术工作在废名研究上，这方面的学术研究工作，无论从史料还是整体影响观察，梅杰应该是这个研究领域做得最好的几位学者之一。他以非专业的学术背景接触，但却以最恰当的学术方法深入，之所以能如此，是因为他的学术路径是以本土名家文献搜集开始的。

做史料工作的人，都明白一个简单道理，史料的丰富性和真实性与和作家出生地和历史事件发生地的接近程度成正比，也就是说，越接近研究对象出生地和历史事件发生地，越容易有新史料、新线索和新判断，以此为路径切入的学术研究，常容易出新。梅杰用地方文献和本土经验研究废名，自然会有得天独厚的感觉。他在这方面能迅速做出成绩，是因为他的学术方法，暗合了好学术的最佳道理。他由废名研究，扩展到喻血轮、梅光迪这些本籍或本姓作家，以及废名圈（如许君远、石民、沈启无、朱英诞、赵宗濂等）研究，这个学术路径让梅杰的学术视野越来越宽。

近年中国现代文学研究的一个新路是学者比较自觉地意识到，扩展史料的方向和对作家的深入观察在相当大程度上要依靠地方文献和本土知识。当这个意识强烈时，学术工作可能要由以往注重书本阅读而转向田野调查，即直接深入到研究对象的生活范围中，结合地方文献和本土经验，从而丰富研究对象的史料，同时扩大视野。我不知道梅杰是不是一开始即有这样的自觉，但他的学术实践确实是以这样的方法突进的，他能在短时间内发现如此丰富的关于废名、喻血轮、梅光迪等中国现代作家的史料，完全得自于他的学术自觉，即他对地方文献的熟悉和真实的本土生活经验。

以当前的学术规范判断，梅杰是一个完全没有受过中国现代文学研究系统学院训练的学者，但他在自学过程中，注意由基本史料入手观察研究对象的学术实践，远比多数学院出身的人更符合研究规则。我想这也是梅杰的学术成绩为中国现代文学研究提供的一个经验，对中国现代文学学科建设也有非常重要的借鉴作用。

梅杰的另一个优点是他的学术视野相对开阔。一般的学术经验是有丰富地方文献知识和本土生活的研究者，容易沉溺于较为单一的研究对象，除了关注与本土相关的作家和历史事件外，很难再有其他学术关注点，但梅杰不是这样。在他这个年龄阶段的中国现代文学研究者中，他的学术趣味很高，比如他关注的学者作家多数具有全国意义，不是局限于一时一地的作家学者，这个选择使他研究工作的持续性和重要性凸显出来。梅杰对中国儿童文学、法律与文学也极为关注，对相关史料和理论也有兴趣，这使他的学术格局变得开阔和丰富起来。

梅杰的文字也相当不错，但还有些火气，有时候容易以己之长视人之短，这些在青年时代都是难免的，但以后应当慢慢养成在学术研究中始终保持从容心态，不作意气之争，不逞一时之快。掌握史料愈成熟，愈不与人争。多看别人的长处，少看别人的短处，或者看到别人的短处，也要同情理解。我愿以此与梅杰共勉。

目　录

辑一　关于民国人物

辑二　关于儿童文学

辑三　关于编辑出版

辑四　关于黄梅文化

辑一　关于民国人物

"哈佛三杰"辨

学术界有"哈佛三杰"之谓。不过,具体为哪三人各说不一。较为普遍的两说是吴宓、汤用彤、陈寅恪和梅光迪、吴宓、汤用彤。这在后世学人的叙述文字中,多有体现,在此不一一列举。

梅光迪、吴宓、陈寅恪、汤用彤四人关系非常密切,早年同为哈佛大学的学生,归国后又结为"学衡派"。其中,梅光迪为发起人,吴宓为核心成员,陈寅恪、汤用彤是外围支持者、撰稿人。因此,众口所传,发生以上混淆,在所难免。但是,如果我们弄清楚四人在哈佛大学的时间段,以及四人内部关系,似可明了。

四人中,最早入哈佛大学的是梅光迪。梅于1915年入哈佛大学,师事新人文主义大师白璧德,成为白璧德的第一个中国弟子,并于其时挑起"胡梅之争",反对胡适废除文言的主张。1918年9月,在梅光迪的劝说、鼓动之下,吴宓由弗吉尼亚大学转入哈佛大学，亦师从白璧德。1919年初，汤用彤入哈佛。据孙尚扬《汤用彤年谱简编》记载："公初入哈佛，与梅光迪同住……（1919年）7月14日，晚，公与陈寅恪由吴宓导见白璧德教授。吴宓跟随梅光迪奉白氏为师，自述当日'白师述其往日为学之阅历，又与陈君究论佛理'。"同时，汤用彤还在吴宓、梅光迪的共同推荐下，拜于白璧德先生门下。当年一二月间，陈寅恪亦入哈佛。陈寅恪虽未拜师于白璧德，却对其非常仰慕，对他的思想非常认同。由此可见，梅光迪对吴宓、汤用彤、陈寅恪接近白璧德的新人文主义思想，有直接或间接的引导作用。

吴宓与汤用彤相识于1911年，与梅光迪相识于1918年，与陈寅恪相识于1919年初。汤用彤与梅光迪相识，可能是由吴宓介绍。而梅光迪与陈寅恪相识，似应在吴宓与陈寅恪相识之后。四人同在哈佛，时为1919年。1919年8月18日《吴宓日记》记载："哈佛中国学生，读书最多者，当推陈君寅恪及其表弟俞君大维，两君读书多，而购书亦多。到此不及半载，而新购之书籍，已充橱盈箧，得数百卷。陈君及梅君，皆屡劝宓购书。"所谓"陈君及梅君"，即指陈寅恪和梅光迪。据孙尚扬《汤用彤年谱简编》记载："（1919年）10月，梅光迪学成归国，赴南开大学任教，公与吴宓至车站为其送行。"吴宓于1921年夏毕业，并由梅光迪介绍到自己担任西洋文学系主任的东南大学任教。汤用彤于1922年夏毕业，也由梅光迪、吴宓介绍到东南大学任教。陈寅恪则于1921年9月离开哈佛大学，转入德国柏林大学，1925年回国。

由此可见，四人在哈佛共处的时间，对于梅光迪来说仅数月，而陈寅恪、汤用彤、吴宓三人则共处近三年（1919 至 1921年）。此三年中，三人成绩优异，但言行独特，引起同学妒忌。1920 年 12 月 4 日《吴宓日记》记载："工校（工学院）中国学生，于宓等习文学、哲学者，背后谈论，讥评辱骂，无所不至。至谓陈寅恪、汤锡予两君及宓三人，不久必死云云。盖谓宓等身弱，又多读书而不外出游乐也。呜呼，为功名权利之争，处升陟进退之地，则忌嫉谗谤，诽怨污蔑，尤在情理之中。今同为学生，各不相妨，宓等又恭谨待人，从未疏失之处，而乃不免若辈之诅咒毁骂。为善固难，但不肆意为恶，已不免宵小之中伤。"由此可见，三年中，三人在哈佛并列较合事实。

综上所述，个人认为，梅光迪对陈寅恪、汤用彤、吴宓三人有直接或间接的牵引作用。在美国时，还对汤用彤等人的生活有一定的照顾，担当了赴美"老大哥"的角色。梅光迪积极主动引导吴宓、陈寅恪、汤用彤接近、接受白璧德的新人文主义思想，为学衡派的形成奠定了人员基础，最终将"胡梅之争"升级为新青年派与学衡派的对垒。如果将梅光迪与汤用彤、吴宓并列为"哈佛三杰"，在时间上尤为不合，在事实上也不太可能。因此，个人认为，"哈佛三杰"以陈寅恪、汤用彤、吴宓三人并称为合情合理。

作于 2010 年

陈宣恺、陈朴生与黄陂陈氏

目前，研究者普遍认为陈时是中华大学之父，这大体是不错的。但如果究其实，我们会发现陈时背后有他的家族，这才是中华大学真正的靠山。一些研究者在研究中华大学校史时，注意到了陈宣恺的作用，却往往忽视了陈朴生一家。二陈史料不丰，且多有以讹传讹、互相抵牾之处，导致二陈面目模糊，尤其陈朴生之遗孀喻氏对于中华大学之贡献更是鲜有提及。于是，笔者细致爬梳有关史料，详加考证，冀方家有以教我。

1952年，陈时因"抗交农民清算果实罪"，被黄陂县人民法院判处有期徒刑12年，缓刑2年；次年4月4日，陈时逝世。陈时的时代结束了，从此封尘于历史。然而，做出了巨大贡献的历史人物是不会被人们忘记的。中华大学校友吴先铭率先提笔追忆陈时，写出《陈时与中华大学的几个片段》，在武汉市政协领导的关怀和支持下，发表于《武汉文史资料》1983年第3辑。这篇文章在陈时后人及中华校友中间产生了不小的影响，大家纷纷提出要给陈时"平反"。1984年，湖北省高级人民法院受理陈时孙女陈家益和中华大学校友对陈时的申诉，最后给予错案的结论。黄陂人民法院于当年6月13日撤销原判，宣告陈时无罪。9月12日，中共湖北省委有关部门在洪山礼堂隆重纪念教育家陈时，并给予高度评价："陈时先生是著名的教育家、爱国者……被誉为具有民族气节的'清苦的教育家'。"从此，陈时不再是一个禁忌人物，而是一代教育家，以一个杰出的历史人物的形象重新走到世人面前。从这个时候起，研究陈时和中华大学才成为一种可能。

陈时（20世纪20年代）

陈时长子陈庆中、孙女陈家益共同写出了第二篇研究陈时的文章，题名为《中华大学校长陈时的一生》（署名作者陈庆中，末注陈家益整理），先发表于《武汉文史资料》1985 年第 2 辑，后转载于《黄陂文史》1988 年第 1 辑。在这篇文章中，作者说：

　　　　他的父亲陈宣恺，是张之洞任湖广总督时的举人。以后进京参加殿试，和南通张謇同登进士，后来担任清朝政府的湖北蕲州府学官。在清末制宪时期，他代表黄陂县为湖北省参议会议员，与议长汤化龙、协统黎元洪，均属同乡，过从甚密。清朝后期，中国已经进入了一个半封建半殖民地社会，陈家是一个典型的封建大家庭，陈宣恺所走的路，是一条"学而优则仕"的路，他一方面勤奋攻读，争取功名；另一方面，在自己家乡添置产业，认为这样才能"光宗耀祖"。他长年在家读四书五经、宋明理学等书，他还比较爱"名"，乐意在家做些慈善事业，修桥补路，对无依无靠的孤老"发赈"，希望乡亲称他为"善人"。陈时是陈宣恺的第三个儿子。他出生之时，陈宣恺四十五岁，夫人朱氏四十六岁。

　　这是一段关于陈宣恺的原始资料，孙子写出了他眼中的祖父的形象。后来所有的研究文章，尤其是中华大学校史研究者，关于陈宣恺的描述莫不来源于此。如娄章胜在《陈时传》中说：

陈时的父亲陈宣恺，生于1847年，号再平，弟兄六人，他排行第五，人称"再平五爹"，世居黄陂环城桃花庙陈家中湾，在张之洞任湖广总督时中举人。他曾御封为员外郎的官职，人称"陈员外"，在黄陂一带无人不知。1894年进京参加由清政府主持的每年一次的殿试，考取进士，与其同登进士的有江苏南通的张謇。曾担任湖北蕲州府学政。

陈时出生于1891年，陈宣恺时年45岁，由此推出陈宣恺生于1847年大体是不错的。但陈宣恺是否中过进士、是否担任过蕲州府学政呢？据查明清进士题名碑录索引之光绪二十年（1894）甲午恩科进士名录，其中并无陈宣恺（再平），再扩大范围查找，整个晚清进士名录中亦无。这说明陈宣恺不是进士。

光绪十五年（1889），张之洞任湖广总督。按"张之洞任湖广总督时的举人"一说，陈宣恺中举也在光绪十五年以后。遗憾的是，清朝最后一版黄陂县志出版于同治十二年（1873），对于光绪年间的科举情况没有记载。光绪末年，举人已经很难立马担任知县，一般先从低级学官做起。清朝地方学官，省设学政，府设教授，州设学正，县设教谕。陈宣恺很可能是担任八品的蕲州学正，而非蕲州学政。学政为省级官员，正三品，蕲州也不可能设有学政。中华大学校友会在所编校史中也认为陈宣恺任"蕲州府学政"。董宝良在《民办大学校长的先驱和楷模》一文中称陈宣恺"1894年殿试进士，出任湖北蕲州府教谕"，自是失察，却又看出"蕲州府学政"之误，于是改为"蕲州府教谕"，亦非精准。又有大量研究者笼统称为"蕲州学官"，大抵是见出"蕲州府学政"之误的。台湾《湖北文献》1992年总第105期发表"中华大学建校八十周年纪念"的专文《私立武昌中华大学》，颇有简史味道，开首第一句即称："清季湖北黄陂陈再平宣恺公，辞蕲水县教谕……"蕲水是今浠水，并非蕲州，可能系台湾中华大学校友误记，但侧面证实了陈宣恺担任过学官。总之，陈宣恺虽然没有中进士，但考上举人，并担任蕲州学正应该不虚。

1915年5月1日，中华大学学术刊物《光华学报》创刊，身为校长的陈宣恺题写了刊名，让我们见识了他的墨宝。在武汉图书馆馆藏的《中华大学章程》里，又有幸保存了陈宣恺的一篇弁言，全文如下：

> "行己有耻，博学于文。"昔顾宁人先生病学术士风之不振，标举此义，以箸下学指南。今则倾颓有过于明清鼎革之际，窃取之以为立学本旨。民国二年黄陂陈宣恺再平氏识。

其中"行己有耻，博学于文"是手写体，应该也是陈宣恺的手迹。这篇弁言为学者之言，可见陈宣恺的办学理念，以学术为本旨。文中提到的顾宁人，即顾炎武，为明末清初的大思想家。陈宣恺将清末民初与明末清初相提并论，认为都是"鼎革之际"，前者更为"倾颓"，悲观之意溢于言表，但经世报国思想却已暗含其中。真正将"教育救国"理念作为办学宗旨，并予以贯彻实施的是他的儿子陈时。在这本章程里，陈时也写了一篇弁言，其中说道："映寰益当自砺，期无背乎教育之正义，以裨补于国家社会，非然者，教育结果仍如前清往迹，则此举实多事矣。""以裨补于国家社会"，教育救国思想已呼之欲出，其境界又比乃父更上层楼了。

陈宣恺夫人、陈时母亲朱氏

陈宣恺是创办中华大学的倡议者、主要创建者，陈时是中华大学的精神所在，也是重要的创建者之一。但是，多则史料显示，陈朴生之遗孀喻氏作用亦甚大，后人要真诚面对历史，不要忘了陈朴生和喻氏夫妇对中华大学的创建之功。而且，通过这一事实的披露，我们或可想见，整个黄陂陈氏对中华大学的支撑作用有多大。然而，目前研究者对这一事实大多是忽视的，从各种研究者说法相互抵牾即可得知。如中华大学校史编写组在《中华大学大事记》一文中称："1912年5月，陈宣恺和族兄陈朴生捐资产倡办中华学校。"《华中师范大学校史》则称："在他（陈时）的敦劝下，父亲与伯父陈朴生续捐田产……作为增办大学部之用。"陈庆中在《中华大学校长陈时的一生》中说："陈时于1912年利用其父陈宣恺、伯父陈朴生的捐资……"其他史料也显示陈朴生为陈宣恺之兄，并非族兄。二人是兄弟还是一般族兄弟关系，搞清楚了，但隐藏在背后的问题却没有真正揭示出来。即很多研究者都指出陈时伯父陈朴生捐资，但事实是，陈朴生早逝，真正的捐资人并愿意一起"毁家兴学"的是陈朴生之遗孀喻氏。

　　这可以从陈时的自述中看出来，他在《武昌中华大学20周年纪念特刊》的弁文中回忆道：

　　　　时家本非素丰，以高、曾矩矱，每喜作慈善事，修桥梁道路，建寺观……先父乃令从事教育，愿捐家产之大半，仅留生活之所需，复值先伯母衰龄乏嗣，命不肖曰："设汝能为予承禋祀者，将以薄产，助汝办学。"同堂叔父及诸昆季，皆表赞许，两家幸福之供给，皆愿牺牲为本校做基础。

1912年，陈宣恺已经65岁了，陈朴生据称早逝。从陈时回忆看，伯母喻氏也值"衰龄"，或还在陈宣恺年纪之上，又无子嗣，提出让陈时兼祧两房，她以家产助陈时办学。可见，提出捐资办学者是喻氏，并非陈朴生。在那样一个时代，一个封建妇女，虽然是基于传统的承嗣香火的观念，但愿意变卖家产给嗣子办大学，这是多么的不容易，因此我们也应该为喻氏记上一功。陈时还说"同堂叔父及诸昆季，皆表赞许"，那么，这就是黄陂陈氏大家族的支撑了。虽然我们不能找到更多陈氏大家族对中华大学办学实际支持的证据，但我们是可以想见的。据称，陈仇九在黄陂就是与陈时齐名的乐善好施的乡绅，为发展黄陂做了巨大贡献。这与陈时说的"喜作善事"一脉相承，可见家风不坠。

《武昌中华大学20周年纪念特刊》的弁文下有两处注释（见《陈时教育思想与实践》第2页），其中说"高曾为高祖、曾祖的简称，这里指父祖辈"，怕是不确，当取本义，陈时强调的是祖上素有乐善好施的家风，也传到了父辈，现在轮到他这一辈效法了。又说"矩矱"，音"举获"，不确，音应为"举约"。

据陈家益说，陈宣恺兄弟6人。到了陈时这一代，三代以内的胞兄弟、堂兄弟一共15人，除陈时外，较有影响的堂兄弟是陈仇九（1875—1956）、陈映璜（1887—?）和陈一安。《黄陂大事记》载："民国八年（1919），邑绅陈一安、陈仇九兄弟在大嘴开办九一农场，有耕地320亩，雇员工20人。"1907年，陈宣恺曾送陈时、陈一安兄弟到日本留学。陈一安的儿子陈庆宣（1916—2005）后成为李四光的弟子，并当选中科院院士。陈映璜早年留学于东京高等师范学校博物部，1917年任国立北京高等师范学校博物部教务主任，1919年冬代理校长。1925年起，先后任北京大学教授、中国大学哲学教育系主任。1949年去台湾。编著有《人类学》《生理卫生学》《博物词典》等书。其中《人类学》是我国第一部人类学专著。据陈英才在《我在私立江汉中学的十年》一文中回忆说，担任江汉中学校董的陈时"还介绍其兄陈映璜为校董"。

由于陈时家谱在解放初被毁，经过多方查找，仍无下落，且陈氏子孙星散，迄今仍多不往来，对于黄陂陈氏家族的探寻与研究也就只好以俟来日了。

作于2020年7月

关于梅光迪

——兼谈《学衡》

梅光迪是谁？一般人可能不太清楚。但说起梅光迪曾经交往过的胡适、吴宓、陈寅恪、汤用彤、竺可桢等人，公众并不陌生。

早慧的梅光迪

在安徽宣城宣统二年（1910）出版的《宛陵宦林梅氏宗谱》中，对梅光迪有如下介绍：复旦公学毕业生，原名昌运，字子开，号觐庄。这本家谱中还收录了梅光迪五篇文言文：《崐有翁六十寿序》《正和翁七十寿序》《楚白先生传》《香署先生传》《岩山先生墓表》。当时梅光迪年仅十八九岁。可见，少年时代的梅光迪，就已经在族人中享有很高的声誉。

其中，《岩山先生墓表》一文中还颇见幼年的梅光迪的形象："迪自五岁入塾，受学先生，方以高年盛德，为乡里所钦仰。时曳杖来塾闻书声琅琅，则大喜。儿童有俊异者，先生则手自抚摩之，如己出。每至则人坐乃去，去而未少旋又来。兴至则与师从谈稗官小说，口角飞沫，须髯辄张，目光炯炯动人。迪辈常辍读听，神为之往。盖先生虽老且衰，其言谈词气犹令人想见其少壮时云。"一个爱好读书的聪慧的小孩的形象跃然纸上。

在一些地方史料中，还有关于梅光迪12岁中秀才的记载，梅光迪因此被当时人"目为神童"。说梅光迪是神童，可能不错，但说梅光迪12岁中秀才可能不确。否则，宣统二年的《宛陵宦林梅氏宗谱》应有记载。总之，梅光迪少时确实早慧，从他的五篇文言文，以及《序与胡适交往谊的由来》等文可以看出来。

胡梅之争

1909年，梅光迪与胡适相识，二人均不到20岁。留学期间，二人相互砥砺，彼此佩服各自的学问、品德。同时，二人也经常为了真理发生"口角"，但都是为了双方的友谊。直至1915年秋，二人关于"文言与白话"终于爆发了一场常人难以理解的争论，并持续多年。

1915年8月26日，康奈尔大学留美中国学生会成立了"文学科学研究部"，胡适被选为文学股委员。为了准备年会的讨论，胡适与赵元任分别写了有关论文。胡适论文的题目是"如何可使吾国文言易于教授"。胡适认为，古文是半死的文字，白话是活的文字；文言文是死的语言，白话文才是活的语言。由于认定白话文是活的语言，胡适稍后就进一步提出要用白话来写诗。接着，胡适提出了"文学革命"的口号。同年9月17日，胡适作白话诗《送梅觐庄往哈佛大学》："梅生梅生毋自鄙！神州文学久枯馁，百年未有健者起。新潮之来不可止，文学革命其时矣。"

到1916年初，胡适又与梅光迪围绕"要须作诗如作文"的问题展开了激烈的争论。梅光迪致函胡适：对于"诗国革命始于'作诗如作文'"，"颇不以为然"，因为"诗文截然两途"。任叔永的信也竭力反对胡适的意见，认为胡适这一主张仅是强调"以'文之文字'入诗"。对此，胡适于7月22日又写了一首打油诗答梅光迪，而且全诗皆用白话写成："老梅牢骚发了，老胡呵呵大笑。且请平心静气，这是什么论调！文字没有古今，却有死活可道……"梅光迪读罢，来信讽刺说："读大作如儿时听'莲花落'，真所谓革尽古今中外诗人之命者！"任叔永也站在梅光迪一边，致信胡适说："足下此次试验之结果，乃完全失败；盖足下所作，白话则诚白话矣，韵则有韵矣，然却不可谓之诗。"梅、任认为白话文可以写小说，但不可作诗。胡适却不服气，他致函任叔永说："白话之能不能作诗，此一问题全待吾辈解决。解决之法，不在乞怜古人……而在吾辈实地试验。"胡适还声明："吾自此以后，不更作文言诗词"，而决意"练习白话韵文"，"新辟一文学殖民地"。事实上也是这样，从当年8月起，胡适中断了与梅光迪等人之间的争论，正式开始白话诗的写作。到 8 月 23 日，胡适就写下了著名的白话诗《蝴蝶》。

胡梅之争的影响十分巨大，可以说是新文学运动的前奏。

学衡派与新青年派的对垒

胡适于 1917 年归国，倡导文学革命，在国内引起极大的反响。时在美国的梅光迪早已按捺不住，终于在 1919 年 10 月回国。不久，梅光迪倡议创办《学衡》杂志社，并拉吴宓、汤用彤加盟，这时"胡梅之争"升级为学衡派与新青年派的对垒，成为永载新文化运动史册的重大事件。

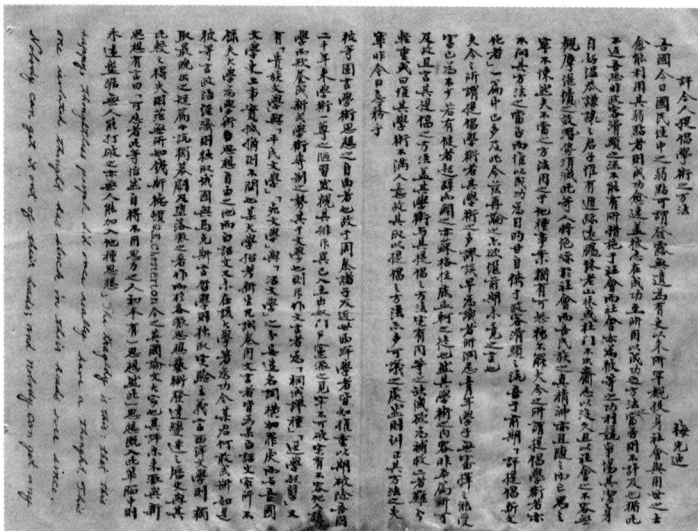

梅光迪手稿

回国之初，梅光迪在南京高师暑期学校上，大骂提倡新文化者。这一时期，他留下两本生前未曾出版的讲义，一为《文学概论讲义》，一为《近世欧美文学趋势讲义》。根据《文学概论讲义》笔记记载，梅光迪认为"近人"（指李大钊、周作人等）提倡平民主义，反对知识阶级，"此殊大误"，"白话诗文降格以求，实不明文学真义"。针对胡适提倡的白话文运动，梅光迪则说"一二年来，由少数人之提倡曰有新文学之产出，于是旧文学大为之震撼，至'新文学家'诟旧文学为死文学，为谬种流传，则多属无稽之谈"。

章衣萍在《胡适先生给我的印象》中回忆了梅光迪讲课的情形："那年的夏天，东南大学办了一个暑期学校，请了胡适到南京演讲……他那时讲的是'白话文法'与'中国哲学史'。那时梅光迪也在暑期学校讲'文学概论'。他在课堂上大骂胡适。记得有一次，梅光迪请了胡先骕，到课堂上讲了一个钟点宋诗，胡先骕也借端把胡适大骂。但那时的学生，信仰胡适的，究竟比信仰梅光迪的人多。梅光迪的崇论宏议，似乎没有几个人去听。高语罕那时也是暑期学校的学生，就在课堂上同梅光迪吵过嘴。（参看高语罕《白话书信》）"

或许，胡适代表了那个时代，在这种情景下，梅光迪有一种"失败了的英雄"的味道。但时间是公平的，在历史的天平上，梅光迪与胡适有着相同的分量。

乐黛云先生在为我编的《梅光迪文存》作序时称："激进派、自由派、保守派共同构成了20世纪初期的中国文化启蒙，把文化保守主义置于文化启蒙运动之外，甚至把它们作为对立面而加以抹煞，这是完全不符合历史事实的。"

台湾学者侯健在一篇文章中提到，晚年胡适在美国遇到梅光迪的妻子李今英，胡适对她说了句"老梅是对的"。我不知这是在宽慰李今英，还是胡适真心对自己早年发动新文化运动感到后悔。这只能供后人去玩味了——胡梅之争的永恒魅力或许也正在此。

《学衡》停刊，同仁不散

1921 年，梅光迪任东南大学西洋文学系主任，同年发起成立《学衡》杂志社，于 1922 年 1 月出版《学衡》创刊号，此为"学衡派"成立的标志，核心成员还有吴宓、刘伯明、柳诒徵、胡先骕、汤用彤等。1923 年初，梅光迪对吴宓自封《学衡》总编辑等事不满，声称"《学衡》内容愈来愈坏，我与此杂志早无关系矣"。同年，刘伯明病逝。1924 年，梅光迪赴哈佛大学任教，胡先骕亦赴美，学衡派一时风流云散，后由吴宓独立支撑。

《学衡》几经周折，出刊 79 期后，终于停刊。这是中国文化保守主义的重大损失。自此，文化保守主义者再也没能集结起如此庞大的作者群，社会影响力更加衰微。但是，梅光迪丝毫没有改变自己的信仰和立场。正如他早年与胡适之间关于"什么是历史"的分歧：胡适从进化论出发，认为人类的历史就是弃旧图新的历史，梅光迪却认为历史应是人类求不变价值的记录。他说，"我们必须理解和拥有通过时间考验的一切真善美的东西"，才能有标准"判断真伪与辨别基本的与暂时性的东西"。吴宓也强调"只有找出中华民族文化传统中普遍有效和亘古常存的东西，才能重建我们民族的自尊"。因此，学衡派依然坚守新人文主义，重新团结同仁，以中央大学、浙江大学、《国风》、《思想与时代》等高校和期刊为阵地，继续宣传自己的"新文化观"。20世纪30年代初，梅光迪在哈佛大学用英文发表《人文主义和现代中国》一文，向国外学术界宣传了吴宓的工作："《学衡》，一本创办于1922年的中文月刊。其主编是清华大学的教授吴宓先生。他是中国人文主义运动最热忱而忠诚的捍卫者。"这说明，学衡同人是团结的，并未因细枝末节和一些嫌隙，改变他们的文化立场。

1940年，梅光迪路过昆明时，还专程拜访了吴宓、汤用彤、陈寅恪。由此可见，学衡同人之间的私人情谊从来没有断裂过。而其他学衡成员，大多也集结在中央大学、浙江大学，梅光迪与他们保持着密切的联系。这从梅光迪的书信、日记中可以清楚地反映出来。

1938年，梅光迪和学衡派重要成员柳诒徵同在浙江大学任教。梅光迪对柳诒徵的评价极高，认为"他们两个（柳诒徵与马一浮）的组合或可周知有关中学和中国文化的知识，目前在中国还没有第三个人可以和他们相比。"梅光迪在浙江大学为首任文学院院长，他曾礼聘马一浮到浙大教书。马一浮之所以允诺并不是为"每个月300块钱"的高薪吸引，最关键在于"我们以古代对待大师的标准对待他"，"他不会像其他教授那样讲课，而是一周两到三次公开对全校师生开讲座"。由此可见，抗战中的浙江大学，依然有着一群热爱传统文化的学者，并以传统的尊师重道的方式，"论究学术，阐求真理，昌明国粹，融化新知"，而这正是学衡派等文化保守主义者的理想。

作于 2013 年

梅光迪在哈佛大学的学位与职称

1919 年 2 月，胡适在商务印书馆出版了《中国哲学史大纲》（卷上），封面上署名是"胡适博士著"。不久，朱经农致信胡适："今有一件无味的事不得不告诉你。近来一班与足下素不相识的留美学生听了一位与足下'昔为好友，今为雠仇'的先生（指梅光迪）的胡说，大有'一犬吠形，百犬吠声'的神气，说'老胡冒充博士'。"

梅光迪与胡适是同乡，不到二十岁时两人就认识了。后来，二人又在美国相知、相辩多年。可能梅光迪自认为对胡适"知根知底"，看不惯胡适在国内"招摇撞骗"，于是发出这样的质疑。此后，胡适的博士学位成为学术界的一段公案，争辩了半个多世纪，直至余英时先生考证出结果，方才尘埃落定。

然而，梅光迪在美国又是拿了什么学位呢？国人说法不一，但一般也说他是拿了博士学位。比如，梅光迪归国之时，1919 年 11 月 15 日的《寰球中国学生会学生周刊》"会员消息"中的

《梅光迪君应南开大学之聘》称："本会赞助会员梅光迪博士前日新由美回国，即受天津南开大学之聘云。"后来一些学者也对梅光迪的学位提出了质疑，譬如乐黛云教授在《梅光迪与学衡派》一文中，就明确指出梅光迪"1915 年获自然科学硕士学位"。

据《南高暑期学校一览·大事记》（1920 年 10 月版）记载："七月九日，文学教师梅光迪、心理学教师凌冰及其夫人到校。"可见，梅光迪在南开大学担任外文系主任只有半年的时间。在南高、东大时，梅光迪、吴宓、胡先骕、柳诒徵、刘伯明、汤用彤等，以《学衡》为阵地，对胡适等领衔的新文化运动进行诘难、批驳。在张其昀、徐震堮、杨寿增、欧梁记录的梅光迪演讲的《文学概论》中，梅光迪甚至称自己是"真正的新文化者"，而将胡适等人称为"新文化之仇敌"。对于《学衡》的问世，胡适的态度是："东南大学梅迪生等出的《学衡》，几乎专是攻击我的。""今年（1922）南京出了一种《学衡》杂志，登出几个留学生的反对论，也只能谩骂一场，说不出什么理由来。如梅光迪说的：'彼等非思想家，乃诡辩家也……'这种议论真是无的放矢……《学衡》的议论，大概是反对文学革命的尾声了。我可以大胆说，文学革命已过了议论的时期，反对党已破产了。"正如胡适所预料的"破产"，学衡派好景不长，因吴宓"自尊上号"等导致内部不谐，接着刘伯明逝世、"口子房焚"、"易长风潮"等一连串事件发生，最终胡先骕、梅光迪先后赴美，吴宓出走东北大学。才短短两三年的时间，刚刚登上历史舞台，尚未站稳脚跟的学衡派阵营就濒临瓦解了。

梅光迪因何能到哈佛任教，杨步伟在《杂忆赵家》一文中说："其时胡先骕正在哈佛，对元任说，梅光迪因离婚的缘故想出来，可否推荐，元任虽知他们是学衡派反对白话的，但元任为人向不以门户之见来埋没人才的，所以一口答应荐他。"关于梅光迪在哈佛大学的职称，吴宓在自编年谱里说："1924年，梅君再赴美，任哈佛大学汉文讲师，不久升任副教授。"最后，还流传有梅光迪任哈佛大学汉文教授的说法。根据华东师范大学杨扬教授在《梅光迪未刊史料新见》中披露的几则英文史料，我们或许也可以将梅光迪在哈佛大学的学位、职称弄清楚。

1924年10月2日，《哈佛校报》（*The Harvard Crimson*）发表了一则关于梅光迪即将到哈佛任教的新闻消息《Dr. Kuang Ti Mei Delayed by Revolution; Students with Chinese Linguistic Ambitions Must Wait Another Month》（《梅光迪博士因战事延迟，有志于研究汉语者需再等一月》），其中一段是：

Dr. Mei was only recently engaged to become instructor of Chinese in the University. About five years ago he did graduate work in Cambridge, although he took his degree from the University of Southeastern Nanking in China. （梅光迪博士是我校近来唯一的一个汉文讲师。大概五年前，他在哈佛大学研究生院读书，最后在中国的东南大学获得学位。）

1929 年 5 月 28 日,《哈佛校报》介绍了梅光迪等教师的信息,谈到梅光迪的一段是:

Kuang-Ti Mei,who received his S. B. from Northwestern University in 1915,was appointed Assistant Professor in Chinese at Harvard,beginning September,1929. He has been Instructor in Chinese since 1924. (梅光迪,1915 年在西北大学获得理学士学位,1929 年 9 月起担任哈佛大学汉文助理教授。自 1924 年至今担任汉文讲师。)

梅光迪逝世后不久,他的挚友赵元任又在 1946 年的《哈佛亚洲学刊》(The Harvard Journal of Asiatic Studies)发表《Mei Kuang-Ti:1890—1945》的悼念文章,其中一段说道:

After obtaining his bachelor's degree from Northwestern University,Evanston,he continued his study of English literature under Professor Irving Babbitt at Harvard University,where he was a graduate student from 1915 to 1919. After returning to China and teaching at Nankai and Southwestern University,he was invited to Harvard University,where he was Instructor in Chinese from 1924 to 1927,and again,after a brief sojourn in China,Assistant

Professor of Chinese from 1929 to 1936. （自于埃文斯顿市西北大学获得学士学位之后，1915 年—1919 年，他又追随欧文·白璧德教授学习英语文学，并从那里毕业。归国后，先后任教于南开大学、东南大学。1924 年—1927 年，他又应邀担任哈佛大学汉文讲师。接着，他在中国短暂地逗留了一段时日。1929 年—1936 年，担任哈佛大学汉文助理教授。）

关于梅光迪在美国获得的学位，《哈佛校报》说得十分明确，他在西北大学获得理学士学位（S. B.），然后在哈佛大学读研究生，最后从中国的东南大学获得学位。赵元任回忆梅光迪，也只是说到梅光迪在西北大学获得学士学位，至于在哈佛大学获得什么学位，没有明说。或许，赵元任对梅光迪的学位也是"知根知底"的，只是"死者为大"，为亡友避讳计，故未细说。但《哈佛校报》明确说梅光迪是理学士，赵元任未细说是何专业，而梅光迪在西北大学修的是文学，不是自然科学，此殊不可解。

至于梅光迪在哈佛大学的职称，《哈佛校报》与赵元任的说法是一致的，初任汉文讲师，1929 年起担任助理教授（Assistant Professor）。在美国，Assistant Professor 是比副教授还低一级的职称，也就是说梅光迪尚未到副教授一级。

据杨扬教授查阅哈佛大学档案馆的一些资料，梅光迪曾为自己的硕士学位努力过。1917 年 1 月 15 日，梅光迪填写硕士研究生学位申请表，并提交了西北大学文学院、威斯康星大学麦迪逊分校提供的成绩单，康奈尔大学 1916 年度夏季班的英文考试成绩单。2 月 23 日，哈佛大学研究生院致信梅光迪，提醒他若要获得研究生学位，应该提交拉丁文考试成绩。4 月 25 日，哈佛大学研究生院再次致信梅光迪，通知他参加拉丁文考试，时间为 6 月或 9 月，考试成绩若低于 C，就无法通过学位考试；同时还告知，即便他 6 月通过拉丁文考试，学位委员会也无法看到他的成绩，所以 1918 年 2 月前不可能授予学位。8 月 25 日，梅光迪致信白璧德教授，信中提及有关拉丁文考试的问题，并称自己整个夏季都在准备拉丁文，希望 9 月参加考试。

可惜的是，梅光迪很有可能没有通过拉丁文考试。假如梅光迪 1917、1918 年连续两年未通过，那就意味着他在 1919 年回国时不可能获得哈佛大学硕士学位。

作于 2011 年

废名与佛禅之关系

一、废名与五祖寺的关系

　　五祖寺对幼年废名来说，有宗教般的神秘感。他曾在散文《五祖寺》里说："五祖寺是我小时候所想去的地方，在大人从四祖、五祖带了喇叭、木鱼给我们的时候，幼稚的心灵，四祖寺、五祖寺真是心向往之，五祖寺又更是那么的有名，天气晴朗站在城上可以望得见那个庙那个山了。"又在小说里说："很小很小的时候不知道五祖，但知道五祖寺，家在县城，天气晴朗，站在城上玩，望见五祖寺的房子，仿佛看画一样，远远的山上可以有房子了，可望而不可及……有一回父亲从五祖寺回来，父亲因为是绅士，五祖寺传戒被请去观礼的，回来带了许多小木鱼小喇叭给孩子，莫须有先生真是喜得不得了……不知道他是喜欢木鱼的声音，还是喜欢木鱼？总之有一日他能自己有一个木鱼，那便好了，木鱼归他所有了，木鱼的声音自然也归他所有了……"

我曾赏读过废名的散文《五祖寺》，并在其中写道：

　　废名如此地爱惜儿童心理，珍视儿童感受，"一个小孩子"的他乃对五祖寺感到"夜之神秘"。这个"夜之神秘"由来有三：幼稚的心灵向往五祖寺的有名，"五祖寺进香是一个奇迹"和悬空的"一天门"。儿时的废名对五祖寺（禅宗）有一种宗教的膜拜情结，也就是所谓的"夜之神秘"。这个情结成为废名文学作品里的一种灵魂……且看废名是怎样描写这个"夜之神秘"吧！六岁时一次五祖之行，他感到"做梦一般"，简直不敢相信自己走到了"心向往之"的五祖寺山脚下。而停坐在一天门的车上等候，他又感到有点"孤寂"了。这是多么切实的感受！望着外祖母、母亲、姊姊下山仿佛"天上"下来到人间街上，又感到"喜悦"了。一个"始终没有说一句"的男孩在细细品味这些奇妙的变化。这一步一步写来，是多么的细致、自由、从容、切己。而现在回味这次经历有所悟道："过门不入也是一个圆满，其圆满真是仿佛是一个人间的圆满"，"最可赞美的，他忍耐着他不觉得苦恼，忍耐又给了他许多涵养"。"一个小孩子"，在这"忍耐"里，自由联想，自己游戏，长大后也就在这忍耐里生出许多别人所没有的美丽的记忆……这篇《五祖寺》其实是写"儿时的五祖寺"，通篇写一个小孩子长大后对五祖寺怀有美丽的记忆和感情，其美丽若"一天的星，一春的花"。我读了《五祖寺》，也就只留下这么一个印象："一个小孩子，坐在车上，他同大人们没有说话，他那么沉默着，喜欢过着木桥，这个桥后来乃像一个影子的桥，它那么没有缺点，永远在一个路上。"这个小孩子后来成为中国著名文学家并写下了不朽之作《桥》。

学生时代，废名有在寺庙读书的习惯。他曾在一篇带有自述色彩的小说《半年》里，回忆自己在多云山鸡鸣寺读书半年。《半年》里说："这半年就决定住在家。结果，在城南鸡鸣寺里打扫小小的一间屋子，我个人读书。"小说里还描写了多云山鸡鸣寺的僧侣生活，十分写实。

废名画像（陶利平绘）

抗战时期，废名曾在五祖寺观音殿二楼居住、读书。当时他极力反对黄梅县中以五祖寺为校址。废名说："五祖寺胜过一所高等学府。"他还借莫须有先生之口气愤地说："僧人是没有势力的，县政府一纸命令去不会反抗的，这是不尊重对方。至于什么叫做'宗教'，什么叫做'历史'（五祖寺有长久的历史！），什么叫做国家社会（不尊重历史便是不尊重国家社会！），甚至于什么叫法律，全不在中国读书人的意中了。"这充分说明，废名认识到了五祖寺的崇高地位，在他看来，五祖寺远远胜过一所高等学府，应该是全国人仰慕、崇敬的地方。废名对五祖寺评价如此之高，我也希望五祖寺更加重视他。

二、废名接近佛禅的过程

20世纪20年代，废名在北京大学读书，当时胡适在北京大学教书。胡适曾向废名问有关五祖寺的问题。废名说："要说五祖在黄梅的历史，除了一些传说而外，又实在没有历史可说的，只同一般书上所记载的一样。有名的五祖传道六祖的故事，很可能是五祖在东禅寺的时候，书上也都是这样说。至于五祖是不是晚年自己移居东山，则不得而知，民间则总说五祖东山。东山原来是一个私人的地方，地主姓冯，所以叫冯茂山，五祖向他借'一袈裟之地'，这虽也是传说，很有是历史的可能，考证家胡适之博士有一回问莫须有先生：'你们黄梅五祖到底是在冯茂山，还是冯墓山？我在法国图书馆看见敦煌石室发现的唐人写作冯墓山。'莫须有先生不能回答，（现在五祖寺山后面有姓冯的坟墓，姓冯的有一部分人常去祭祖，坟的历史恐不能久）但听之甚喜，唐朝人已如此说，不管是冯茂山是冯墓山，山主姓冯总是真的了，即是五祖寺是历史是真的。另外五祖的真亲身是真的。那么五祖寺从唐以来为黄梅伽蓝了。"据郭济访《梦的真实与美——废名》一书的演绎，废名在北京大学读书期间，与胡适参禅论道颇多。

　　1931年底，胡适为废名提供学历证明，废名得以担任北京大学讲师。从这一年开始，废名写出了以诗集《镜》为代表的禅诗，并开始自称禅宗大弟子。他在这一时期写的传世之作《桥》也开始充满禅趣、禅境，到了1936年以后写《桥》的下卷，已经完全沉溺于禅境，普通读者几乎不能读懂。甚至，现在的研究者也很少去研究。20世纪30年代中期，废名常与佛学大师熊十力论佛。周作人在《怀废名》中说："废名平常颇佩服其同乡熊十力翁，常与谈论儒道异同等事，等到他着手读佛书以后，却与专门学佛的熊翁意见不合，而且多有不满之意。有余君与熊翁同住在二道桥，曾告诉我说，一日废名与熊翁论僧肇，大声争论，忽而静止，则二人已扭打在一处，旋见废名气哄哄地走出，但至次日，乃见废名又来，与熊翁在讨论别的问题矣。余君云系亲见，故当无错误。"除了熊十力外，雍和宫的寂照和尚也常与废名谈论佛法。废名的弟子朱英诞在《怀废名先生》中回忆说："民廿六（1937）夏秋之际，行脚僧寂照来札，称'慧心的学者'，邀我到雍和宫去晤谈，那时废名先生在西仓借住，和寂照算是再度同窗了。信片何以由寂照发来呢？信中没有说。待我造访那双枕小院时，才知道有一个非常专门的题，有待讨论。"朱英诞又在《纪念冯文炳先生——西仓清谈小记》一文中说："卢沟桥事变后不久，我收到废名先生一函，匆匆跑到雍和宫西仓后院去找他。这是一个寂静的禅房，院中只有两棵寿松。他借住的是他的少年时代的同学、行脚僧寂照的住处。"30年代的废名深研佛法,喜读《涅槃经》《维摩诘经》等多种经书,且化入诗文创作,自成高格,迄今未能有人通释废名的诗文与佛禅之关系。即便是废名的老师周作人、学生朱英诞等知音,都说废名"耽于禅悦""神秘不可解"。

废名接近佛禅的第三阶段是在20世纪40年代。废名回黄梅后,继续与熊十力书信往还,谈论"种子义"等佛法,最后激起了废名撰写佛学专著《阿赖耶识论》。目前这部佛学专著,还没有人破解,专门研究的文章也十分少,更别说研究专著了。没有破解"禅宗大弟子废名",就没法进入废名的禅意世界。这是废名研究的至高难点。废名返回北京大学任教以后,曾再度与熊十力居住在一起,两人又打了一架。这次是汤一介的回忆:"大概在1948年夏日,他们两位都住在原沙滩北大校办松公府的后院,门对门。熊十力写《新唯识论》批评了佛教,而废名信仰佛教,两人常常因此辩论。他们的每次辩论都是声音越辩越高,前院的人员都可以听到,有时甚至动手动脚。这日两人均穿单衣裤,又大辩起来,声音也是越来越大,可忽然万籁俱静,一点声音都没有了,前院人感到奇怪,忙去后院看。一看,原来熊冯二人互相卡住对方的脖子,都发不出声音了。这真是'此时无声胜有声'。我想,只有'真人'、有'真性情'的人才会做出这种有童心的真事来。"关于废名的真性情,他的侄子冯健男曾说:"废名虽然学佛参禅,但遇人间不平事或学问上争端,会火气冲天的。"这在废名一生的行事中真实例子很多。这是废名赤子之心的一面。

废名与熊十力在 40 年代后期的交往，张中行也有过回忆，他说："他（废名）同熊十力先生争论，说自己无误，举证是自己代表佛，所以反驳他就是谤佛。这由我这少信的人看来是颇为可笑的，可是看到他那种认真至于虔诚的样子，也就只好以沉默和微笑了之。其时我正编一种佛学期刊，对于这位自信代表佛的作家，当然要请写一点什么。他慨然应允，写了《孟子的性善与程子的格物》《佛教有宗说因果》《体与用》等文。这期间，他有时到我家里来。在日常交往中，他重礼，常常近于执，使人不禁想到易箦的曾子和结缨的子路。"

废名在 20 世纪三四十年代成为禅宗大弟子之后，经常打坐禅定。他同时代有多人忆及，比如周作人、卞之琳、梁遇春、石民、胡兰成、张中行等，晚辈汤一介、冯健男、翟一民等人也有过回忆。周作人在《怀废名》中说："废名自云喜静坐深思，不知何时乃忽得特殊的经验，趺坐少顷，便两手自动，作种种姿态，有如体操，不能自已，仿佛自成一套，演毕乃复能活动。鄙人少信，颇疑是一种自己催眠，而废名则不以为然。其中学同窗有为僧者，甚加赞叹，以为道行之果，自己坐禅修道若干年，尚未能至，而废名偶尔得之，可为幸矣。"这位废名的中学同窗，也是黄梅人，即前面提到的寂照和尚。

三、废名诗文中的禅意

2004年，我写过一篇关于废名诗歌的文章《浮出水面的诗人废名》，其中总结废名诗歌的特点，讲到三点，着重谈的便是废名以禅入诗。1927年张作霖率军进入北京，北平文人纷纷南下，北方文坛显得格外冷清寂寞，废名不能"直面惨淡的人生"，心理由苦闷趋于封闭，性格更内向，思维方式侧重于内省。在急剧变化的时代洪流中废名找不到可辨清方向的思想作指导，于是躲进西山参禅悟道。汪曾祺、卞之琳都曾以此时的废名为原型刻画一个"深山隐者"形象。此时废名思想艺术的变化很明显地表现在他的小说《桥》和《莫须有先生传》上，以至于他的朋友温源宁教授怀疑他受英国的伍尔芙、艾略特影响，然而不单是小说，这一变化也表现在这一时期的诗歌上。至此废名诗风大变，内容颇费读者猜详。废名以禅入诗，读者应该以禅读诗。苏轼说："暂借好诗消永夜，每逢佳处辄参禅。"严羽在《沧浪诗话》中也说："大抵禅道惟在妙悟，诗道亦在妙悟。"废名的许多诗句看似半通不通，无逻辑可言，其实他的诗像李诗温词一样，表面不能完全文从字顺，但骨子里的境界却是高华的，"如空中之音，相中之色，水中之月，镜中之像"，像"沧海月明珠有泪，蓝田日暖玉生烟""小山重叠金明灭，鬓云欲度香腮雪"，谁又能只通过字面而不借助想象和领悟去理解呢？废名是最早将禅引入新诗的诗人，1947年黄伯思（黄裳）

在《关于废名》中指出："我感兴趣的还是废名在中国新诗上的功绩，他开辟了一条新路……这是中国新诗近于禅的一路。"

废名的小说《桥》也充满禅意，朱光潜说："《桥》里充满的是诗境，是画境，是禅趣。每境自成一趣，可以离开前后所写境界而独立。小林、琴子、细竹三个主要人物都没有明显的个性，他们都是参禅悟道的废名先生……《桥》是在许多年内

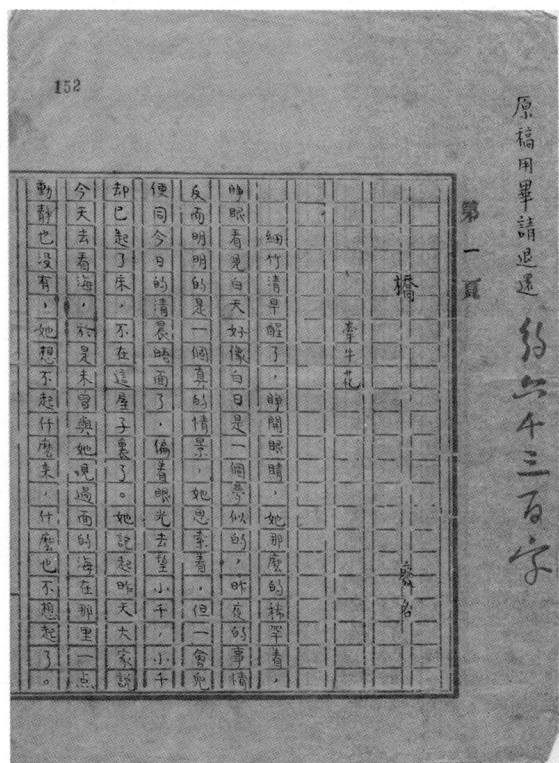

废名《牵牛花》手迹

陆续写成的，愈写到后面，人物愈老成，戏剧的成分愈减少而抒情诗的成分愈增加，理趣也愈浓厚。'理趣'没有使《桥》倾颓，因为它幸好没有成为'理障'。它没有成为'理障'，因为它融化在美妙的意象与高华简炼的文字里面。《桥》的'文章之美'，世已有定评……我们读完《桥》，眼中充满着镜花水月。"

目前对禅意废名的研究，主要还是集中在废名禅诗和诗化小说《桥》等作品上（但亦粗浅、简略，不够深入、系统），其实两部"莫须有先生"作品，也是禅意废名的集中代表，甚至可以说真正体现了废名的参禅悟道。莫须有先生就是一个禅宗大弟子，他参禅悟道，随处可见，这使得他的小说成为新文学中仅有的"玄想小说"的代表。废名是最早以禅入新诗的诗人，同时也是最早甚至是目前仅有的以禅入小说的小说家。这是废名为中国文学所作出的贡献。

作于 2018 年

叶公超、废名及其他

　　最近读到傅国涌先生的《叶公超传》，不由得想起他的得意弟子梁遇春，还有他另外几个弟子和学生，如早年在北大的石民和废名，后来在清华的钱锺书、常风。无论中国现代文学史还是文化史，抑或外交史，关于叶公超的痕迹都显得若有若无。他的弟子及学生也有着同样的命运，虽然废名、钱锺书后来受到学界相当的关注。但长期以来，他们蒙披历史的尘垢，早已淡出学人的视野，当中又尤以石民、常风为甚。即以《叶公超传》为例，其中对石民只字未提，可见石民被遗忘的程度。而傅先生关于其他诸人也只是片言只语，语焉未详，这对于读者未免是件憾事。

　　废名出生于湖北黄梅县城东门，不久父亲做了当地劝学所视学，是个小官，但家道由此中兴。那时叶公超的父亲在九江做知府，叶公超便生于九江。九江与黄梅一江之隔，古时同属浔阳。1917 年他们都离开了家乡，废名往武昌启黄中学读书，叶公超去了南开中学。后来，叶公超赴美国、英国攻读外国文学，并在法国巴黎大学做过短期研究工作，再到北京大学教书，成为北大历史上最年轻的教授。

废名考进北京大学的时候，梁遇春、石民也赶来了，他们是同班同学。最初，他们并没有太多的交往，都沉迷于新文学和外国文学。对于初进全国最高学府的青年学子来说，积累知识和学问肯定是最重要的，交朋友往往会疏忽。何况他们都是后来梁遇春所说的有"不随和的癖气"之特色，他们的特立独行在北大校园是很闻名的。相形之下，废名还是要活跃得多，显现出名士之气。他的文艺活动开始得很早，刚进大学就发表诗歌和小说，引起胡适、陈衡哲等一些师生的注意。他还加入浅草社和语丝社，并且常常登门拜访周作人、鲁迅、胡适等人。五十多年后，叶公超在台湾回忆说："冯文炳（废名）经常旷课，有一种名士风度；梁遇春则有课必到，非常用功。"这样，废名在北大成为较早脱颖而出的文学才子，而梁遇春、石民还在刻苦用功地学习，为外国文学的风致和精神所感染。

废名以小说《竹林的故事》驰名于文坛后，梁遇春、石民也开始分别以散文和诗歌名世，而且他们两人还是翻译的好手。就是在那时，梁遇春成为人生派散文的青春才子型作家，石民成为象征诗派骁将。他们三人在文学史上的地位也在那时开始奠定。又因相似、共通的审美观和文学趣味，再加上北大同学的关系，成名后走在一起也是必然的。

叶公超和梁遇春的关系异常密切，梁遇春也因叶公超的关系喜好英美小品文，二人尤嗜兰姆。1928年，叶公超到上海暨南大学任教，便约请刚刚毕业的梁遇春做他的助教。于是梁遇春获得了"少年教授"的美誉，这很令人想起叶公超初到北大。

　　叶公超、废名、梁遇春和石民的友情在废名主编《骆驼草》时期和梁遇春逝世前后表现得最令人羡慕和感叹。那时废名、梁遇春因叶公超的缘故与《新月》关系密切，以至于叶公超晚年还说废名是"新月派小说家"。叶公超与废名的关系早就突破了单纯的师生之谊，他很尊重废名不一般的文学才华和影响，在北平他多次向苦雨斋老人询问废名的情况，并登门拜访废名，还将自己的《桂游半月记》手迹赠与他。

　　梁遇春在上海真茹（现名真如）的时候，与石民通信颇多。1930年初返回北大之后，几乎天天与废名在一起，与石民的通信也更加的多起来。这些信件成为后世文人接触梁遇春的文字和他们之间的友谊的最直接和最原始的资料。记得废名曾在《悼秋心》中就盛赞梁遇春书信洒脱的文风和优美的意蕴。世人都说梁遇春是青春才子，风度翩翩。其实这是诗人应有的气质，而石民正是这样的一个诗人。温源宁曾对废名和梁遇春说："石民漂亮得很，生得像Angel！"梁遇春也说石民具有"彻底的青春"，而一般人想象的少年公子形象的梁遇春却以暮气满面的"中年人"自居。废名则有隐士之气，梁遇春连连在致石民信中佩服废名的静坐功夫。三人的性格有些不同，各自的文体偏好也不同，而能走到一起，这真是文坛佳话。

　　废名主编《骆驼草》的时候，常催梁遇春写稿，其中有几篇关于亡妻的文章，感人至深。《骆驼草》是个小型周刊，由废名主编，冯至做助手。这是一个同仁刊物，著名的京派发轫于此。只可惜，不到半年就停刊了。废名对《骆驼草》颇有感情，这是他北大毕业后亲自主持筹办的刊物，但终因冯至出国和其他原因，未能维持下来。1930年12月5日，也就是在停刊后一个月，废名又有了复兴《骆驼草》的念头，并邀请梁遇春担任些职务，可惜梁遇春固辞。这个刊物，算是永久停了，但他们之间的友谊之花并不因此而凋谢。

1931年初，石民因与北新书局老板李小峰吵架而失业，梁遇春托叶公超和废名为石民在暨南大学、北京大学谋教书或办公处的职务，更希望废名能够成功，让石民在北京大学办公处做事，这样兄弟三人就"大团圆"（梁遇春语）了。石民失业后，愁苦了一阵子。幸亏诗人"愁闷时也愁闷得痛快，如鱼得水，不会像走投无路的样子"（废名语），若真是如此，诗人其有幸乎?!

废名、梁遇春、石民之间最能得人和的，恐怕是废名。梁遇春致石民的信中说："雁（按，指废名）飞去后，有时就觉得人间真没有什么可以畅谈的人。雁君真是不愧为红娘，他一去，你的信就滔滔不绝地来，愁闷如我者，自己也不知道多么欢喜。"而对于事理的见解，梁遇春也常佩服废名的独到之处，他视废名如兄长。

1932年6月25日，梁遇春逝世。叶公超、废名等人发起追悼会，并收集整理他的遗著，出版《泪与笑》，由废名、石民等作序，叶公超作跋。这样四人的师友情谊在《泪与笑》中得到了完整的保存。叶公超、废名、梁遇春在北平常有相聚的机会，倒是石民与他们见得少，以致梁遇春感叹说："雁君飘然下凡，谈了一天，他面壁十年，的确有他的独到之处，你何时能北上与这班老友一话当年呢？"没想到梁遇春先走一步，他们再没有一话当年的机会了。

石民后来在国立武汉大学谋得教职，他感念于与废名的情谊，时常从武昌到汉口看望废名长兄冯力生先生，并以弟居。石民在1937年还有信请周作人转交废名。但万想不到的是石民竟死于抗战之中，而那时废名已避兵乡间，与文学界断了消息。他知道石民的逝世是在战后。关于诗人石民（1900—1941），不妨多提一些，湖南邵阳人，诗人、翻译家、编辑。著有诗集《良夜与噩梦》，译有《曼侬》（与张友松合译）、《巴黎之烦恼》、《忧郁的裴德》等。他与鲁迅、胡风也有过密切交往。梅志曾引用石民内侄女尹慧珉的回忆说："石民有三个女儿，一个在英国，两个在美国。"石民的太太尹蕴纬女士1992年在美国逝世。

全面抗战爆发后，叶公超随学校迁到大后方，同时苦劝周作人南下，结果是不能令人满意的。周作人附逆了，接着是下狱。1946年秋，废名和冯健男经南京到北平。途中，借叶公超的关系探望了狱中的周作人。叶公超弃文从政，恐怕这是废名始料不及的。

到了20世纪70年代末，台湾出版《新月派小说选》。叶公超在序言中说："废名是一个极特殊的作家，他的人物，往往是在他观察过社会、人生之后，以他自己对人生、对文化的感受，综合塑造出来的，是他个人意想中的人物，对他而言，比我们一般人眼中所见的人更真实。废名也是一个文体家，他的散文与诗都别具一格。"叶公超在半个多世纪后对废名仍然念念不忘，甚至把他作为新月派最特别的一个代表人物。但此时废名已谢世，此前二人海天相隔多年，再无交往，梁遇春和石民则早早长眠于地下。

在叶公超的弟子与学生当中，当然是钱锺书成就最高，同时也为世人所熟知。他与常风交谊很深，但与"骆驼草三子"似乎没有交往，也几乎不曾互相提及。常风与梁遇春一样，是叶公超的弟子，而石民、废名、钱锺书则只能算是学生。

叶公超是一代文化名人、政治名人，因种种原因湮没于历史之中。但他不应该被埋没，他们师友四人之间的情谊也不应被忽略。傅国涌的《叶公超传》借助他人日记、书信以及回忆文章等对叶公超的生平事迹做了详细整理、爬梳，为我们提供了一种新的人物传记的书写模式。但该传对叶公超与他的弟子及学生的关系描述不清，只怕是不应有的遗憾了。

作于 2005 年 5 月

黎昔非与胡适

——胡适的另一面

黎昔非？一个多么陌生的名字。今天恐怕连许多研究现代文学的学者也不知道他是谁了。这个曾经为《独立评论》立下汗马功劳的经理人，生前籍籍无名，默默贡献自己的青春岁月，在胡适的背后做了大量鲜为人知、细致入微的工作，"文革"期间却又因《独立评论》饱受摧残，悄无声息地离开人世！今天，我们翻阅旧时报刊，仿佛能够体会黎昔非平淡人生的曲折、隐逸和委屈的况味。至于他与胡适的关系，又让我们看到胡适性格的另一面。

黎昔非（1902.5.31—1970.12.16），广东兴宁人，1930年7月毕业于中国公学大学部文史学系，著名历史学家罗尔纲为其同班同学，而且二人还同寝室。后转赴北京自学于北平图书馆，于1931年春考取北京大学研究院，指导教授为黄节先生，课题为"诗经学史"。1932年4月，在吴晗的推动下，应胡适之约担任《独立评论》经理人（曾被长期误为胡适同乡章希吕），一直到 1937 年停刊为止。据黎昔非的自传和其他一些材料，他同意担任《独立评论》经理人原因有二：一是在主观上他希望能半工半读，对研究生学业给予物质上的帮助；二是客观上胡适的地位、名望以及再三邀请使得黎昔非不得不接受这个"荣恩"。但是，黎昔非的初衷并不是要放弃学业把它当作一个正式工作。

从 1933 年开始黎昔非多次提出卸任，要求把主要精力投入到学业当中去，都遭到胡适的拒绝。黎昔非所作《自传》中说，"几次欲辞掉未果，终于为生活所关而未果"，最终不得不放弃自己的研究生学业，默默继续为《独立评论》做出牺牲。

大家都知道胡适对人慷慨热情，连一个从未谋面的人只要夸耀他几句，他也乐于帮忙，成人之美，如为他人写学历证明、介绍工作等，故时人都说"我的朋友胡适之"。对于厚爱有加的弟子罗尔纲、吴晗更是如此，但相形之下，对黎昔非未免不近人情了。1931 年，黎昔非在北京读研究生，而罗尔纲没有考上研究生，是应胡适之约做家事，如教子课读、整理胡父遗稿等，并在胡适指导下做些资料整理和研究工作。后来，胡适又想推荐罗尔纲到中华教育文化基金董事会担任文书职位，月薪 120元，这在当时属工资优厚且又体面的工作。可是罗尔纲想做研究性的工作，于是胡适又力排众议将其推荐入北大研究院考古室任研究助理，月薪 60 元。这就不能不令人费解了，黎昔非是考入北大研究院的，而胡适却将其"拉出来"做《独立评论》的宣传、印刷、发行等烦琐的行政工作，且只给月薪 30 元（连投靠胡适的同乡章希吕在《独立评论》担任部分校对工作也有

80 元月薪）。等黎昔非 1934 年结婚，才涨了 10 元。与黎昔非、罗尔纲要好的吴晗呢？吴晗家境非常贫寒，无力上大学，于是写信求胡适帮忙，胡适立即为他提供在清华半工半读的机会，使其得以完成学业。胡适还几次赠送现金给吴晗以改善其生活，如第一次入学即给 80 大洋。要说在 1932 年前后，黎昔非的学历在罗尔纲、吴晗之上，学问也在此二人之上。可惜胡适没有去好好栽培他、帮助他。黎昔非的好友丁白清非常清楚他的精神状态，回忆道："我知道他当时非常痛苦，又不敢走，薪水只有三四十元，又不够用，我建议他，叫胡适介绍中学教员，教书兼职，他始终都不愿意这样做。"其实，《独立评论》的经理工作，非常烦琐、繁忙，黎昔非很难得有时间兼职，更无时间完成他的学业。

1932 年至 1937 年，罗尔纲、吴晗在胡适的言传身教下，发表大量学术文章，在学术界崭露头角，成为胡适傲人的弟子。而同为胡适学生的黎昔非却一直默默做着无人知晓的背后工作，牺牲了自己的学业、文凭以及学术前途。

1937 年，黎昔非、罗尔纲、吴晗这三位中国公学的同学，因全面抗战爆发一起南下。但他们南归的方向却不相同，吴晗前去云南大学做教授，罗尔纲前去长沙中央研究院社会研究所工作，而无学术名气又无研究生文凭的黎昔非只能回老家的中学教书。吴晗临走时，还从胡适家拿走 300 大洋。而黎昔非到武汉时已经身无分文，不得不在罗尔纲那里借钱回家。

应该说，黎昔非、罗尔纲、吴晗三人的性格是存在差异的。

罗尔纲、吴晗敢于在胡适面前显示才华，并能大胆提出一些请求和帮助；而黎昔非呢，木讷得很，不轻易向外人表露苦衷，也不轻易求助于他人。黎昔非的好友林均南评价他的性格说："不爱说话，更不喜欢表现自己，所以他跟任何人来往，都是简单而扼要的几句话。"黎昔非曾向儿子黎虎讲述的他与吴晗一起等候胡适的故事，最能体现这种性格差异。一次，吴晗与黎昔非在北海公园等候胡适，远远看到胡适走过来的时候，吴晗迫不及待地奔上前去，边喊"先生！先生"，边急忙地去握胡适的手。而黎昔非呢，呆在原地不动，直到胡适走过来，他才喊"先生"。

黎昔非自回老家后，一连在家乡中学教了七年。中学不适合做学术研究，对于他这样立志做学问的读书人来说无疑是一种痛苦。到了1944年，闻一多介绍黎昔非到昆明国立中国医药研究所史地部门担任助理研究员，这虽然属于学术工作，但与黎昔非的专业不对口，也不符合他的兴趣，况且那里的资料非常稀少，不利于研究工作，但黎昔非还是在工作的一年多时间内完成学术专著《本草产地考释》（三卷），可见黎昔非确实是有学术天赋并有吃苦耐劳的精神。到1945年底和1946年时，抗日战争胜利，各大学恢复，黎昔非有了到大学教书的机会。他的学术著作考核、工作年限等都达到要求，惟独缺少研究生学历证明。于是他不得不求助于北大校长、他的老师胡适。按说他之所以没有拿到北大研究生文凭，胡适难辞其咎，现在帮一把应在情理之中。但在一年之中，黎昔非一连给胡适三封信，语气委婉恳切，希望胡适能给一纸学历证明书，这样他就可以到大学任教，继续学术研究工作。可惜，胡适一封信都没回，黎昔非只好又回到老家中学。实际上，黎昔非给胡适的三封信至今还保存在胡适秘藏书信里（见耿云志编《胡适遗稿及秘藏书信》第39册，黄山书社1994年版），可见胡适确实已收到了黎昔非的信，并和其他人的信一齐保存了起来，却没有只字回复！

1966年6月3日，《人民日报》发表一封吴晗致胡适的信，里面涉及吴晗提议由黎昔非担任《独立评论》经理人一职之事，黎昔非因此被打成"三家村黑帮"，紧接着遭受灭顶之灾，在受尽折磨之后于1970年12月16日含冤逝世。一个由吴晗推荐为胡适主持的《独立评论》牺牲个人前途的、默默无闻只讲奉献的优秀经理人黎昔非，却因胡适、《独立评论》、吴晗而丧失自己的学术前途并由此丧命，不能不令人叹惜！

作于2007年9月

关于喻血轮

说起喻血轮，或许有人会问：是不是写《林黛玉日记》的那位鸳鸯蝴蝶派作家啊？是的，正是人称"地损星"的绮情楼主喻血轮。他出身于名震鄂赣皖一带的黄梅喻氏家族，为乾嘉年间性灵诗人、"光黄一大家"喻文鏊的再玄孙，也是"中国铁娘子"吴仪的舅舅。其实，他既是一名文学家，更是一位忧国忧民的辛亥报人。

世家子弟喻血轮

黄梅喻氏祖上于明朝中期（弘治、正德年间）自麻城迁居黄梅，先居黄梅县城近郊赤土坡，后迁入县城东门。黄梅喻氏在晚明开始兴盛，于乾隆至咸丰年间达到鼎盛，辉煌期持续了一百年之久，后经太平天国、抗日战争而渐趋衰落。黄梅喻氏于清一朝，累代仕宦，有三人中进士，五人中举，两人中举人副榜，贡生秀才不计其数。更值得称颂的是，形成了一个卓有影响的黄梅喻氏文人群，著述多达上百部，产生过较大的影响。黄梅喻氏家族文人群与中国文学史上的桐城派、性灵派、鸳鸯蝴蝶派渊源甚深，其中不少文人早已被写进《清史列传》《湖北通志》《近代文学史》《中国文化世家》等权威史学著作，喻化鹄、喻文鏊、喻元鸿、喻元泽、喻同模、喻的痴、喻血轮等是其中的杰出代表。同时，黄梅喻氏与汉阳叶名琛，蕲州陈诗，芜湖黄钺

喻血轮像（陶利平绘）

（勤敏）、黄小田，又与黄梅梅龚彬、邓瘦秋、石信嘉、吴仪等名人家族有着姻亲关系。喻血轮正是出生于这样一个文化世家。就民国时期而言，他与中山大学法学院院长梅龚彬（后为民革创始人之一）、《中华日报》社长石信嘉是表兄弟。

　　喻血轮自幼随舅舅梅宝瓒（进士梅雨田之孙、拔贡）、叔叔喻圭田（贡生）饱读诗书，古文功底极其深厚。喻血轮的哥哥喻的痴（1888—1951）曾任《汉口中西报》总编辑，著有《喻老斋诗话》《喻老斋诗存》《樗园漫识》等；喻血轮的弟弟喻血

钟（1893—1954）也是《汉口中西报》的主笔之一，曾校点出版过一本古籍。其妻蓝玉莲，笔名喻玉铎，著有鸳鸯蝴蝶体小说《芸兰日记》等。

关于喻血轮的家世，他的父亲喻次溪在《山居杂兴并序》中云："余祖先居县城东里，迄今三百余年，诗书科第颇显烜，时称东里喻氏。"这或许是对喻血轮家世最为准确、形象的总结。

绮情楼主喻血轮

夏双刃在《民国以来旧派小说家点将录》一文中，如是感叹喻血轮："可怜黛玉黄泉下，任他鲁迅评焦大。"并叙其生平、创作云："绮情生以林黛玉唯一知己自诩，目空贾宝玉之流。《林黛玉日记》当时轰动三界，而周树人独非之，直言看一页则不舒服小半天。渠不解风情，真焦大之语也。复有《芸兰泪史》《西厢记演义》等，皆本寨绝世武艺，舞于仙雾之间。其人出身黄梅文学世家，成名极早，盖开山功臣级。惜忽焉从政，不辞而别，待归来时，人面皆已替尽，是以不闻名之如是哉。"

这是关于绮情楼主喻血轮作为一名鸳鸯蝴蝶派文学家的评论，虽简洁，亦甚中肯。民国初年，喻血轮发表了大量畅销言情小说，如《悲红悼翠录》（进步书局）、《情战》（进步书局）、《名花劫》（进步书局初版，同年中华书局再版）、《菊儿惨史》（进步书局）、《生死情魔》（进步书局）、《双薄幸》（文明书局）、

《西厢记演义》（世界书局）、《芸兰泪史》（清华书局）、《蕙芳秘密日记》（世界书局）、《林黛玉笔记》（世界书局）、《女学生日记》（广明书局）、《情海风波》（文明书局）、《惧内趣史》（大东书局）、《杏花春雨记》（文明书局）、《孤鸾遗恨》（与妻子喻玉铎合著，文明书局）等。这些书都广泛流传，一版再版。

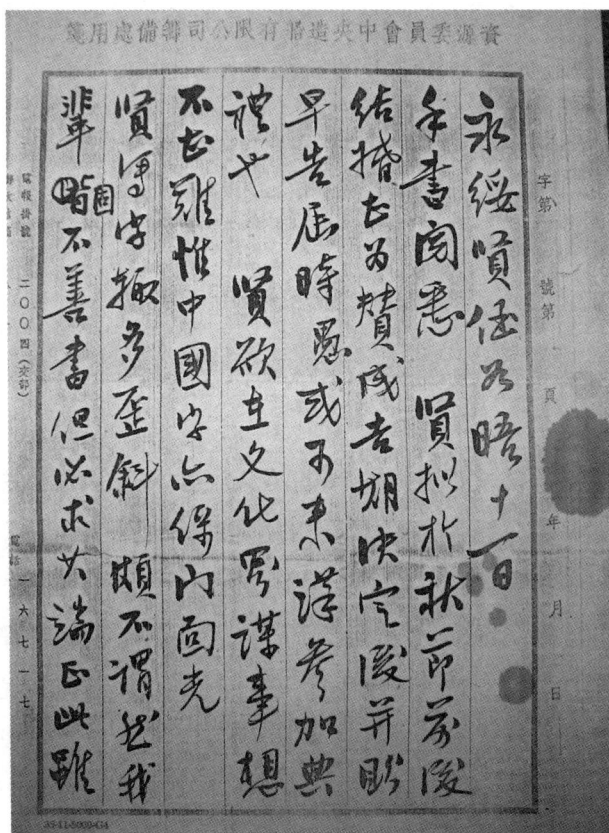

喻血轮家书手迹

对于早年文学生涯，喻血轮曾在《沈知方与世界书局》中回忆说：

> 顾沈雄心勃勃，决非久于雌伏，因于民国六年（1917）在苏州组织学术研究会，由其侄骏声出面。骏声时方在沪经营大东书局，文艺界旧友甚多，乃约予及其他十余人至苏州，为学术研究会任事。既至苏，始知学术研究会，实一雏形书局编辑部，其工作为著作小说及注解旧书。沈生平读书无多，而独能透悉社会潮流及读者心理，经其计划编出之书，无不行销。予所著《芸兰泪史》《林黛玉笔记》《蕙芳秘密日记》诸小说，即成于是时，一年中皆销至二十余版，其他各书，亦风行一时，当时系用广文书局名义出版，由大东书局代为发行。

作为一名鸳鸯蝴蝶派的小说家，也可以说是哀情小说大家的喻血轮，最负盛名的著作是《林黛玉日记》（亦名《林黛玉笔记》或《黛玉笔记》）和《芸兰泪史》。前者是民国初年的畅销言情小说，为我国最早的日记体小说之一，也是鸳鸯蝴蝶派早期的重要代表作。它的畅销程度实在令人惊讶，甚至在民国时期就出现了大量的盗版本，甚至还有书商将其改名为《恨海情天》予以盗版。中华人民共和国成立后这本书又一版再版，已经不下五六种版本了，前几年上海古籍出版社还推出了插图版。而《芸兰泪史》则被某些文学史家与徐枕亚的《玉梨魂》、苏曼殊的《断鸿零雁记》并称为"近代文学的三大名作",在近代文学史上享有一定声誉。

辛亥报人喻血轮

世人都说"辛亥报人喻血轮""辛亥老人喻血轮"。其实,喻血轮进入报界并不在辛亥革命之时,而是在南北和谈告成之后。据史料记载,喻血轮于1912年初到北京法政学校读书,后到夏口(即汉口)法院工作。大约于1913年初入《国民新报》,当年初夏改入《汉口中西晚报》(《汉口中西报》的子报)。《国民新报》和《汉口中西报》都是辛亥革命前后颇负盛名的革命报纸。只是,喻血轮由于年龄原因,辛亥革命时(19岁)才从黄州府中毕业,在辛亥革命前还来不及参与革命思想的宣传工作。

当然,辛亥革命前,喻血轮身边的一些同乡亲友直接参与了辛亥革命前的思想宣传工作,对他的影响非常大。1909年12月,喻血轮同邑好友、革命志士宛思演变卖祖产,接办《汉口商务报》,作为革命团体群治学社的机关报,革命党人拥有机关报自此开始。宛思演、邢伯谦(亦黄梅人)担任正副经理,主笔詹大悲,编辑何海鸣,梅宝玑(喻血轮堂舅)、查光佛等担任撰述,刘复基任会计兼发行。该报"不特鼓吹革命,言论激昂,抨击无所忌讳"(喻的痴:《樗园漫识》),成为全国报界"革命之先锋"。1910年4月,《汉口商务报》被查封,革命党人"卷土重来之志，迄未稍衰"（喻肖畦：《大江报馆重出版祝词》，原载《汉口中西报》副刊《柝声》1935年7月6日）。同年12月14日，《大江白话报》创刊于汉口歆生路。此报由梅宝玑劝说黄梅富家子胡为霖投资所办，胡自任经理，詹大悲、何海鸣担任正副主笔。"吴一狗案"发，《大江白话报》"据实直书，无所畏惮"（喻肖畦：《大江报馆重出版祝词》），一时名震全国。1911年春，胡为霖离开《大江白话报》，由詹大悲接办，改名为《大江报》。7月17日，《大江报》发表何海鸣《亡中国者和平也》；同月26日，又发表黄侃（署名"奇谈"）《大乱者救中国之妙药也》，震惊于世的"大江报案"由此产生。可见，辛亥革命前的喻血轮虽未直接参与革命思想的传播工作，从中深受感染和鼓舞则毫无疑义。

那么，喻血轮是否参与了辛亥革命的实际工作？最近从台湾《湖北文献》上翻读到喻血轮的一篇《参与武昌首义身经概略》，可见喻血轮确实参与了辛亥革命。此文颇有史料价值，可以一窥当时实景一二，以下稍作引录：

余于清宣统三年（1911）春间，由梅宝玑君介绍，加入共进会黄州支部。时予方肄业黄州府旧制中学，所有革命刊物，均由同学宛思演、詹质存（大悲）等供给阅读，以是革命思想，极为坚定。是年阴历八月十九日（以下时日均为阴历）武昌起义，予于八月下旬至武昌，随梅宝玑、詹质存赴九江，运动马毓宝起义，九月二日夜，首由金鸡坡炮台发难，道台保垣闻讯逃匿，三日晨马毓宝即宣布起义，在南门大校场誓师（誓师词系詹质存撰拟），设都督府于道署，使清廷海军，不敢再越浔而上。初五日余即随梅等返武昌，投效学生军……余在外交部庶务科，直至南北和议成立，始离去。

辛亥革命后的民国初年，喻血轮在《汉口中西报》发表不少文章继续宣传革命思想，维护辛亥革命的胜利果实。1916年秋，《汉口中西报》举行发行三千号纪念，黎元洪以大总统名义赠送亲笔题词"觉世功深"的匾额。（喻血轮：《我在中西报十年生活的回忆》）

喻血轮一生倾情辛亥革命，是一个忠实的三民主义信徒，辛亥革命前虽未做成"辛亥报人"，却也投身了辛亥革命，并在民初维护辛亥革命的胜利果实，晚年继续"忆辛亥"，可以当之无愧地说是"辛亥之子"。那么，说他是"辛亥报人""辛亥老人"又何尝不可？

作为一名爱国作家，喻血轮晚年屡欲回到家乡。据喻血轮的侄子喻弗河说，1967年，喻血轮从台湾回大陆探亲，不料中途因在香港病重而逝世。

作于2012年

新发现的一封沈从文佚信

近读《中央周刊》1948 年第 10 卷 38、39 期合刊［民国三十七年（1948）九月廿六日出版］，发现沈从文致该刊发行人兼主编刘光炎先生的一封信，笔者当即怀疑这是沈从文先生的一封佚函，及至翻阅《沈从文全集》（北岳文艺出版社 2002 年版），发现确实未收录此信，尤其重点翻查了《沈从文全集》第 18 卷《书信（一九二七——一九四八）》亦是未见。又查吴世勇编《沈从文年谱》（天津人民出版社 2006 年版）亦未提及此信，乃敢确信这是沈从文的一封佚函。此信原题作《沈从文先生函》，应系编者所拟。原信内容如下。

　　光炎先生：惠书拜悉，深谢厚意。文章一时恐无从缴卷，因杂事忙乱，终日总是琐务一堆到头上也。稍迟时日必有以报雅命！专复　颂
著安

　　　　　　　　　　　　　　　　　弟沈从文

从信中的内容来看，大约是《中央周刊》主编刘光炎先生写信向沈从文约稿，沈从文回信予以答复。此信发表于该刊第二页的"友声"栏目，同时登载的还有邵力子、任卓宣、刘乃诚、孙文明、吴瑞章等人的信，或系作者来信说明何以未交稿，或系作者来稿附带问候的便函，或系读者来信商榷，信末注明时间均在民国三十七年（1948）八九月间，以九月为多，沈从文此信虽未注明时间，大概也是写于该年八九月间吧！这个时间恰好是郭沫若发表《斥反动文艺》后的几个月。

据刘光炎先生的女婿陶恒生（陶希圣之子）《新闻界老兵"胖爹爹"刘光炎》一文（原载《传记文学》2000年5月第456号）及其他相关史料，刘光炎先生的生平及著述情况如下。

刘光炎（1903—1983.6.21），知名政论家。民国十五年（1926）毕业于复旦大学后即投身新闻界。抗战期间，担任重庆《中央日报》总编辑，并兼课于南温泉中央政治学校。民国三十六年（1947）十一月，自第9卷47期开始，接替张文伯在南京主编国民党党部刊物《中央周刊》。民国三十七年（1948）底到台湾，担任《新生报》及《中华日报》主笔。退休后转职于教育界，讲授国文、新闻、国际关系等课。著有《新闻写作研究》[民国二十年（1931）出版]、《战时新闻记者的基本训练》[独立出版社民国二十九年（1940）出版]、《中国共产党外交理论的分析》[胜利出版社民国三十年（1941）出版]、《英美合作与日美战争》（军事委员会政治部民国三十年（1941）出版）、《一年来国际关系的回顾与前瞻》［军事委员会政治部民国三十年（1941）出版］《近来之国际关系与太平洋大战》［军事委员会政治部民国三十一年（1942）出版］、《国际问题的纵横面》［独立出版社民国三十二年（1943）出版］等。到台湾后著述更丰，如《欧洲现势》《新闻学讲话》《哲学导论》《西奥特·罗斯福传》《杰弗逊与美国民主政治》《苏俄政制剖析》等。

从以上履历及著述情况来看，刘光炎是一个典型的国民党官员，一个老资格的新闻时评家、政论家。他毕生站在国民党的立场从事新闻思想宣传工作，同时在抗战期间为抗日做了许多研究与宣传。《中央周刊》是国民党党部刊物，三年内战期间多是发表宣传反共思想的政论、时评，仅有少量文史作品，如《与王芸生先生论曾国藩》（王德亮），并连载《天风海涛楼札记》（伯商）、《梅隐庵谭胜》（厚庵）等。沈从文在信中说"稍迟时日必有以报雅命"，语气非常肯定，似乎还打算写些文章。可惜事实是，此时的沈从文已受到郭沫若《斥反动文艺》等事件的冲击，很少动笔写文章；同时，此时的他也不可能不考量此刊的政治立场，也不可能不知道中国的大局。当年十二月他在给季陆的信中就说："大局玄黄未定，惟从大处看发展，中国行将进入一个新时代，则无可怀疑。"直至该刊出到民国三十七年（1948）十一月十五日 10 卷 46 期停办为止，亦未见有沈从文的作品发表。同年 12 月 31 日，沈从文在赠一个朋友的条幅落款处写下"封笔试纸"。这等于一代文学大师沈从文对外宣称"封笔"。

沈从文与刘光炎相识应无疑问，但二人有何其他交往尚不知晓。此信对于考察 1948 年沈从文的思想或许提供了一个新的线索也未可知。望学术界尤其是沈从文研究者加以注意。

作于 2008 年 8 月

朱湘三题

朱湘身后事

朱湘是20世纪20年代与闻一多、徐志摩相比肩的大诗人之一，但他的凄惨身世令人扼腕。他的一生是与残酷现实作斗争的一生，也是被现实无情打击和抛弃的一生。他的身世具有传奇色彩，死后更成为一个难解的"谜"。他生前"结仇"很多，与他强烈的自尊心和敏感多疑的性格不无关系；而他又偏偏生活在多灾多难世态炎凉的旧中国。他的悲剧性格和世俗社会，像无形的枷锁将他送上死亡之途。但在他周围却又形成一个小小的文学圈子，成员有罗念生、罗皑岚、柳无忌、赵景深、徐霞村等。朱湘与他们肝胆相照，情同手足，这就不能不令人费解。这是朱湘性格复杂一面的表现。他与妻子不和，在安徽大学又不顺心之时，是他的人生下坡路。而他离开安大，则是必然踏上绝境。一个自负的"神经质"者，处处受阻，处处怀疑，最终诗神离他而去，在遭受物质与精神双重打击的情况下，诗人蹈江而去。朱湘之死，成为现代文学史上的沉痛一页。

最近读到石定乐、万龙生二位先生关于朱湘的文章（原载《书屋》2005 年第 1、第 7 期），更发觉世人对朱湘身世和身后事不够了解。其实，朱湘的身世及其身后事经罗念生、柳无忌、赵景深、朱小沅等人的回忆和调查已经弄清楚了，只是资料分散不易查找而已。柳无忌曾将罗念生、赵景深、朱小沅等人的回忆与调查做了番整理，写成长篇"文讯"《晨雾暗笼着长江——朱湘的遗著与遗孤》，对朱湘作品出版和研究情况以及朱湘子孙后辈生活状况进行了很详细的概括。该文连载于 1989 年 4 月 26、27 日的台湾《联合报副刊》，已经收入《教授·学者·诗人：柳无忌》一书。这里不妨将罗念生、柳无忌等人的文章稍作摘录。

　　朱湘死后，传闻霓君在长沙进了尼姑庵，小沅被送入南京的贫儿院……抗战时霓君携儿女去蜀，小沅于四川某高中毕业，在一个小县的村学教书，难以糊口。（柳无忌：《晨雾暗笼着长江——朱湘的遗著与遗孤》）

　　小沅后来到处流浪，一多曾叫他到昆明去投考西南联大，可是小沅到达时，一多已被刺。小沅果然考上了西南联大，但是他母亲不让他学文学。他在云南大学经济系读过书。他后来因为历史问题，被送到煤矿劳教二十年，已于 1978 年死于职业病——矽肺病。家里的人最近才得到有关单位的通知，说已于 1979 年 5 月为朱海士（小沅）平反。朱湘的孙子佑林患红斑性狼疮，一种白血病，三年痛苦，已于本月 18 日去世。朱湘的女儿小东的情况也很艰苦……霓君已于 1974 年去世，丧葬维艰。（罗念生：《忆诗人朱湘》，原载《新文学史料》1982 年第 3 期）

（大约 1990 年）雅致饭店门口的大街上有一个六十多岁的大妈在卖短裤，她是现代诗人朱湘的女儿朱小东。朱小东有一条腿已经不在，她给我们看她的假腿，是木头的。有一天，我们一帮诗人跟着她到家里去看朱湘年轻时的照片和书信。看过后，我们都认为她爸爸长得很帅。朱小东的脾气跟她爸一样，民院政法系的一个女生到饭店来勤工助学，把堂子里的垃圾扫了堆在她的摊子上，她大发雷霆，两个人吵了起来。（朱霄华：《昆明文学青年的老巢：莲花池》，原载《青年与社会》2004 年第 11 期）

念生在长沙找不到霓君削发为尼的尼姑庵，朱湘的后人亦未提及此事，谅系传说无凭……朱湘后代唯一的希望寄托于小沅的长子朱细林与细林的男孩永湘（小沅在世时为他取的名字）身上……在艰苦的环境下，细林仍坚持自学，酷爱文学，喜读泰戈尔、雪莱、波特莱尔诸人的作品，有志继祖父为诗人。他曾用朱海士（小沅）口述、朱细林笔录的创作形式，撰写了七万字的《诗人朱湘之死》长文，其中三万字曾在香港的杂志分期登载（1984 年）。（柳无忌：《晨雾暗笼着长江——朱湘的遗著与遗孤》）

柳无忌的长文，将朱湘孙辈、曾孙辈的艰难生活公之于世，表示孤愤和痛心——朱湘的后人重演着他的悲剧！他们在昆明均过着贫病交加的生活，甚至超过了朱湘当年的凄惨遭遇。该文详细记录了朱湘的身后事，包括子孙后代的繁衍、生活、工作、丧葬等诸多方面，并附录了朱细林《写在〈诗人朱湘之死〉前面》的前三段。

可以说，朱湘"富有传奇色彩的故事和他十分感人的爱国精神"已经越来越为世人所了解，"朱湘诗学"也开始受到关注并被研究，"朱湘"这个哑谜开始被揭开。

朱湘未死？

朱湘投江后，有关于"朱湘未死"的说法。朱湘生前好友徐霞村的女儿徐小玉在《关于〈我所认识的朱湘〉》中说：

朱（湘）投江的那艘吉和轮停船打捞多时，却没找到尸体，而朱湘又是个会游泳的人。父亲认为"一个会游泳的人岂能选择投水的自杀方式"呢？还有一场"奇遇"呢！

父亲在文中是这样记叙的：1934 年春夏之交，我到北平东安市场买东西，在要走出北门时，忽然对面走过来一个身穿汉装短衫的男子，一眼望去活像是朱湘。我虽然不信有鬼的存在，但这样一个和朱湘长得一模一样的人的出现却使我像触了电似的愣住了。待我清醒过来之后这个人已经消失在拥挤的人群之中，再也寻不见他的影子。过了几天我把这次"奇遇"告诉给刚刚回国不久的罗念生兄，他也说自己在东安市场也有过这么一次"奇遇"，他也同样没法解释。（徐小玉所引源自徐霞村：《我所认识的朱湘》）

不过徐霞村又说，对朱湘的死"从感情上不愿意相信在亲人或至友逝去后，一个人往往觉得死者依然还在身边。这是常有的事"。徐霞村是传出"朱湘未死"的第一人，并拉罗念生做保证，可是他又立即否认了自己的"猜想"和"奇遇"。

匪夷所思的是，徐小玉说："1990 年，我突然收到一封朱湘之子朱小东从昆明寄来的信问我有关朱湘'死'之事。他说传闻朱湘当年投江后并未死，我是否知道这方面情况？"文中竟将朱小东误为"朱湘之子"，显得极不可信，而且也应是"谅系传说无凭"。徐霞村的"朱湘未死"之说曾引起研究界的注意，而徐小玉欲进一步推波助澜，其实徐霞村的"心虚"，已经否定了这一点。现在应该向世人澄清这一事实。

朱湘研究亟待加强

作为一个诗人，朱湘被鲁迅称为"中国的济慈"，这是中国新诗的骄傲。作为一个散文家，他的散文情感真挚、旖旎动人，打动了多少赤子之心，尤其是他的书信集《海外寄霓君》，与徐志摩的《爱眉小札》、鲁迅的《两地书》、沈从文的《湘行书简》被并称为"民国四大情书"。作为一个翻译家，朱湘被誉为翻译天才，至今仍有出版社出版他的翻译作品。

朱湘的研究者大致可以为三类。一是朱湘生前好友罗念生、罗皑岚、柳无忌、赵景深、徐霞村以及同时代其他作家，其研究成果主要以后来结集出版的《二罗一柳忆朱湘》为代表，就朱湘的生平、主要作品等进行了印象式评述。二是以钱光培、孙玉石等为代表的老一辈朱湘研究者，他们大都直接接触到了朱湘的生前好友，这为他们的研究工作提供了极大便利，同时他们也站在现代文学研究的高度，以发展现代文学学科、拓展现代文学史料为目的，真正地开启了朱湘研究，其成果以1987年出版的、钱光培所著《现代诗人朱湘研究》为代表。此书是朱湘研究的开山之作，至今仍享有崇高的学术地位。钱老告诉我，在80年代初他研究朱湘的时候，现代文学史教材里还未出现"朱湘"的名字。三是以孙基林、刘志璀、张旭、张邦卫、谷峰、余世磊等为代表的中青年学者，他们从朱湘生平、朱湘散文、朱湘诗歌、朱湘译诗、朱湘诗学等多个角度，较为深入地展开了研究，其主要成果有孙基林《漂泊的生命·朱湘》（山东画报出版社 1999 年版）、刘志璀《纯粹的诗人：朱湘》（台湾台北市文史哲出版社 2004 年版）、张旭《视界的融合：朱湘译诗新探》（清华大学出版社 2008 年版）、张邦卫《朱湘论稿》（浙江工商大学出版社 2013 年版）等。

然而，令人感到遗憾的是，朱湘研究至今尚未得到根本性的改变。一是"朱湘研究并不算多"，至今为止，朱湘研究专著屈指可数，还不够全面深入，不够细致，譬如目前就尚未有令人满意的《朱湘传》或《朱湘评传》。其二是朱湘作品大量重复出版，但除陈子善老师所编《孤高的性情——朱湘书信集》等书以外，鲜见体现编者用心搜集、有学术含量的文集出现。同时，《朱湘全集》至今也未问世（后由安徽文艺出版社于 2017 年出版）。《朱湘全集》不得问世，直接影响了朱湘研究的广度和深度。其三是《朱湘研究资料汇编》尚未出版，这也导致朱湘的研究难以拓展。朱湘研究要想得到深入开展，其重中之重即是出版《朱湘全集》。除了尽快推动《朱湘全集》的出版，在条件允许的情况下，修缮朱湘祖居、创建朱湘纪念馆，全面系统收藏朱湘资料，也是题中应有之义。

作于 2005—2013 年

辑二　关于儿童文学

胡适、陈衡哲写儿童文学

　　胡适是发起新文学运动的第一人，也是尝试新文学创作的第一人。他提出白话的文学，周作人在此基础上，提出人的文学、平民的文学、儿童的文学，最终形成完备、系统的新文学建设的理论。胡适没有提出儿童的文学，但这并不意味着胡适不关心儿童文学，没有思考过儿童文学的问题。

　　1921 年 12 月 31 日，胡适在北京教育部国语讲习所同学会上作了《国语运动与文学》的演讲，其中谈到儿童文学：

　　　　近来已有一种趋势，就是"儿童文学"——童话，神话，故事——的提倡。儿童的生活，颇有和原始人类相类似之处，童话神话，当然是他们独有的恩物；各种故事，也在他们欢喜之列。他们既欢喜了，有兴趣了，能够看的，不妨尽搜罗这些东西给他们，尽听他们自己去看，用不着教师来教……例如《一只猫和一只狗的谈话》，这些给儿童看，究有什么用？其实，教儿童不比成人，不必顾及实用不实用，不要给得他愈多以为愈好。新教育发明家卢梭有几句话说："教儿童不要节省时间，要糟蹋时间。"你们看——种萝卜的，越把萝卜拔长起来，越是不行；应使他慢慢地长，才是正当的法子。儿童也是如此，任他去看那神话、童话、故事，过了一个时候，他们自会领悟，思想自会改变，自会进步的——这个不是个人的私意，是一般教育家发公论。

这说明胡适已经认识到儿童文学是新文学运动的重要组成部分。他所说的"儿童文学"的"趋势"，就是指当时的"儿童文学运动"。胡适在这次讲演中的儿童文学观点，基本就是复演说和儿童本位论，极有可能甚至应该就是来自周作人的文章。

其实，以儿童文学的视角看，胡适创作的中国第一本新诗集《尝试集》，里面就有不少儿童诗，甚至可以解释不少新文学的反对者和今天的一些研究者的困惑。不少人认为胡适的《尝试集》，味同嚼蜡，是文学史上的笑话。如《尝试集》第一首《两个蝴蝶》（又名《朋友》）：

两个黄蝴蝶，双双飞上天。

不知为什么，一个忽飞还。

剩下那一个，孤单怪可怜。

也无心上天，天上太孤单。

如果从古典文学的角度看，这是一首十分蹩脚的旧诗。如果说是新诗，好像又没有完全解放，五字一句，一共八句，形式又像旧诗，只是句子白话一些。此诗一出，舆论哗然，不少人当作笑话看。这是中国第一首新诗，作于1916年，是胡适"尝试"出来的。其实，如废名在《新诗问答》中所说："新诗要别于旧诗而能成立，一定要这个内容是诗的，其文字则要是散文的。旧诗的内容是散文的，其文字则是诗的。"

后来，废名又进一步在《谈新诗》讲义中指出，新诗与旧诗的区别，不在于形式，而在于是否有"诗的内容"。如果说，《两个蝴蝶》能成为一首新诗，它的"诗的内容"在哪里呢？这得从儿童诗的角度来读。胡适是以一个儿童的视角，来看"两个蝴蝶"的活动的，揭示出了"朋友"的内涵："朋友"就要行动一致，形影不离，一个人不好玩，要跟小伙伴一起玩。成人对朋友的理解，不会如此简单、质朴，一般会夹杂功利成分。但这是一个小孩子对友情的感觉，于是成就了这首诗的"诗的内容"。胡适有赤子之心，虽然他当时没有自觉的儿童文学的意识，依然写出了中国第一首儿童诗。类似情形，也发生在被胡适称为"我的最早的同志"陈衡哲那里。

五四时期，中国儿童文学的诞生，并非始于叶圣陶的童话《小白船》。陈衡哲既是中国第一位新文学的女作家，也是中国第一位儿童文学作家。1916年前后，她就坚定支持胡适的新文学思想，并从创作实践上呼应"文学革命"。1917年，她所写的小说《一日》，是新文学史上第一篇白话小说，比鲁迅的《狂人日记》还早一年，但由于当年是发表在美国的《留美学生季报》上，在国内没有什么影响。1917 年，她创作的《小雨点》是中国的第一篇白话童话，比叶圣陶的《小白船》早了四年。即使从 1920 年 9 月 1 日发表于《新青年》来看，也比《小白船》的问世早一年半。

《小雨点》的诞生，具有多重文学史意义。

第一，它通篇使用浅易的白话，是中国最早的新文学作品。胡适在《小雨点》的序言中评价道：

> 当我们还在讨论新文学问题的时候，莎菲（陈衡哲的笔名）却已开始用白话做文学了。《一日》便是文学革命讨论初期中的最早的作品。《小雨点》也是《新青年》时期最早的创作的一篇。民国六年（1917）以后，莎菲也做了不少的白话诗。我们试回想那时期新文学运动的状况，试想鲁迅先生的第一篇创作——《狂人日记》——是何时发表的，试想当日有意作白话文学的人怎样稀少，便可以了解莎菲的这几篇小说在新文学运动史上的地位了。

第二，它是中国第一篇童话作品，更是第一篇科学童话作品。中国童话史家金燕玉赞《小雨点》为"第一篇真正可以称为白话创作的现代文学童话"，可以说是真知灼见。

第三，它是儿童本位的童话作品，至今读来仍不过时。如其开辟篇写道："小雨点的家，在一个紫山上面的云里。有一天，他正同着他的哥哥姊姊在屋子里游玩，忽然外面来了一阵风，把他卷到了屋外去。小雨点着了急，伸直了喉咙叫道：'风伯伯，快点放了我呀！'风伯伯一点也不睬，只管吹着他，向地下卷去。小雨点吓得闭了眼，连气也不敢出。后来觉得风伯伯去了，他才慢慢地把眼睛睁开，四周看了一看。"小雨点的形象，是一儿童形象。中国儿童文学在诞生期出现的第一篇作品，是儿童本位的，纯然作家自然地无意中写出的。这一点意义十分重大，充分说明真正的好的文学创作，一定是作家发自内心的自由书写，而不一定是基于某种现实批判的需要。

1928年，陈衡哲的作品集《小雨点》出版，其中收录的《西风》《运河与扬子江》《孟哥哥》《波儿》等也都是儿童文学作品，几乎占了全书的一半。可能由于这本书出版太晚，影响力没有1923年出版的《稻草人》那么大。

1933年，陈衡哲发表《介绍几本儿童读物》，她认为儿童文学不能"天天板起面孔来给儿童讲道德经"，同时提出创作儿童文学必须具备最基本的四个条件：有兴趣、适于儿童的心理、具有优美高尚的情节与人物、简易流丽的文字。这不啻是她的"儿童本位论"了。

由于胡适地位崇高，在各种文学史里不可能忽视他的存在，陈衡哲却没有这么幸运，长期失踪于中国儿童文学史上，这是中国儿童文学史的一大遗憾，应该恢复她的地位。

作于 2021 年

凌叔华与儿童文学

凌叔华："写意画"风格的代表

凌叔华被誉为新闺秀派作家、京派作家。1924 年，凌叔华发表处女作《女儿身世太凄凉》。这篇小说是由周作人修改，并推荐发表的。从这篇小说出发，凌叔华开启了她的"闺秀"书写。如鲁迅所指出的："凌叔华的小说，却发端于这一种期刊的，她恰和冯沅君的大胆敢言不同，大抵是很谨慎的，适可而止地描写了旧家庭中的婉顺的女性。即使间有出轨之作，那是为了偶受着文酒之风的吹拂，终于也回复了她的故道了。这是好的——使我们看见和冯沅君、黎锦明、川岛、汪静之所描写的绝不相同的人物，也就是世态的一角，高门巨族的精魂。""世态的一角，高门巨族的精魂"，精准地把握了凌叔华的作品主题和特色。有学者甚至以"高门巨族的精魂"为名，给凌叔华作了一部传记。

但凌叔华的这种创作并未持久，很快地，她就转入了京派风格的小说创作，这就包括她的一系列儿童文学创作。凌叔华之所以被称作京派作家，与受过周作人提携、身为京派主要阵地《文学杂志》的编委有关，更与她的文风与沈从文、废名等相近似有关。

凌叔华的《小哥儿俩》1935 年由良友出版公司出版，她为此写了一篇短序，交代了她与儿童文学的因缘：

《小哥儿俩》封面

这本小书先是专打算收集小孩子的作品的。集了九篇，大约自民国十五年（1926）起至本年止，差不多近十年的工作了。排印以后，编辑者说这本书篇幅少些，希望我添上几篇；这是后面几篇附加的原因。那是另一类的东西，骤然加入，好像一个小孩子穿了双大人拖鞋，非常不衬，但为书局打算，这也说不得了。

书里的小人儿都是常在我心窝上的安琪儿，有两三个可以说是我追忆儿时的写意画。我有个毛病，无论什么时候，说到幼年时代的事，觉得都很有意味，甚至记起自己穿木屐走路时掉了几回底子的平凡事，告诉朋友一遍又一遍都不嫌麻烦。怀恋着童年的美梦，对于一切儿童的喜乐与悲哀，都感到兴味与同情。这几篇作品的写作，在自己是一种愉快。如这本小书能引起几个读者重温理一下旧梦，作者也就得到很大的酬报了。

从凌叔华的自述看，她将自己为儿童写作定为始于1926年。其实，她第一篇准儿童文学作品是1924年创作的《阿昭》（发表于1928年）。可能作者嫌其幼稚，或者不类后来的儿童文学作品，没有收入书中。但这篇作品以童年为视角，书写儿童视角下的一个成年人的生活。从创作缘由看，作者是基于"怀恋着童年的美梦，对于一切儿童的喜乐与悲哀，都感到兴味与同情"，从创作风格看是"追忆儿时的写意画"。凌叔华爱儿童，懂儿童，把儿童当作"心窝上的安琪儿"，很显然，她是一位儿童本位的儿童文学作家。

朱光潜与茅盾的评价

当时两位文艺理论大师都对凌叔华的作品有过评价，一是作家茅盾，一是京派学者朱光潜。茅盾主要是看到了凌叔华与叶圣陶、张天翼的不同之处，实际上指出了中国儿童文学发展到 20 世纪 30 年代已经出现了两种不同的走向。朱光潜的评价，也值得我们注意，他说——

> 在这里我们看到人，典型的人，典型的小孩子像大乖、二乖、珍儿、凤儿、枝儿、小英，典型的太太姨太太像三姑的祖母和婆婆，凤儿家的三娘以至于六娘，典型的佣人像张妈，典型的丫鬟像秋菊，跄跄来往，组成典型的旧式的贵族家庭。这一切人物都是用笔墨描绘出来的，有的现全身，有的现半面，有的站得近，有的站得远，没有一个不是活灵活现的……我相信《小哥儿俩》在现代中国小说中是不可多得的成就。像题目所示的《小哥儿俩》所描写的主要的是儿童，这一群小仙子圈在一个大院落里自成一个独立自足的世界，有他们的忧喜，他们的恩仇，他们的尝试与失败，他们的诙谐和严肃，但是在任何场合，都表现他们特有的身份证：烂漫天真。大乖和二乖整夜睡不好觉，立下坚决的誓愿要向吃了八哥的野猫报仇，第二天大清早起架起天大的势子到后花园去把那野猫打死，可是发现它在喂一窝小猫儿的奶。那些小猫太可爱了，太好玩了，于是满腔仇恨烟消云散，抚玩这些小猫。作者把写《小哥儿俩》的笔墨移用到画艺里面去，替中国画艺别开一个生面……作者写小说像她写画一样，轻描淡写，着墨不多，而传出来的意味很隽永。在这几篇写小孩子的文章里面，

我们隐隐约约地望见旧家庭里面大人们的忧喜恩怨。他们的世故反映着孩子们的天真，可是就在这些天真的孩子们身上，我们已开始见到大人们的影响，他们已经在模仿爸爸妈妈哥哥姐姐们玩心眼……这部《小哥儿俩》对于我是一个新发现，给了我很大的喜悦。

"《小哥儿俩》在现代中国小说中是不可多得的成就"，这是朱光潜的高度评价。"作者写小说像她写画一样"，这是对凌叔华儿童小说风格的评价，与作者的"写意画"一说相类似。其他需要注意的是，朱光潜指出"在这几篇写小孩子的文章里面，我们隐隐约约地望见旧家庭里面大人们的忧喜恩怨。他们的世故反映着孩子们的天真，可是就在这些天真的孩子们身上，我们已开始见到大人们的影响"。这个发现十分了不起，充分说明儿童世界不可能是隔绝于社会的"独立世界"，而是与成人世界相互影响的世界。这有力地证明了儿童本位的创作依然可以是现实主义的，只是这种现实主义更加艺术化、儿童化，而并非赤裸裸地"有所为而为"的先入为主式的创作。抗战时期，凌叔华甚至直接创作了抗战题材的儿童小说《中国儿女》，这与同一时期左翼抗战儿童小说又形成鲜明对比，再次显现出中国儿童文学的两种不同走向。其实，儿童本位并非都是非现实主义的，是否现实主义，也不是是否儿童本位的判断标准。儿童本位的创作，作为中国儿童文学的一个发展分支，无论规模大小，或隐或显，一直在发展着，一度销声匿迹，但最后终于重见天日。

当代儿童本位论的弘扬者刘绪源先生在《中国儿童文学史略》中说：

> 事实上，中国儿童文学发展到《小哥儿俩》出版，才真正出现了艺术成熟的标记。它是"自觉的儿童文学"，是"为儿童"的，同时也是充满艺术个性的"说自己的话"的文学，它是成人与儿童都能接受的，而且今天读来仍没有时代隔阂（这是一个奇迹）——我以为，它的魅力是永恒的。

刘先生说凌叔华是"现代儿童文学一个被遗忘的高峰"。可以说，凌叔华的儿童小说，是中国儿童文学史上的重要收获，标志着儿童小说文体正式成熟，这一历史意义，不低于张天翼之于童话。

凌叔华曾在《在文学里的儿童》中说："近代中国慢慢也有一些描写儿童好的作品了。如丰子恺、老舍、张天翼、叶绍钧诸先生都曾在这上面努力过，努力最大而成绩也多的算是丰子恺先生。他为儿童写了不少有用的书，如《少年美术故事》之类，他的写法非常圆润自然。"这里明确提出丰子恺成就最大，且将他置于张天翼、叶圣陶之上。这也就是为何我们重写中国儿童文学史，要将凌叔华与丰子恺放在一起来写。

《中国儿女》:"另类抗战小说"

凌叔华在废名之后,沿着"写意画"形式,发展了儿童本位的儿童小说,使得儿童小说的形式成熟起来。难能可贵的是,在抗日战争年代,凌叔华继续尝试抗战题材的儿童小说,在艺术探索上走得更远。由于她的抗战小说与孤岛儿童文学和解放区儿童文学呈现出不一样的特色,所以被称为"另类抗战小说"。凌叔华的创作实践,也表明抗战儿童文学在不同的儿童观指导下,也可以呈现出不同的面貌。

凌叔华是一个既通母性,又通儿童性的作家,这是她作为女作家的优长。全面抗战爆发后不久,凌叔华积极参加抗战实际工作。1937年10月,参加武汉大学战时服务团妇女工作组。1938年3月10日,战时儿童保育团在汉口成立,她担任名誉理事。1938年3月27日,全国文艺界抗敌协会成立,她与丈夫陈西滢一同参加,并与上百位作家共同落

1927年,凌叔华与丈夫、文学家西滢(陈源)的合影

名于《"全国文艺界抗敌协会"发起旨趣》一文。抗战中，凌叔华积极参加儿童保育运动和儿童救济工作。1938年和1939年，先后发表《汉口的战时儿童保育院》《为接近战区及轰炸区域的儿童说的话》《参观战时儿童保育院》《慰劳汉阳伤兵》等文章，她倡议"住洋楼走马路"的知识分子，不应该只是每天看报纸、听新闻来了解战事状态，而应该走出来，深入到实际状况中去。这些都体现了凌叔华的爱国爱民之热忱。

与国统区和解放区的作家不同，凌叔华还有亲身的沦陷区生活经历，因此对抗战有着更细致的生命体验。1939年，凌叔华曾到沦陷区北平料理母亲的丧事，然后在北平的燕京大学执教两年，直到1941年日寇占领燕京大学。这两年的沦陷区生活，让凌叔华亲身体验了同胞们在日寇残酷统治下的日常生活。1942年，熊佛西创办《文学创作》杂志。回到四川乐山的凌叔华，出于情不可抑的爱国热情，创作《中国儿女》，并在《文学创作》杂志上面连载。这部长篇小说揭露了日本军国主义的残暴罪行，痛斥了汉奸卖国贼的"软骨头"，展现了铁蹄下普通百姓惶惶不可终日的悲惨生活。尤其可贵的是，在这一现实环境里，作者展现出了中国儿女的人性的闪光点，客观、真实地反映了特殊时代是如何激发儿童强烈的爱国之情的。这篇小说塑造了宛英、建国、徐廉、王志仁等儿童形象，他们在时代风云的影响下，自发地关注社会现实，希望能够参加抗日，杀敌报国。

在《中国儿女》里，凌叔华刻画的儿童已经不是和平年代那种只关注自然、家庭和学校等环境的小孩子，而是能够讨论战争时局的，甚至与大人有共同话题的"大孩子"了。因为特殊的战争环境，他们了解了日本士兵的残暴，憎恨汉奸的无耻行为，甚至厌恶那些不关心抗战的同学。

凌叔华的《中国儿女》延续了以往儿童本位的创作立场，以旁观者的叙述姿态，真实再现了沦陷区各色人等的精神面貌，是现实主义儿童文学的佳作。

作于 2021 年

沈从文、巴金、老舍与儿童文学

沈从文、巴金、老舍都是成人文学的巨匠，由他们来创作儿童文学，是中国儿童文学的幸运。他们的加入，也是中国儿童文学进入发展期的标志之一。那么，他们是如何结缘儿童文学，又是如何看待儿童文学的？他们跨界创作儿童文学是成功的吗？对这些问题的剖视，也有利于我们审视当下的儿童文学跨界写作现象。

沈从文尝试给儿童写作

1922 年，赵元任翻译的《阿丽思漫游奇境记》出版，在中国掀起一股"阿丽思热"，不少孩子取小名都叫阿丽思。沈从文在这部作品启发下，想写中国的阿丽思，"给我的妹妹看"（沈从文语）。1928 年，沈从文在新月书店出版了《阿丽思中国游记》。这是沈从文完成的唯一一部长篇作品，文体介于童话和小说之间（沈从文自评是"不成体裁的文章"），因为长期以来不被视作儿童文学作品，所以中国第一部长篇童话的头衔没有给它。沈从文的初衷是写给孩子看，试图通过阿丽思和兔子傩喜在中国都市和农村的经历，把中国光怪陆离的众生

青年沈从文

相，包括上流社会的奢侈腐化、底层人民的饥寒交迫等暴露给读者。写到后面，作品越来越不像一部童话，说明沈从文无法驾驭童话这种文体，更没有自觉的儿童文学意识，所以最后成了一个四不像。这部作品，沈从文自己认为是"失败的创作"，学界不少人也持有这种观点。沈从文在《阿丽思中国游记》后序中坦诚道：

    我把到中国来的约翰·傩喜先生写成一种并不能逗小孩子发笑的人物，而阿丽思小姐的天真，在我笔下也失去了不少。这个坏处给我发现时，我几乎不敢再写下去。我不能把深一点的社会沉痛情形，融化到一种纯天真滑稽里，成为全无渣滓的东西，讽刺露骨乃所以成其为浅薄，我是当真想过另外起头来补救的……在本书里，思想方面既已无办法，要补救这个失败，若能在文字的处理上风趣上好好设法，当然也可以成为一种大孩子的读物。可惜是这点

希望又归于失败。蕴藉近于天才，美丽是力，这大致是关乎所谓学力了。我没有读过什么书，不是不求它好，是求也只有这样成绩，真自愧得很。

自承"失败的创作"，曾想"另外起头来补救"，也就是改为大孩子的读物，甚至是成人读物，然而最后又归之于失败。所有的难点正在于沈从文所指出的"把深一点的社会沉痛情形，融化到一种纯天真滑稽里"，这是所有儿童文学创作的普遍难题，也就是处理好"儿童的"与"文学的"二者之关系。文学巨匠沈从文也失败了，似可见儿童文学创作的门槛很高，不是谁都可以轻松来试一下的。

从沈从文唯一一部长篇作品这个意义上讲，有一些学者进行了新的解读。但无论如何，从儿童文学角度看，这部作品没有成功。

巴金童话的读者是谁？

同样地，巴金也不是一个真正的儿童文学作家，不过他对儿童文学介入得要比沈从文深一些。

1929年2月，巴金在《读〈木偶奇遇记〉》中说："不满意本书之带有很浓的教训主义色彩（我以为童话不应该带有教训主义色彩的）……"我们应该注意，巴金明确指出了自己的儿童文学观之一角："童话不应该带有教训主义色彩。"

1931 年夏，巴金创作小说《雾》。《雾》的主人公周如水是一位留日的童话作家，他说：

> 我以为童话便是从童心出发以童心为对象而写作的一种艺术。这童心记得有人说过共有七个本质，就是：真实性，同情心，惊异力，想象力，求知心，爱美心，正义心。我以为这话并不错。这几种性质儿童具有得最完全，而且也表现得极强烈。童心之所以可贵，就是因为有这几种性质存在的缘故。因此我便主张童话不仅是写给儿童读的，同时还是写给成人读的，而且成人更应该读，因为这可以使他们回复到童心。童心生活的回复，便是新时代的萌芽。

且不论巴金是否借主人公之口表达自己的儿童文学观，也不论巴金是否赞同主人公的儿童文学观，单从周如水的儿童文学观来看，巴金肯定已经对儿童文学进行了深入的思考，不然他不能为主人公说出这一段"童心论"。

1932 年 8 月，巴金出版中篇小说《海的梦》，1936 年再版时，巴金添了一个副题"给一个女孩的童话"。这是巴金第一篇略带童话色彩的作品。在一次给朋友的信中谈论《海的梦》时，巴金说"童话就是'莫须有'的故事"，抓住了童话重在想象的本质。巴金真正开始儿童文学创作，始于 1934 年 12 月，当时他读了鲁迅翻译的森鸥外的《沉默之塔》，又想起爱罗先珂的童话《为跌下而造的塔》，于是受到启发而创作了第一篇童话《长生塔》。1935年冬，巴金创作了《长生塔》的姊妹篇《塔的秘密》。1936年秋，巴金创作了《隐身珠》，这是根据四川关于孽龙的民间故事改写的，发表时标明为"长生塔之三"。1936年冬，创作了《能言树》。1937年，这四篇童话结集为童话集《长生塔》印行。

巴金在《关于〈长生塔〉》中说：

> 我的《长生塔》就是从爱罗先珂的两座宝塔来的。不过爱罗先珂的塔是两个互相仇恨的阔少爷和阔小姐花钱建筑的，为了夸耀彼此的富裕，为了压倒对方，为了谋取个人的幸福，而结果两个人同时从宝塔上跌了下来，跌死了。我的童话里的长生塔是皇帝征用民工修建的，他梦想长生，可是塔刚刚修成，他登上最高一级，整座塔就崩塌下来……沙上建筑的楼台从来是立不稳的……说实话，我是爱罗先珂的童话的爱读者。……现在回想起来，我的"人类爱"的思想一半，甚至大半都是从他那里来的。我的四篇童话中至少有三篇是在爱罗先珂的影响下面写出来的……今天的孩子的确不容易看懂我这四个短篇，它们既非童话，也不能说是"梦话"，它们不过是用"童话"的形式写出来的短篇小说。我的朋友用看安徒生童话的眼光看它们，当然不顺眼。

在这里，巴金指出了他的"长生塔"系列的三篇童话都是在爱罗先珂童话的影响下写成的，而且之所以"勉强称它们为童话"，是因为他认为孩子"不容易看懂"，只能算是"用'童话'形式写出来的短篇小说"，并指出他的童话不能用安徒生童话的眼光来看。巴金这种自承与坦白，是真诚的，说明他也看到了儿童文学创作的困境。一方面要儿童读得懂，另一方面又要"说自己的话"，这种"儿童的"与"文学的"之间的矛盾，很容易限制作家的创造力，甚至使作家最后不得不背离创作童话的初衷，写成"短篇小说"。好在这几篇是模仿，有的还是改写，相对容易一些。但在这四篇童话之后，巴金好久不创作儿童文学了，直到1956年才重新写了两篇童话：《活命草》和《明珠和玉姬》，但它们却显得想象力不足。儿童文学的创作门槛，再次限制了一位文学大师的进入。

巴金曾指出《长生塔》是咒骂蒋介石的反动统治，这是否真是当时的创作初衷，已经不可考了，毕竟1949年后的政治环境不同，但是这篇童话的确蕴含着作者反抗一切残暴统治的思想，这应该是巴金的创作主旨。巴金所喜欢的爱罗先珂和王尔德，都是现实主义童话作家，他们的童话往往又都是小说，这种非纯粹童话的观念，分明影响了巴金。而巴金其实也并不在意儿童是否可以读懂，他甚至更希望把这本书献给"被现实生活闷死的人"，这个"人"指的是成人。

由此可以看出，巴金并不赞同周如水的"童心论"，他创作童话是为了慰藉"被现实生活闷死的人"，而不是希望这些人"回复到童年"。不论巴金童话是否成功，他的现实主义童话创作的实践，也给了后人经验、教训和启示。

老舍写《小坡的生日》

我们再来看看老舍。老舍是当过小学校长和教师的作家，有过多年与孩子们共同生活的经历，所以他接触儿童会比沈从文、巴金更多一些，思考得也更深一些。1918 年，老舍毕业于北京师范学校，直接被派去当小学校长，之后一直教书，先后教小学、中学和大学。他的儿子舒乙说"他的一生，有半辈子，是在学校里，和小孩子，和青少年们在一起"。这种深厚的学校生活积淀，构成了老舍儿童文学创作的基础。

从性格和心性上来讲，老舍也像孩子。冰心在《〈老舍儿童文学作品选〉序》中说：

> 老舍先生是一个热爱孩子的作家，他永远保持一颗澄澈的童心。在我们的朋友中，他是最能和孩子们说到一起的一个。无论是说笑话，谈正经的也好，他总是和孩子们平起平坐，说出自己最真实，最发自内心的话。

作为老舍的挚友，冰心指出他"永远保持一颗澄净的童心"，"和孩子们平起平坐"，应该是客观真实的。正因为老舍的心性如此，本身又是一个大文豪，注定了他成为一个儿童文学成就在沈从文和巴金之上的作家。

但可能又因为老舍缺少自觉的儿童文学意识，对儿童文学本身缺少了解和研究，他的儿童文学创作又总带有一些成人文学色彩，用他自己的话说，就是"成了个四不像了"。这是一大遗憾。关于老舍的《小坡的生日》，刘绪源先生在《中国儿童文学史略》中有一段精辟论述，不妨引用于此——

就这些片段看，并不远逊于卡洛尔！然而，它们只是片段。就整个《小坡的生日》来看，却是不能和《阿丽丝漫游奇境记》比的。它没有一个充满幻想的奇异而完整的结构，故事也不是沉浸在童话想象的氛围中。作者本想写一个南洋华侨的很严肃的作品，因为时间不够，又不熟悉生活，而只熟悉儿童生活，于是写了这篇以南洋为背景的儿童小说。笔墨是写实的，但一写儿童，一放开手脚，顿时就趣味横生了。可见，作者本身是有着足够的童心童趣的，但他没有像卡洛尔那样把这作为一部作品最重要的内核，除此之外不需要添加别的分量；他只愿将此作为佐料，而主旨却是要写出"联合世界上弱小民族共同奋斗"——这一点其实是达不到的，从小说中根本读不出这么伟大的意思来。所以，正如他自己后来所总结的："这是幻想与写实杂在一处，而成了四不像了。这个毛病是因为我脚踩两只船：既舍不得小孩的天真，又舍不得我心中那点不属于儿童世界的思想，我愿与小孩们一同玩耍，又忘不了我是大人。这就糟了。"

民国时期，老舍的这种"脚踩两只船"的创作现象，是普遍存在的，这也就导致早期中国儿童文学发展得极其缓慢。中国儿童文学的独立发展和走向成熟还有待后来者的努力，他们的经历，也说明儿童文学创作有自己的门槛，是不可以用"小儿科"的眼光来对待的！

作于 2021 年

孙毓修与清末儿童读物

　　1902 年 11 月，梁启超创刊《新小说》。1903 年 4 月 6 日，有"中国第一份儿童报"之称的《童子世界》创刊。1903 年，《中国白话报》创刊于上海，专门为儿童开辟"歌谣"专栏。这几份报刊，在清末产生了革命性的影响，尤其是《新小说》成为"小说界革命""诗界革命"的重要阵地，也是当时儿童读物的主要发表阵地。在梁启超、黄遵宪等人的影响、启发与实践下，清末真正开始了声势不小的儿童读物编译潮流。

　　商务印书馆出版的儿童读物，在清末民初有着极大影响。其中，1908 年 11 月出版的孙毓修编的《童话》丛书，是中国开始有"童话"一词之始。不过，孙毓修的"童话"，约略等于"儿童读物"或者"儿童文学"的意思，这种"童话"代指"儿童读物"或"儿童文学"的用法，一直延续到 20 世纪 20 年代初。在周作人 1920 年提倡"儿童的文学"以后，"儿童文学"一说逐渐普及，教育界和文学界才将"童话"与"儿童文学"

的概念分开。不过，"童话"的内涵在民国时期并无定论，也没有形成共识。直至20世纪40年代，丰子恺还将自己写的儿童故事当童话处理，我们也只能尊重这种历史事实。"童话"的特定内涵要到更晚一些时候才被人们认识到。当然，直到今天为止，童话的概念也还没有完全、绝对达成一致。

孙毓修编辑出版的《童话》，一共三集。前两集中，他编了77种，沈德鸿（茅盾）编了17种，谢寿长编了2种，高真长、高继凯各编1种，总有98种（后来郑振铎又续编第三集4种）。初集以七八岁儿童为阅读对象，每篇字数约5000字；二集则以10岁左右儿童为阅读对象，每篇约万字，体现了孙毓修有一定的分级阅读意识。《童话》丛书在清末民初影响很大，也成就了孙毓修和茅盾在中国儿童文学史上的地位。茅盾1935年在《关于"儿童文学"》一文中称孙毓修为"中国编辑儿童读物的第一人"，晚年在《我所走过的道路》中追述中国儿童文学起源时，就称《童话》丛书为"中国历史上第一次有儿童文学"，并称孙毓修为"中国有童话的开山祖师"。可以说，到孙毓修编辑《童话》时，中国儿童文学已经呼之欲出了。

茅盾对孙毓修的评价（茅盾可以说是他的徒弟），可见其在中国儿童文学史上地位之高。如果说中国儿童文学的孕育期可分为前、后两个阶段的话，那么孙毓修可为后一阶段最重要的代表人物，而且意义更为重大，这是因为他主编的《童话》丛书，包括茅盾、郑振铎、冰心、陈伯吹、张天翼、赵景深等在内，都读过，甚至受过它的影响。可以说，《童话》丛书与五四时期诞生的儿童文学关系更为直接。

孙毓修在中国历史上原本不是什么大人物，但在儿童文学领域，却算得上一个有突出历史贡献的人物。不妨对他的生平稍稍介绍一下：孙毓修（1871—1923），字星如，江苏无锡人。图书馆学家、编辑家、藏书家。1895年考中秀才，随后入读江阴南菁书院。曾在苏州中西学堂任教。1902年春，跟美国一名牧师学习英语，开始涉猎西方文化，并下定决心以著译为生。1907年，进入商务印书馆工作，组建商务印书馆图书馆，为之取名涵芬楼。1911—1914年主编《少年杂志》。1923年逝世。

《童话》丛书是一个跨时代的连续性出版物，先后经历清末、民初和五四三个阶段，而且三个阶段也各有特点。1921年，经茅盾推荐，郑振铎主编出版了第三集，他说自己改掉了之前的一些弊端，于是《童话》丛书不断革新，最后加入到中国儿童文学诞生的伟大时代。

孙毓修编《童话》丛书，其历史功绩在于：第一，这是中国第一次出现"童话"这个名词，《无猫国》成为中国第一篇体裁以"童话"命名的白话作品。不过，据周作人考证，"童话"一词应该来源于日本，所以周作人使用的"童话"与孙毓修使用的"童话"一词概念不同。孙毓修使用"童话"，或为自创一词，代指"儿童读物"，延续中国自古以来的"诗话""词话""曲话"等构词传统。第二，孙毓修写出了中国第一篇关于儿童读物的理论文字，也就是《〈童话〉序》。在这篇文章中，孙毓修充分考虑到了"儿童之脑力""儿童之程度"，"推本其心理之所宜","儿童之所喜",于是效仿欧美发达国家,"作儿童小说以迎之",也就是编《童话》丛书。第三,《童话》丛书直接培养出了茅盾、郑振铎等儿童读物编辑人才,为五四时期中国儿童文学的诞生奠定了基础。茅盾1916年入商务印书馆,在孙毓修直接指导下编辑儿童读物。孙毓修1915年编过《伊索寓言》,后又让茅盾编《中国寓言初编》,这是第一本中国寓言作品集。郑振铎进入商务印书馆后续编《童话》丛书第三集,不久主编《儿童世界》,他又将《童话》丛书第一集里孙毓修编译的《无猫国》《大拇指》,再次节编发表在上面。孙毓修编译的《无猫国》,故事梗概如下:

某村有一童子,名叫大男,父母早逝,家中贫穷。因为在本乡没有饭吃,就上京城,在一个富人家里做工。他工作极勤,但还常受老仆妇的打骂。他住的房子,老鼠又多,夜间总成群成阵地跑出来打扰他。新年时,主人的女儿给他一百个钱,当压岁钱。他拿这钱,买了一只猫来,养在房中。从此老鼠不敢再来。

主人有几只船,常到外国做生意。仆人们也常买些土货,托船主带去,趁些钱回来。有一次,主人问大男有什么东西要带去卖没有。大男只有这只猫,又舍不得卖。主人说,猫也可以卖。大男便把猫托了船主带去。

船到了一国,船主把带来的货物都卖完了,独有大男的猫忘了卖去。恰好国王请船主入宫赴宴。宫中老鼠极多。

客人还没有吃，所有的酒菜已尽被老鼠吃净了。宫人尽力驱逐老鼠，而逐了又来，总是驱逐不尽。国王甚是忧愁。船主说："不要紧！我有猫可以制服这些老鼠。"他便回船把猫带来。果然，猫一来，鼠便不敢放肆了。国王大喜，拿出许多金珠宝石，把猫换了去。

　　船回家了。主人家里的人都欢欢喜喜地来领取卖货的钱。大男的猫独独卖得了许多的金珠宝石。从此大男成富翁了。他不做苦工了。他入学读书，十分用功，后来成了一个很有学问的人。

　　当然，用今天的眼光看，《无猫国》自然不是一篇童话，不过一篇故事罢了。《大拇指》有一点幻想色彩，但更多也是民间故事的味道，并不是成功的童话。而且，《童话》丛书里的作品，延续清末编译多于原创的做法，基本都是从西方作品编译而来。

　　经过二十多年的儿童读物编译潮流发展以及以李叔同、沈心工为代表人物的"学堂乐歌"运动，中国儿童文学终于在清末民初进入了孕育期或曰胚胎期。它呈现出三个特点：具有强烈的爱国和启蒙思想，谋求作品通俗易懂，大力翻译外国作品或采编自中国古书、民间故事，而孙毓修正是中国儿童文学孕育期最为杰出的代表。

作于 2021 年

中国儿童文学史上的周作人

清末民初周作人的儿童文学活动

在清末民初的儿童读物编译浪潮中，周作人是一个受益者。他曾在《筹备杂志》一文中回忆说："我在南京的时候所受到的文学的影响，也就是梁任公的《新小说》里的那些，主要是焦士威尔奴的科学小说。"他的哥哥鲁迅也有类似的回忆。可能由于当时周作人屈居相对闭塞的绍兴城，没能真正参与清末民初的编译儿童读物的潮流，但这并不妨碍他进行个人的思考。

从 1912 年起，至 1917 年新文学运动发动之前，周作人已开始研究儿童问题与儿童文学问题，先后写出《儿童问题之初解》《童话研究》《童话略论》《儿童研究导言》《儿歌之研究》《古童话释义》等宏文。这时候的周作人，虽然只有 30 岁左右，尚未登上历史的舞台，自然无法正式祭起儿童本位论的大旗，但在中国儿童文学的孕育阶段，他无疑已经成为中国发现儿童的第一人（当时也是唯一一人），并提出"以儿童趣味为本位""以儿童为本位"等具有革命性的新观点。周作人将迟早宣告中国儿童文学的诞生，只待一触即发的五四新文学运动的到来。

从 1910 年周作人创作《丹麦诗人安兑尔然传》（这是中国介绍安徒生的第一篇文章）开始，至 1917 年以前，周作人先后写了《个性之教育》《儿童问题之初解》《家庭教育一论》《童话研究》《遗传与教育》《民种改良之教育》《童话略论》《游戏与教育》《儿童研究导言》《征求绍兴儿歌童话启》《儿歌之研究》《玩具研究一》《古童话释义》《童话释义》《学校成绩展览会意见书》《小学校成绩展览会杂记》等近二十篇有关儿童学、儿童教育和儿童文学方面问题的文章。短短几年之中，如此高密度地论述儿童问题，可见其对儿童文学的重视。

周作人在清末民初的儿童文学研究有如下几点值得我们注意。

第一，周作人是中国第一个提出"儿童问题"，并研究"儿童学"的人。在《儿童问题之初解》中，周作人说："一国兴衰之大故，虽原因复杂，其来者远，未可骤详，然考其国人思想视儿童重轻何如，要亦一重因也。"周作人将"儿童问题"上升到国家兴衰的高度，暗含了批评中国旧儿童观的落后，同时说明革新儿童观是何等的重要。在这篇文章中，周作人继续说："凡人对于儿童感情可分三纪，初主实际，次为审美，终于研究。字育之事，原于本能。婴儿幼生，未及他念，必先谋所以保育之方，此固人兽同尔，有不自觉者。逮文化渐进，得以余闲，审其言动，由恋生爱，乃有赞美。终以了知个人与民族之关系，则有科学的研究，依诸问题，寻其解释。第在中国，则儿童研究之学固绝不讲，即诗歌艺术，有表扬儿童之美者，且不可多得。"指出当时中国没有儿童的发现、儿童文学的产生和儿童学研究的客观事实。在文章末尾，周作人不无深切地感叹："对儿童问题，天下父母之心既如此矣，若教育者之意见复何如？救治之方安在？此又可深思者矣。"体现了他作为一个启蒙者的隐忧。在《儿童研究导言》中，周作人说："儿童研究，亦称儿童学，以研究儿童身体精神发达之程序为事，应用于教育，在使顺应自然，循序渐进，无有扦格或过不及之弊。"这可能是中国第一次出现"儿童学"字眼。

第二，周作人是中国研究童话第一人。在孙毓修1908年出版《童话》丛书之后，1913年和1914年周作人连续发表五篇关于童话的文章，影响深远。不过两人所理解的童话略有出入。孙毓修在1909年发表的《〈童话〉序》一文中说："吾国之旧小说，既不足为学问之助，乃刺取旧事，与欧美诸国之所流行者，成童话若干集，集分若干编……书中所述，以寓言、述事、科学三类为多。"其中所谓"述事"，指"里巷琐事，而或史策陈言"，大约等同于适合儿童阅读的历史故事。可见孙毓修理解的"童话"，并不包括中国旧小说，重点突出的是寓言、历史故事和科普，带有儿童读物的味道，并非童话之真义。而周作人的

"童话"，依据他1913年发表的《童话研究》所说，指"神话世说"。所谓"世说"，根据周作人后文所指，当为中国古代的传奇小说中寓含幻想成分的作品。可见，周作人理解的"童话"指有幻想色彩的神话和传奇，这更接近我们今天的童话的内涵。周作人把"神话世说"又称作"古童话"，指出了中国童话的历史渊源。随后，周作人又先后发表了《童话略论》《古童话释义》《童话释义》等文，系统研究了中国的"古童话"。不过，需要注意的是，周作人所说的"中国童话自昔有之"，并非中国儿童文学自古有之的意思，而是指出中国有"古童话"。"古童话"并不等同于我们今天所说的"童话"，它们不过是古代的一些幻想作品，可以作为今天的童话的素材而已。另外，周作人并不是站在自觉的中国儿童文学史的角度来谈，毕竟他前面已经指出当时的中国没有儿童文学的这一事实。

第三，周作人是最早提出"以儿童为本位"的中国人。1913年，在《儿童研究导言》中，周作人说："世俗不察，对于儿童久多误解，以为小儿者大人之具体而微者也，凡大人所能知能行者，小儿当无不能之，但其量差耳。"批评了世俗的儿童是缩小的成人的旧儿童观。1914年，在《玩具研究一》中，周作人说："选择儿童玩具，当折其中，即以儿童趣味为本位，而又求不背于美之标准。"已见"儿童本位论"之端倪。在《学校成绩展览会意见书》中，周作人明确提出"保存本真，以儿童为本位"，这是中国儿童本位论的第一次发表。在《小学校成绩展览会杂记》中，周作人说："今倘于此不以儿童为本位……于艺术教育之的去之已远。"指出了不以儿童为本位的荒唐。可以说，在1914年，周作人已经有了明确的"儿童本位论"的主张，在当时举国上下，唯此一人，甚至影响了鲁迅。鲁迅迟至1919年才在《我们现在怎样做父亲》中提出"幼者本位""孩子本位"。

周作人除了研究儿童文学，1909年还与乃兄周树人翻译《域外小说集》两册出版问世，里面也有一些儿童文学作品，如王尔德、安徒生、梭罗古勃等人的作品。

五四时期周作人宣告中国儿童文学诞生

到了五四时期，周作人真正登上中国的历史舞台，宣告了中国儿童文学的诞生。中国儿童文学的诞生，离不开新文学的产生。1917年，《新青年》发表胡适的《文学改良刍议》、陈独秀的《文学革命论》，正式向旧文学发难，明确提出"白话文学之为中国文学之正宗"，推倒"贵族文学""古典文学""山林文学"，建设"国民文学""写实文学""社会文学"，正式引爆了文学革命。不少作家加入到新文学的阵营中来，从建设新文学的理论和创作实绩两个方面进行努力。其中，思考建设新文学的理论最深入的是周作人。从1918年到1921年，周作人先后发表《人的文学》（1918）、《平民文学》（1919）、《思想革命》（1919）、《儿童的文学》（1920）、《美文》（1921），指出新文学的本质就是对"人"的发现，"用这人道主义为本，对于人生诸问题，加以记录研究"，反映"人的平常生活"。胡适赞誉《人的文学》是"关于改革文学内容的一篇最重要的宣言"。《平民文学》《儿童的文学》是对《人的文学》的进一步深入说明。《儿童的文学》是中国儿童文学诞生的宣言书，标志着新文学朝着纵深方向发展，创造了古代所没有的一种新的文学门类。儿童文学是一种新的文学，它为新文学的"新"赋予了新的深刻内涵。《美文》是对白话散文这一文体的提倡，与《儿童的文学》一样，体现了周作人鲜明的文体意识。

一般认为，文学研究会发起了中国的"儿童文学运动"，而周作人正是文学研究会的主要发起人。1921年1月1日，周作人与茅盾、郑振铎、王统照、叶圣陶等十二人发起成立文学研究会，成为中国新文学史上的第一个文艺团体。郑振铎是文学研究会的实际发起人，周作人、茅盾、叶圣陶等都是他"拉"来的。他首先拉的就是周作人，恐是因为周作人当时身为新文学运动的主要代表人物。所以，周作人事实上是文学研究会初期的"门面"，标志着文学研究会诞生的"文学研究会宣言"就出之于他的手笔。在这篇成立宣言中，周作人说："将文艺当做高兴时的游戏和失意时消遣的时候，现在

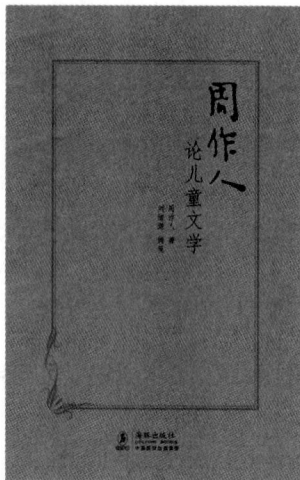

《周作人论儿童文学》封面

已经过去了。我们相信文学也是一种工作，而且又是于人生很切要的一种工作。"这是对《人的文学》的文学思想的进一步深入阐述。茅盾在周作人这一思想基础上指出，"文学应该反映社会现象并讨论及表现人生的一般问题"，主张"为人生的艺术"，"写实主义之文学"，当时被视为"为人生派"，与"为艺术派"相对。在这一时期，新文学的另一特征，即革命性，也显露出来。文学研究会会员费觉天是中国提倡革命文学第一人。1921年7月，他写信给郑振铎，批评五四新文化和新文学的倡导者过于重视革命理论或主义的宣传，忽略文学对革命的巨大作用，他认为"在今日的中国，能够担当改造的大任，能够使革命成功的，不是什么社会运动家，而是革命的文学家"，"文学是大有功于革命，革命家必得借助于文学"，得到郑振铎、茅盾的呼应和支持。随后，《评论之评论》《文学旬刊》等展开了"革命的文学讨论"。郑振铎提倡"血与泪的文学"，茅盾大谈"无产阶级艺术"（1925），明显把"为人生的艺术"转向了"革命的文学"。周作人发表文章表示不赞同，也就在事实上脱离了文学研究会的活动（约1924年后。在1920—1923年期间，茅盾与周作人的关系有一段"蜜月期"，一年通信几十封，尽现茅盾对周作人的仰慕与崇拜）。文学研究会成为中国最早倡导革命文学的文艺团体，这也在很大程度上影响了中国现代儿童文学的发展道路。茅盾与周作人在"革命的文学"思潮兴起后相疏离，成为中国儿童文学史上的一大遗憾。

周作人的儿童本位论及其影响

周作人是"儿童本位论"的主要发明者和坚定的倡导者。在《儿童的文学》一文中，周作人集中表达了自己的儿童观和儿童文学观，也即是他的"儿童本位论"。他主张不将儿童"当做缩小的成人"，"不完全的小人"，承认儿童"是完全的个人"，"有他自觉的内外两方面生活"。"把儿童当人看"，"把儿童当儿童看"，是周作人儿童观的核心。在此基础上，周作人指出：

> 儿童所需要的是文学，并不是商人杜撰的各种文章，所以选用的时候还应当注意文学的价值。所谓文学的，却也并非要引了文学批评的条例，细细地推敲，只是说须有文学趣味罢了。文章单纯、明了、匀整；思想真实、普遍：这条件便已完备了。

这是周作人对于儿童文学的价值判断标准，即一是"儿童的"，二是"文学的"。儿童文学之所以比成人文学创作更难，正是由于二者的统一难度太大。为了批判旧的儿童观，捍卫儿童的利益，周作人有时更强调"儿童的"重要性，比如他在《儿童的书》中说："大抵在儿童文学上有两种方向不同的错误：一是太教育的，即偏于教训；一是太艺术的，即偏于玄美：教育家的主张多属于前者，诗人多属于后者。其实两者都不对，因为他们不承认儿童的世界……总之，儿童的文学只是儿童本位的，此外更没有什么标准。"也就是说，评判儿童文学的两个价值标准，周作人更倾向于把"儿童的"置于"文学的"之上。如果真是如此，那么我认为这体现了儿童文学某种程度上的亚文学的特征。儿童文学具有庞大的消费市场，也可以说明这一点。

周作人发表他的"儿童本位论"不久，立即得到郭沫若的响应。1921年1月11日，郭沫若撰写《儿童文学之管见》，开头说道："国内对于儿童文学，最近有周作人先生讲演录一篇出现，这要算是个绝好的消息了！"文章同时表达了对周作人儿童本位论的热烈支持，郭沫若说：

> 儿童文学，无论其采用何种形式（童话、童谣、剧曲），是用儿童本位的文字，由儿童的感官可以直诉于其精神的堂奥者以表示，准依儿童心理所生之创造的想象与感情之艺术。儿童文学其重感情与想象二者，大抵与诗的性质相同；其所不同者，特以儿童心理为主体，以儿童智力为准绳而已……就鉴赏方面而言，必使儿童感识之之时，完全如出自自家心坎，于不识不知之间而与之起浑然化一的作用者，然后方为理想的作品。能依据儿童心理而不用儿童本位的文字以表现之，不能起此浑化作用。仅用儿童本位的文字以表示成人的心理，亦不能起此浑化作用。儿童与成人，生理上与心理上的状态相差甚远。儿童身体决不是成人之缩影，成人心理亦决不是儿童之放大。研究儿

童文学者，必先研究儿童心理，犹之绘画雕塑家必先研究美术的解剖学。

在这一时期，鲁迅表达了"幼者本位""以孩子为本位""本位应在幼者"的观点，并大声疾呼"救救孩子"，有明显的启蒙主义色彩。鲁迅也认为"孩子的世界与成人截然不同"，"为了新的孩子们，是一定要给他们新作品"，且指出儿童读物应该"浅显而有趣，不用什么难字"。五四时，鲁迅与周作人保持着近似的儿童观和儿童文学观，这是周作人对儿童问题的研究启发了鲁迅。

在提倡"血和泪的文学"之后的 1922 年 8 月，郑振铎也发表了"儿童本位论"。他在《儿童文学的教授法》中说："儿童文学是儿童的——便是以儿童为本位，儿童所喜看所能看的文学。"他在 1921 年开始主编《儿童世界》时，也坚定地贯彻儿童本位的编辑方针。郑振铎的儿童本位论，是对周作人的呼应和宣传。这篇文章也说明，郑振铎虽然此时已经有了"革命的文学"的新观念，但那主要是针对成人文学而言，对于儿童文学，郑振铎这时仍然是一位儿童本位论者。然而，随着时间推移和时局变化，郑振铎后来逐渐成为一个儿童本位论的摇摆者。1935 年，郑振铎在《中国儿童读物的分析》一文中说："凡是儿童读物，必须以儿童为本位。要顺应儿童的智慧和情绪的发展的程序而给他以最适当的读物。这个原则恐怕是打不破的。"然而，他又说："绝对的儿童本位教育的提倡，当然尽有可资讨论的余地。"这种"摇摆"的现象，一直贯穿于他一生的文学活动中，类似的作家为数不少。可以说，郑振铎是早期中国儿童文学史上一位非常典型的摇摆者。

郭沫若对儿童本位论的坚持比郑振铎更长久，也更坚定。20世纪40年代，他在《本质的文学》一文中说："人人都是有过儿童时代的，一到成了人，差不多每一个人都把儿童心理丧失得非常彻底。人人差不多都是爱好儿童的，但爱好的心差不多都是自我本位，而不是儿童本位。大概就是因为这些原故，所以世界上很少有好的儿童文学，而在我们中国尤其是绝无。中国在目前自然是应该尽力提倡儿童文学的，但由儿童来写则仅有'儿童'，由普通的文学家来写也恐怕只有'文学'，总要具有儿童的心和文学的本领的人然后才能胜任。"这种"儿童"与"文学"的两个标准同时具备的论调，与周作人又何其相似！

五四时期，黎锦晖也是一位儿童本位论的忠实践行者，而且他将儿童文学创作与歌舞表演相结合，极大地释放了儿童的天性，真正将儿童本位在社会层面进行实施，产生了极大影响。他所开创的儿童文学道路，别开生面，是当之无愧的儿童歌舞剧大师。他跟周作人一样，奉行"平民主义"，同为北京大学国语统一筹备会委员，极有可能受了周作人影响。周作人对他的作品没有做过评价，但当黎锦晖在《小朋友》发布"提倡国货号"，立即遭到周作人的批评，可见在儿童文学应秉持"儿童本位"的立场上，周作人是毫不含糊的。

作于2021年

辑三 关于编辑出版

《废名散文》前言

　　废名，原名冯文炳，1901 年生于湖北省黄梅县城东门，祖籍黄梅县苦竹乡。1922 年考入北京大学预科，从此走上文学创作道路。早年以小说名世，先后出版《竹林的故事》《桃园》《枣》《桥》《莫须有先生传》五部小说。1930 年后，主要进行诗歌、散文创作和新诗研究。1931 年底，任北京大学讲师。1937 年底，避居黄梅乡间。这一时期九年深入民间的乡居生活，让废名感受到了人民群众的伟大力量，为废名 1949 年后接受中国共产党领导的准备阶段。1946 年，重返北京大学中文系任教，先后任副教授、教授。1949 年后主要从事教学和科研工作。1952 年，院系调整，到东北人民大学（今吉林大学）中文系任教授。1956 年为东北人民大学中文系主任。1957 年，人民文学出版社出版《废名小说选》。1962 年起，任吉林省文联副主席。1967 年，在长春病逝。废名逝世以后，人民文学出版社最早出版废名的作品，包括《谈新诗》（1984）、《冯文炳选集》

（1985），后又有收入"中国文库"的《废名选集》，以及《废名作品新编》《竹林的故事》。《废名散文》为人民文学出版社出版的第七种废名作品选集。废名主要作品被后人辑为六卷本《废名集》，由北京大学出版社出版，荣获第二届中国出版政府奖。

在现代文学史上，废名被誉为京派文学鼻祖，他的创作风格被称为"废名风"，直接影响了沈从文、何其芳、卞之琳、师陀、汪曾祺等一大批京派文学家。废名风至今仍然直接、间接或多或少地影响了不少作家，如阿城、贾平凹、曹文轩等。废名风的作品主要是指以《桥》为代表的诗化、散文化田园小说，主要题材为故乡黄梅的"儿女翁媪之事"。这是废名为现代文学做出的最为卓越的贡献。废名的诗歌，主要以禅诗著称，在中国文学史上也有一席之地，甚至形成了一个小有影响的诗歌流派——废名圈。废名圈的主要成员包括沈启无、林庚、朱英诞、鹤西、南星、黄雨等。

目前，世人对废名的小说、诗歌有着较为深入的了解，可惜对废名的散文却关注不够。这或与废名生前不曾将散文结集出版有关。更为尴尬的是，废名哪些作品属于散文，至今众说纷纭。这些都在一定程度上影响了对废名散文价值的估定，更不利于恢复废名在现代散文史上的地位。

最早指出废名散文的价值和地位的是周作人。1931 年 12 月 13 日，周作人在《志摩纪念》中说道："据我个人的愚见，中国散文中现有几派：适之、仲甫一派的文章清新明白，长于说理讲学，好像西瓜之有口皆甜；平伯、废名一派涩如青果；志摩可以与冰心女士归在一派……"这已分明指出了废名散文自成一家的事实。

同时代作家中，同样认识到废名散文价值的还有李素伯。他的《小品文研究》一书于1932年出版以后，有论者批评他遗漏了梁遇春等人。李素伯在1932年10月17日所写的《关于散文·小品》之第二节"遗珠"中辩道：

> 编者所最认为抱憾而且应该向读者抱歉的，是竟遗掉了一颗煞可宝爱的"明珠"——冯文炳（笔名废名）先生。冯先生有诗人的气质，却写了许多小说，然而他的小说当作散文读是会使你更得益的。周作人先生就说过这样的话："我觉得废名君的著作在现代中国小说界有他独特的价值者，其第一的原因是文章之美。"（《〈枣〉和〈桥〉的序》）要问美在何处？则可以说美在简练。冯先生的文章和俞平伯先生的同是著名难懂的，但最难懂的还要推冯先生的文章。原因是冯先生的文章太简洁、太凝炼，简炼得使无耐心的读者认为晦涩不通了，但这正是对现时专做流利脱熟的文章的青年最好的针砭……我是真的抱憾并向读者抱歉，竟把冯先生那样一颗大明珠遗掉了。

李素伯作为中国第一部散文研究专著的作者，在他的《小品文研究》中向读者介绍了周作人、鲁迅、朱自清、俞平伯、冰心、叶圣陶、丰子恺等十八位散文家，不为批评者认为遗掉梁遇春而感到抱歉，而独独为遗掉废名"那样一颗大明珠"而向读者道歉，可见在他的心中，废名的散文家地位不在这十八位之下。

但我们需要注意的是，1932年，废名出版了长篇小说《桥》，内中不少章节在《骆驼草》等报刊发表过。此时，废名主要是创作小说，并非散文和诗歌。周作人和李素伯分明都是把"他的小说当作散文读"的。"他的小说"，当时主要是指《桥》。

1935年8月24日，周作人在给《中国新文学大系·散文一集》所作导言中，进一步延续和强化了这一认识："废名所作本来是小说，但是我看这可以当小品散文读，不，不但是可以，或者这样更觉得有意味亦未可知。今从《桥》中选取六则，《枣》中也有可取的文章，因为著作年月稍后，所以只好割爱了。"被周作人选入的六则是《洲》《万寿宫》《芭茅》《"送路灯"》《碑》《茶铺》。

1943年，苦住北平的周作人写了一篇《怀废名》，其中对废名的创作历程进行总结：

　　废名的文艺的活动大抵可以分几个段落来说。甲是《努力周报》时代，其成绩可以《竹林的故事》为代表。乙是《语丝》时代，以《桥》为代表。丙是《骆驼草》时代，以《莫须有先生》为代表。以上都是小说。丁是《人间世》时代，以《读论语》这一类文章为主。戊是《明珠》时代，所作都是短文。那时是民国二十五年（1936）冬天，大家深感到新的启蒙运动之必要，想再来办一个小刊物，恰巧《世界日报》的副刊《明珠》要改编，便接受了来，由林庚编辑，平伯、废名和我帮助写稿，虽然不知道读者觉得如何，在写的人则以为是颇有意义的事。

周作人将废名在全面抗战以前的十五年文学生涯划分为五个阶段，前三个阶段为小说家阶段，后两个阶段为散文家阶段。此亦可以见出散文创作之于废名的重要性，其特殊意义当不在诗歌之下。废名在《人间世》《明珠》发表的散文，可谓字字珠玑，戛戛独造，显示出了一个成熟的散文家气度。周作人也认为这一时期的废名，"思想最是圆满，只可惜不曾更多所述著"。遗憾的是，在《废名文集》出版之前，这批散文长期没有得到收集和整理。

可以说，在废名生前，对废名散文范畴的指认，周作人是框定清楚了的。但在周作人和废名逝世以后，对废名散文的认识出现了变化，乃至分歧。

废名逝世二十年后，他的侄子冯健男教授开始编《废名散文选集》。这是废名的第一本散文集。冯健男承续了周作人的观点，认为废名的散文包括三方面内容："散文化小说，本义的散文，谈诗说文的文章"，认为这样"大致可以显示散文家废名的全貌"。弥足珍贵的是，冯健男整理了 1949 年以后废名三篇《诗经》讲义手稿，有吉光片羽之感。可惜由于篇幅单薄，所收散文仅 28 篇，尤其周作人所说的《人间世》《明珠》上的竟然一篇未收，远远不能满足嗜好废名散文的读者的需要。

1987 年，张以英、诸天寅、完颜戎在《中国现代散文一百二十家札记》中，将废名作为一家列入，题为《挥洒自如，涩如青果》，其中说道：

> 废名的散文数量虽不多，但很有特色，而且他的小说大多可以当作散文来读……废名的作品，无论诗歌、散文以及小说，都写得极有艺术个性，具有独来独往、不落窠臼的气魄。但创新有余，通俗不足，略有晦涩之嫌……其实，他的散文只有一部分写得较为难懂，多数还是写得很有真情实感，读起来也并不费力。当然如果把废名的小说也算作散文的话，那么可以认为他有意识地追求一种孤独、苦涩的美。

可以说，三人跟冯健男的认识大体一致。冯健男和他们的编选、研究工作，一定程度上开启了对散文家废名的重新研究。

2000 年，止庵所编《废名文集》问世。"文集"云云，实纯为散文，并不包括小说。止庵在序中说："后来虽然也出过他的散文选集，所选却多为小说，严格说来，废名散文迄今尚不曾专门收集过。结果作为散文家的废名及其杰作也就难得读者的重视，说来真是遗憾。"这分明可以看出止庵不赞成冯健男的做法，试图将废名散文的范围划定在小说以外的本义的散文。《废名文集》的出版意义重大，大大推动了对散文家废名的研究，也推动了废名小说以外散篇文章的收集和整理工作。2019 年 10 月，陈建军老师所编《废名散文》出版，承续的是止庵的做法，并不收录废名的小说，也不收录 1949 年以后的散文。

废名散文的特殊性，不仅体现在划定范围不清，还体现在废名的散文观、写作风格在新文学家中特立独行。从气质与风格来说，废名整体近似晚明性灵文人，周作人在《新文学的源流》中就说他"和竟陵派相似"。在《散文》中，废名说"喜欢事实，不喜欢想象。如果我写文章，我只能写散文，决不会再写小说"。又在《关于派别》中说，"散文之极致大约便是隔"。废名的散文创作，便是以重事实为底色，表达却又以"隔"为美学追求，创造出了"文生情，情生文"的"乱写"模式。喜欢废名，则认为他的散文"切己"；不喜欢，则斥之为"晦涩"。其实，"切己"正与"晦涩"一体两面。废名可能是中国最早的私人化写作的新文学作家之一。他的创作，尤其他的散文，明显呈现出自娱色彩，不求读者广泛，只求二三知己，类似我们今天写私人博客。非同道中人，不能知其在艺术上的一番苦心孤诣，甚至不知所云。

《废名散文》的编选工作，既兼顾历史事实，又充分考虑到读者的需要，重新回到冯健男的编选思路上来，并扩大篇幅，尽可能满足读者。共分为三辑：第一辑为散文化小说，收录《桥》《菱荡》《枣》《墓》；第二辑为本义的散文，收录《说梦》《知堂先生》《关于派别》等名文，其中《人间世》《明珠》《宇宙风》等报刊上的短文全收；第三辑为谈诗说文的散文，收录《谈新诗》《诗经讲义》中的篇章。唯第二辑和第三辑容易有交叉，为避免混乱，我的做法是第三辑仅收录学术著作中的谈诗说文的章节，其他单篇涉及谈诗说文的随笔一律收入第二辑。

通过《废名散文》，希望读者能真正认识到"散文家废名的全貌"。

《废名散文》（梅杰编选、导读，人民文学出版社 2023 年 1 月版）

2021 年 12 月于梅岭春草庐

追寻三个张光年

　　作为《黄河大合唱》的作者，且长期担任中国作家协会主要领导的张光年，何以被称作"文学史上的失踪者"呢？只要翻一翻近三十年来通行的现代文学史、当代文学史教材就可以知道这绝非危言耸听了。唐弢版的《现代文学史》曾风行于20世纪八九十年代，其中关于张光年的诗歌有约八百字的介绍，是放在《田间等人的诗歌创作》一节里，但90年代以后逐渐兴起的众多新版现代文学史教材，却不再评述张光年的作品。至于当代文学史教材，以目前最为通行的洪子诚版为例，对张光年文艺理论的评介只字未提。至此，张光年俨然已经失踪于时下高校的现当代文学史教材当中。这是否符合文学史的实际呢？类似张光年这类消失于"重写文学史"思潮中的作家，与"重写"思潮中挖掘出的大量"出土文物"般的"文学史上的失踪者"有无比较意义呢？张光年在新时代有无当下价值呢？要思考这些问题，不能不读新近出版的《张光年全集》。

《张光年全集》

　　张光年为湖北光化（今老河口）人，曾在武汉就读私立武昌中华大学（华中师范大学前身之一），是地道的楚产名人，故华中师范大学出版社推出《张光年全集》可谓"义不容辞"。主编严辉在华中师范大学深耕张光年研究多年，此前已推出《张光年文学研究集》等，长期搜集、整理张光年佚文、遗稿，积累了厚重的文献基础。与此同时，近年华中师范大学出版社又推出了《永远的"黄河大合唱"》《〈黄河大合唱〉创作传播编年1938—2019》等文献资料汇编，都为张光年研究奠定了扎实的基础。有了这些前缘铺垫和准备，《张光年全集》自然呼之欲出。这部新出版的《张光年全集》，将为重审张光年的文学史地位、文学价值提供权威、完备、可信的文本依据，一定可以科学、客观、公正地还张光年一个文学史地位。

张光年以"光未然"出名，这是"第一个张光年"，即诗人的张光年。张光年能在中国文学史上有一席之地，与"诗人光未然"密不可分。《张光年全集》第一卷、第二卷收录了张光年全部诗歌作品，包括"歌词""新诗""旧体诗""诗歌体译述"四辑，其中大量作品"来自最初发表的报刊或作者的手稿，系首次编集"（见严辉"本卷说明"）。重视初刊本和手稿，体现了新版《张光年全集》具有明确而强烈的文献意识，增强了该书的学术价值（不仅诗歌卷如此，其他各卷也都保持了这一学术特色）。张光年最负盛名的作品，无疑是1939年创作的《黄河大合唱》，有"民族史诗"之誉。此作一经问世，就成了社会产物，几乎人人能读，造成了巨大的影响，成为许多大型朗诵会上的保留篇目。然而，可能因为《黄河大合唱》是歌词，很多人不认为是新诗，所以在很多新诗鉴赏辞典、新诗史里也找不到它的踪影。这种视角上的误区，可能是导致光未然消失于文学史的一大主要原因。这分明是不符合现代文学史的实际的，恢复光未然在20世纪三四十年代文学史上的地位是很有必要的。

张光年同时又是一位文艺理论家。他从20世纪30年代就开始从事文学批评和文艺理论研究工作。1949年以后，张光年作为中国文坛的主要领导之一，这一时期他主要是文艺理论研究者和文学组织领导者，文学创作只是偶尔为之。以"文革"

为界限，"十七年"时期的张光年为"第二个张光年"。这一时期，从1955年开始，到1964年，张光年响应周扬的文艺思想，鼓吹文艺"大跃进"，"文艺放出卫星来"，倡导"集体创作好处多"，并写了大量批判文章，涉及胡风、冯雪峰、秦兆阳、周勃、黄药眠、何其芳、丁玲、陈企霞、萧乾、吴祖光、徐懋庸、刘绍棠、唐达成、陈涌、郭小川、李何林、巴人、邵荃麟等二十多位作家、理论家。其火药味之浓，已不是"檄文"可以名之，说是思想扭曲、人身攻击亦不为过。直至1977年，张光年继续在《人民日报》发表《驳"文艺黑线专政"论》，在驳斥林彪、江青的文化专制主义的同时，又不忘继续批判胡风、秦兆阳、邵荃麟等人的"写真实论"、"现实主义的广阔道路"论、"中间人物"论等思想。在后来《张光年文集》出版时，张光年却将这些文章全部抽出，使得我们难以全面认识张光年，尤其是这"第二个张光年"。较之于《张光年文集》，《张光年全集》征得张光年子女同意，全数收录这一时期的大批判文章（见《张光年全集》第四卷、第五卷），是该书重要的亮点和特色。"第二个张光年"，是一面重要的镜子，对于研究当代文学史，尤其"十七年"文学史具有重要的意义。在《张光年全集》披露这些文章后，张光年应该为文学史家所关注。

"文革"十年，张光年"完全搁笔未写"（见张光年《从诗歌问题说开去》），因被下放到湖北咸宁向阳湖的"五七干校"进行劳改，开始反思、忏悔。到了1978年，党的十一届三中全会召开后，张光年的文艺思想逐渐开明。这是"第三个张光年"。从 1979 年开始,张光年多次在多篇文章中表示"伤害了很多好同志","很对不起这些同志"。比如在《从诗歌问题说开去》一文中说:"建国以来,批判《武训传》、反胡风、反右斗争等等……伤害了很多好同志……把不是毒草的打成毒草,很对不起这些同志……1964 年作协'假整风',批邵荃麟的'写中间人物问题',来头不小,但那篇完全错误的批判文章是我执笔的……'左'的错误危害更大,教训是惨痛的。"在《驳"文艺黑线"论》附记中说:"文中提到'文艺界早在 50 年代批判过的写真实论'以及'后来文艺界批驳过写中间人物论',这种批判或批驳,都经受不住实践的检验,都是站不住脚的。特别是后者,作者曾经郑重其事地写过批判文章,更是完全错误的。"在整个八九十年代,张光年以一个"痛定思痛"的开明的文艺理论家形象示人,同时在中国作协的领导岗位上,表达"解放思想""创作自由",甚至提出过"文学体制改革"。可以说,"第三个张光年",是新时期文学的见证者、组织者,也是当代文学的反思者,他这一时期的文学论述,是当代文学理论的宝贵文献,也理当作为一个鲜明、突出的个案,在新时期文学史上记上一笔。

当然,要全面了解张光年,也需要阅读作为剧作家、剧论家的张光年的作品(见《张光年全集》第三卷),甚至应该阅读张光年大量未披露的书信、日记。通过张光年的《向阳日记:诗人干校蒙难纪实》等,就完全可以理解"第二个张光年"是如何走向"第三个张光年"的。类似这些书信、日记,或杂文、散文（即将收入《张光年全集》第六、七、八、九卷），对于研究作为诗人和文艺理论家的张光年，也具有极大的启示意义。

　　一个作家能否进入文学史是一件见仁见智，同时又很难判断的事。张光年写出过有影响的《黄河大合唱》，又长期担任中国文坛的主要领导，都有可能被挤出文学史，充分说明了文学史的门槛很高、文学史的书写难度很大。然而，在新的时代，应该是科学、客观、公正地恢复张光年文学史地位的时候了。出版《张光年全集》，正是其时，它可以为读者提供追寻三个张光年的路径。

作于 2023 年

喻血轮和他的《绮情楼杂记》

喻血轮（1892－1967），字命三，号允锡，自号绮情楼主，别署皓首匹夫，湖北黄梅人。出身于鄂东著名文学仕宦世家，为乾嘉年间著名性灵派诗人、"光黄一大家"喻文鏊（石农先生）五世孙，也是"中国铁娘子"吴仪的舅舅。光绪末年，入读黄梅八角亭高等小学堂，与吴醒亚等同学。宣统年间，入读黄州府中，开始接触报纸，思想益发激进。武昌起义爆发时，投身学生军。辛亥革命后，入读北京法政学校，不久返回武汉从事新闻宣传工作。初入《国民新报》，后入《汉口中西报》，成为民初新闻界的后起之秀。同时，与鸳鸯蝴蝶派文人多有往来，于民国初年出版十数种哀情小说，或为日记体，或为演义体。1917年，曾往苏州等地，与江浙沪一带文人集会、结社，声名日著。1921年，担任上海《四民报》总编辑。北伐前夕，担任国民革命军第三十七军政治部主任吴醒亚的秘书。北伐时期，在南京与吴醒亚、石信嘉等创办《京报》，为北伐摇旗呐喊，声势波及全国新闻界。国民政府成立后，历任安徽民政厅秘书、湖北民政厅秘书、湖北应山县县长、湖北省藕池口征收局局长、湖北《中山日报》总编辑、川陕豫党政考查团秘书、民生机器厂秘书、中央造船公司秘书等职。1948年底，携自著《秋月独明室诗文集》赴台。晚年，又开始创作鸳鸯蝴蝶派作品，如《红焰飞蛾》等，并以"绮翁"笔名为《新生报》撰写《绮情楼杂记》，为《大华晚报》撰写《忆梅庵杂记》，为一生所见、所闻之记录。

喻血轮既是近代文学家，又是民国著名报人，同时也有过为官二十载的经历。不过究其本质，应是文人，甚至还有旧式文人的色彩。综观喻血轮的一生，他堪称著名鸳鸯蝴蝶派文学家，也堪称著名报人，但在政坛无甚大的作为，最终也不幸地成为了"大时代中的小人物"。作为后世学人，我们所能采摘的不过是他或绚烂或暗淡的人生中的一些值得怀想和追忆的"花朵"，或许

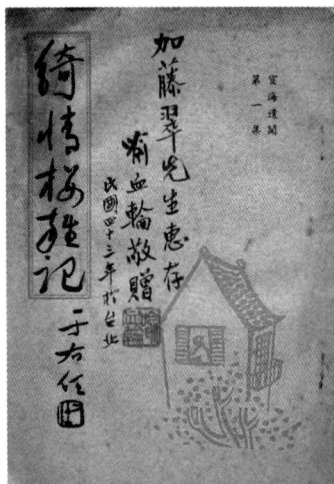

《绮情楼杂记》签名本

它们能够带我们走进历史的某一个隐秘的角落。

作为文学家的喻血轮，幼时即随舅、叔辈饱读诗书，古文功底极其深厚。可能由于出身渐趋没落的封建文人世家，且沉

溺于古典文学，喻血轮与五四新文学不曾发生过关系，而其社会思想也停留于辛亥革命阶段。现今，我们翻阅喻血轮的《林黛玉笔记》（又名《林黛玉日记》）、《西厢记演义》、《芸兰泪史》等著作，把它们放到民国初年的近代文坛上，仍然可以看出它们的光华来。甚至，我们还可以从中感受出一个世家子弟在北洋时代的落寞、伤感和彷徨。喻血轮终究没有找到人生的新路，在随后的时代洪流中，既不能与时俱进，又未能充分发挥文学才华，终于渐渐地悄无声息地平淡下去。当然，在今人撰写的近代文学史上，喻血轮仍然占据着重要的位置，被誉为"中国最早的日记体小说家"（《林黛玉日记》和《蕙芳秘密日记》均为近代最早的日记体小说）。他的《芸兰泪史》也被某些文学史家称为与徐枕亚的《玉梨魂》、苏曼殊的《断鸿零雁记》并列的"近代文学的三大名作"。然而，文学家之外的喻血轮却鲜为人知，同时也正因其生平的不为人知，研究鸳鸯蝴蝶派的史家也难以真正深入他的文学世界。

作为报人的喻血轮，本着早年激进的变革思想，参加了辛亥革命。清末时的喻血轮接触报纸应与长兄喻的痴有着相同的经历。喻的痴曾回忆说："先是清光宣间，正《中西报》崭然露其头角于汉上，时予年甫二十，负笈黄州。初不解新闻业为何事，惟感念清政不纲，国势日岌，年少气盛者，鲜不慨然抱改革之志。蕲春方觉慧、詹大悲，罗田何亚新暨同邑宛思演诸君，同学中富于革命思想之尤者也，俱与予交笃且密。课余暇晷，辄相与共读新闻纸或其他鼓吹革命刊物。寒夜青灯，对床风雨，每感痛国是，未尝不淬厉激昂，互以匹夫兴亡之责相勖勉。而予于报载时论，且选其沉痛激越之作，手录成帙，研讨诵读，是乃予读报之始也。"（喻的痴：《我与〈中西报〉》，原载《汉口中西报》"万号纪念刊"）。当时也在黄州府中读书的喻血轮，无疑会受到喻的痴、方觉慧、詹大悲、何亚新、宛思演等革命志士的影响。民国二年（1913），喻血轮入《汉口中西报》，扶持该报成为全国第六大报（仅次于京、沪一带的《申报》《新闻报》《大公报》《时报》《时事新报》，自此一直领军华中新闻界）。《汉口中西报》一直标榜"以公理正义为依归，持和平中正之态度"（喻的痴：《本报三十年经过大概》，原载《汉口中西报》"八千号纪念刊"），辛亥革命时被付之一炬，后又复刊。喻血轮和他的大哥喻的痴也由此报而留名于中国新闻史上。喻的痴曾在《我与〈中西报〉》中饱含深情地说："颇以予侪业此垂三十年，虽碌碌无所成就，要皆肇基于《中西报》，倘坐视此具有悠久历史之区区基业，一旦隳败，恝然不顾，宁不为天下笑？"因此，喻的痴在20世纪30年代中期购下《汉口中西报》，由总编辑成为主办人，黄梅喻氏与《汉口中西报》的关系更加密切了。北伐时期，喻血轮又在陈立夫的主持下，创办了《京报》，一时成为全国新闻界的瞩目人物。许多关于北伐的消息，均出于该报。或者也正由此，喻血轮最终成为了"党国"报人，自此裹足不前，唯党国领袖马首是瞻。现今的报人研究者也仅偶尔提到《汉口中西报》《京报》时期的喻血轮。喻血轮对这两份报纸怀有深情，曾先后写下《我在〈中西报〉十年生活的回忆》《北伐时期之京报》，它们也成为研究《汉口中西报》《京报》的重要文献资料。另外值得一提的是，20年代中期喻血轮曾独自主办扬子通讯社，后因军阀干预被迫停办。这也可以说是喻血轮报业生涯中的一个亮点。

作为文职官员的喻血轮，更无所作为，或许他本就无意于为官。1926至1936年的十年间，喻血轮追随国民党中央常委吴醒亚，长期担任他的秘书，因之对国民党相关人物、事件均有所接触或耳闻。吴醒亚死后不久，喻血轮到处迁徙、辗转，在仕途上并无长进，而在文学上亦无新的成就。历史便是一个大舞台，不是每一个人都能长久地担当主要演员，最终都有沦为"群众演员"的可能。从喻血轮身上，我们或许也可以获得一二启示。

喻血轮赴台后，鸳鸯蝴蝶派在岛内落脚生根，迎来了第二春，他的文学生命似乎也有了一次"回光返照"。他继续撰写《红焰飞蛾》一类通俗小说，迎合当时的台湾文坛风气和大众读者，可以想见喻血轮并不甘于寂寞。然而，时至晚境，再激进的志士也终将熄灭内心的火焰——更何况早在北伐之后，就已经开始了平庸的官场生涯的一介文人喻血轮呢？这时，喻血轮提笔撰写《绮情楼杂记》。严格来讲，这不是一部回忆录，而是"志人"体的笔记。

《绮情楼杂记》是一部比较典型的民国文人笔记。全书分三集，内容颇为芜杂，所涉及的人和事以清末至民国年间为主，且以记录名人的言行、诗文为主，风格近似《世说新语》，堪称一部"清末民国人物言行录""辛亥人物志"或"民国版《世说新语》"。此书创作于1952至1954年间，曾由启明书局于1954、1955年分集出版。《绮情楼杂记》出版后，喻血轮曾有续作，如1959年前后在台北《大华晚报》连载的《忆梅庵杂记》，惜未再结集出版。

1983年，台湾文海出版社曾将《绮情楼杂记》第一集，与朱揆初所撰《圜府琐记》合订一册，作为《近代中国史料丛刊续编》（沈云龙主编）第96辑第958册印行。此后近三十年间，从未再版，仅为少数研究民国史学者知晓，如著名学者钱歌川、李敖等人曾有引录，并对其人其书颇为推崇。由此可见，重新挖掘喻血轮，出版《绮情楼杂记》也有一定的文史价值。

喻血轮出身文学世家，又经历了辛亥革命、北伐时期，同时在报界、官场待了大半生，因此书中涉及的方方面面的人物非常广泛。世家子弟、草莽武夫、报人戏子、文士学者等等，皆在书中"粉墨登场"，或记言，或记事，或记行，或记诗，都有非常大的史料价值、可读价值。喻血轮在序言中自述："作者青年问世，老而无成，走遍了天涯海角，阅尽了人世沧桑，滥竽报界可二十年，浮沉政海亦二十年，目之所接，耳之所闻，知道了许多遗闻轶事，野史奇谈……近年旅居台湾，孑然一身，每于风雨之夕，想起这些故事，恒觉趣味弥永，值得一记。于是思起一事，即写一段，不论年代，不分次序，不褒贬政事，不臧否人物，惟就事写实……"不过，我们翻阅《绮情楼杂记》，倒感觉个中有着很浓厚的野史、逸闻的味道，作者未必真正做到"就事写实"。恐怕读者也只好抱着"姑妄言之姑听之"的态度吧！

不妨从书中摘录几节来展现它的可读性。这些史料大多为我们揭开了历史的某个暗角，或者揭示了某个历史人物的另一面。

《辛亥起义遗事》："辛亥八月十九日，武昌起义，人皆知为工程营熊炳坤放第一枪，然促成工程营起义，实为党人梅宝玑。梅为湖北黄梅人，清末任共进会鄂东支部部长，秘密吸收党人，共图革命。八月十七日汉口俄租界宝善里机关爆炸，梅曾在场，面部且受微伤，当晚渡江至武昌，匿阅马厂谘议局秘书长石山俨家。次日武昌大朝街机关破，彭杨刘三烈士就义，梅知事急，亟欲通知各方党人起事。乃于十九日晨，至工程营门前，坐一烤红薯摊贩处，伺工程营兵士出，以秘密信号探索同志，历数次，始获一人，因告以武汉机关被抄及彭杨刘死难各情，其人闻之，大为惊骇，亟问各册是否搜去？梅因欲激动党人，诡称名册已在宝善里搜去（其实当时名册并未搜去），并谓：'武昌城关已闭，瑞澂将按名索捕，营中各同志，如不速自为计，势成瓮中捉鳖。'其人闻语，沉吟久之，曰：'吾将通知营中同志，迅速起事。'是晚，工程营遂首先发难，造成光辉历史。故工程营举义，实梅宝玑报告消息有以促成之。后梅曾膺非常国会议员，抗战期间，在赣以贫病死！"可以说，这是一则十分重要的史料，对于研究武昌起义的产生有着很大的作用，可惜目前学界没有重视。

《冯玉祥第一次倒戈》："冯玉祥生性奸险，屡叛长官，故有'倒戈将军'之称。其第一次倒戈，为民国七年（1918）二月间，方任混成旅旅长，驻扎武穴。时北京政府正思用兵西南，段祺瑞派曹锟为两湖巡阅使，曹于孝感设立南征大本营，冯国璋并赠宝刀一柄，对临军退缩者，准其先斩后奏。讵曹正剑拔弩张时，冯玉祥忽于二月十三日，在武穴宣布自主，一面声讨倪嗣冲，一面吁恳南北罢兵。并于十四日发表函电，有'或罢兵，或杀玉祥以谢天下'等语。奔走其事者，为陆建章，盖冯、陆为甥舅姻亲，陆欲借此打击段阁也。段闻冯叛变，于二月二十三日下令免冯职，发交曹锟查办。冯遂唆使部下通电挽留，谓'宁与旅长同死，不愿任其独去，如不获请，请将我官兵九千五百五十三人一律枪毙'云云。结果，由曹锟向段疏通，仅褫去陆军中将，仍留任旅长，交曹锟节制，自此冯遂成为曹、吴股肱。然民十三（1924）奉直之战，冯又背叛曹吴而演第二次倒戈。迄民十九（1930）扩大会议，则又背叛国民政府而演第三次倒戈矣。胜利后，复又背叛国民党而投靠朱、毛，卒落史达林魔掌，于海舶焚死。"在《绮情楼杂记》中有多则是写冯玉祥，但无一好话，都是说他"外诚内狡，表朴里华""矫情作伪"。至于冯玉祥是否真的有此"不为人知"的一面，只有等读者自己辨识了。

《卢永祥敬爱文人》："卢永祥为段系军人之一，自民九（1920）至民十三（1924），任浙江督军四五年，其人胸襟开拓，雅重文人，用人行政，亦颇得中和之道，故开府浙江最久，而浙人无攻讦之者。鄂人李继桢（号希愚，为国会议员）学识渊博，尤擅文章，下笔淋漓酣畅，如走龙蛇。永祥初督浙时，罗致幕中，优礼有加，凡有政治电文，皆由李主稿。李以体弱不任繁剧，永祥特在沪为赁一寓庐，派两勤务兵侍候，有事则以专车迎至杭州，篝灯商讨，事毕，任其逍遥湖上，或遄返沪滨，从不以细事相累。俸给不以数额拘，随时致送，其礼遇文人，殊非其他军阀所及。民十三，苏浙战起，永祥失败，通电下野，电末有'爱国不敢后人，成功何必自我'二语，传诵一时，盖即李手笔也。永祥退沪时，寓市商会，遣人召李至曰：'吾既失败，行将赴日，君垂垂已老，亦宜休息。'言次，出十万元支票一纸与李曰：'戋戋之数，聊助君资斧，幸回鄂小憩，勿复长作羁旅人也。'其时十万元，殊非小数，李持此回汉，略置资产，称小康焉。"喻血轮虽在《绮情楼杂记》中讥讽军阀较多，却也有此等文字，让读者看到北洋将军的另一面。

《绮情楼杂记》还有一点值得注意。喻血轮在书中回忆的人物大多是辛亥革命时期的，余则北洋军阀、国民党要员，再次之为报人戏子或文坛名人。喻血轮对辛亥志士都持颂扬的态度，而对北洋军阀多系抨击、讽刺，至于国民党要员，则多以诙谐、幽默面貌示人。在根本的立场上，喻血轮是站在国民政府一方的。因此，以上均不难理解，但对于读惯了"红色经典"的读者而言，或许就显得"耳目一新"了。当然，历史的是是非非，只有读者自己去评判，喻血轮也不过真实地记录了一个国民政府文职官员的时代观感。

当然，此书也有一些缺点。比如，一些内容与冯自由的《革命逸史》雷同，我们初步可以判断是作者抄自冯著。《绮情楼杂记》中的《野鸡大王徐敬吾》一节的语句亦多近似《革命逸史》。另外，喻血轮在书中宣扬了一些宿命的观念，这些不过是旧式文人常常玩弄的文字把戏——在今天，理智的读者是不会轻易被这样"糊弄"的。

笔者与喻血轮为同乡，自幼即知《绮情楼杂记》一书，曾多方搜寻，未能一见。后在台湾图书馆搜到馆藏信息，遂托蔡登山先生代为复印，乃将三集全部予以整理。现付梓在即，特撰此文，作为有关喻血轮和《绮情楼杂记》的一点介绍，望方家给予指教。

作于 2010 年

喻血轮与《绮情楼杂记》出土记

——想起那些人，那些事

喻血轮的《绮情楼杂记》（四卷本）即将出版了，出版方命我再写点文字，向读者介绍这本书"出土"的来龙去脉。这有点把我和这本书挂出来"晾一晾"的味道。我想，就讲一讲与这本书有关的人和事吧！

与黄梅喻氏结缘

在二十年前，别说在中国，就是在喻血轮的家乡黄梅，除了极个别因工作关系从事地方文史研究者以外，也是几乎没有人知道他的，那就更没有人知道《绮情楼杂记》。而我，那时作为一名中学生，从《黄梅文史资料》中看到了一则五六百字的喻血轮小传（作者署名梦寒），说喻血轮是一名作家，晚年著有《绮情楼杂记》，立刻引爆了我的"狂想"。我甚至怀疑喻血轮是清代文学家喻文鏊的后人，并大胆做出这个假设。2003 年暑假，我得知黄梅有一个叫陶月明的老先生，他为了编《黄梅新闻志》，曾联系过很多黄梅籍老报人。我立即去拜访他，得知他曾联系过喻的痴、喻血轮、冯健男、王默人、张雨生等许多黄梅在外的名人或其子孙。他告诉我他联系过喻血轮的儿子喻新民，还说喻新民在"上海长航"工作，但已经多年没有联系，不知其是否健在，联系方式也弄丢了。就这样，我带着联系不上喻血轮儿子的遗憾，以及喻血轮是喻文鏊后人的假设到武汉上大学去了。

2003年，正是一个网络大发展的年代。我从网上获取能搜索到的有关喻血轮的全部资料，并从各大图书馆里检索喻血轮的著作信息。然而，非常遗憾，网上只有喻血轮的传世之作《林黛玉日记》电子版，馆藏里也只有一版再版的《林黛玉日记》，更找不到《绮情楼杂记》。要想获得喻血轮更多的个人信息，几乎无从下手。但我并不气馁，立志全心研究喻文鏊和喻血轮。2003年秋，为了吸引更多人关注喻血轮，我在黄梅一中论坛发布了一则关于黄梅文化世家的帖子，其中着重谈到喻血轮和废名、帅承瀛、汤用彤等，引起了喻峰的注意。原来他就是喻血轮的侄孙，他的祖父为喻血轮二哥喻血钟，民国时也在《汉口中西报》任记者。这是网络世界的奇迹，让我们在虚拟的茫茫人海相遇。经历一年多接触，我获得了他的信任。2005年，经他提供联系方式，我与在武汉的喻血轮侄孙喻本伐教授联系上。喻教授研究中国教育史，当时对家族史并不感兴趣，貌似还对我研究他的祖上不以为然，但他向我推荐了他的三叔喻弗河。喻血轮当时已年近八十，最初竟然去网吧与我联系，同时辅以电话沟通。喻弗河作为喻血轮的侄子，只是说曾经跟喻新民联系过，当时也很多年没有联系，他手里没有喻血轮的著作，对喻血轮在台湾的情况了解也不多，但明确告诉我，喻血轮非常爱国、爱黄梅，临终前决定从香港转道回到大陆，不幸在香港病逝。对于喻血轮是否是喻文鏊的后人，他说应该是的，祖上代代这么传，但也并没有找到确凿证据，因为家谱已经找不到了。我不甘心，想继续追踪下去，不查清喻血轮在台湾的情况，喻血轮是否是喻文鏊后人，我绝不"善罢甘休"。2005年，我根据有限的关于喻血轮和《林黛玉日记》的材料，写了一篇文章发表在《书屋》2005年第12期上，这可能是国内第一篇研究喻血轮的文章。2006年，关于黄梅喻氏家族的资料非常少，但我还是写出了一篇《黄梅喻氏家族考略》，从文化世家的角度勾勒出了清代黄梅喻氏九代人的荣辱兴衰（在这篇文章中，我采用一定的史料依据，以推论的方式把喻血轮序为喻文鏊再玄孙），在武汉和黄梅两地的喻氏家族群中引发了很大的共鸣。有些喻家人支持我继续研究，但大多数喻氏家人坚持认为，家史属于私事，也不是什么值得炫耀的，不愿意再提供更多材料。

但有一人，也就是喻血轮长兄喻的痴（迪兹）的孙子喻本力，在他的三叔喻弗河的介绍下，与我继续保持联系。但他也是非常保守的人，提供家族史料，如同"挤牙膏"。他也说家人曾与喻血轮儿子喻新民联系过，但已失联多年。从2006到2008年，经过两年的反复沟通，在他的家藏资料和我搜集的史料相互支撑下，我得出了喻血轮为喻文鏊再玄孙的终极结论，并于2008年9月写出了《黄梅喻氏家传》这篇大文章，让喻本力也感到意外。正是2009年初，我从网上找到了需要下载浏览器才可以阅读的台湾文海版《绮情楼杂记》第一集。这让我如获至宝，心生把它整理出版的冲动。当时我正在台湾出版《朗山笔记》《关于废名》《许君远文存》等书，与蔡登山先生联系较多，遂委托他帮忙在台湾复印《绮情楼杂记》第二、三集。2009年4月，他将复印件随《关于废名》的样书一起寄给了我。

与胡杨文化结缘

当时，我知道同乡诗人胡少卿在北京成立了一家胡杨文化公司，主要从事图书策划。上大学时，我就知道胡少卿的大名，并有意跟他认识，追踪他到了"左岸"论坛上。2003年，《新京报》初创刊，胡少卿即担任书评编辑工作，2004年编发了我写萧蔜的一篇书评。等发表时，他已去职，但介绍了新来的涂志刚编辑跟我认识。2004年底，胡少卿回黄梅拜访萧蔜，他前脚刚走，我就到了萧蔜家，因此失之交臂。正是那天，萧蔜告诉我，胡少卿打算成立一家名为胡杨文化的公司。这是我知道胡杨文化之始。"左岸"论坛风流云散后，胡少卿又与朋友一起打造汉语江湖网站，除了文学交流，也发布不少胡杨文化的书讯，我是这家网站的常客。胡杨文化在2007年前后策划出版的王怜花、吉田兼好、陈渠珍、钱理群等人著作，以及《绝妙好辞》

等，我大都为之写了书评。这时，我只是胡杨文化的特邀书评人，还不算他们的作者。2009 年初，我的《关于废名》出版后，我立即给胡少卿寄去，并给当时在胡杨文化工作的何崇吉兄寄了一本，我深知他也喜欢废名。

2009 年 9 月 1 日，我终于鼓足勇气给胡少卿写了一封邮件：

> 胡大哥：我一直在研究黄梅喻氏，与他们家人关系很好。喻血轮的《林黛玉日记》版本很多，前年上海古籍又出了个图文本很精美！我最近弄到他写的《绮情楼杂记》一书，是民国版的《世说新语》。如有兴趣可以改名为民国版《世说新语》出版，我来联系版权并编校，如何呢？

很快，就得到胡少卿的答复，并派何崇吉兄跟进，他们口头表示书稿不错。我同时还把《许君远文存》推荐给他们。胡杨文化是一家很有活力的公司，当时整个社会都弥漫着一股民国风，"民国热"成为出版界的一大现象。但事不凑巧，或者说好事多磨，何兄因故离开了胡杨文化。奇迹般地，过了三个月，也就是 2009 年 12 月，何兄又回到胡杨文化，并开始主持工作。何兄一回到胡杨文化，就推进跟我签订这两本书的合同。2010 年 6 月，《许君远文存》率先在中国长安出版社出版，而《绮情楼杂记》为了等待辛亥革命 100 周年，推迟至 2011 年 1 月问世，并在当年北京订货会上首度亮相。

2011 年，辛亥革命方面的图书大热，《绮情楼杂记》也成为年度辛亥主题热门图书，登上了三联书店的畅销书排行榜。稍有遗憾的是，这只是《绮情楼杂记》的节选本，大概剔除了将近一半的内容，只保留了晚清民国方面的内容，主要是为了贴近民国主题和辛亥100周年的纪念活动。

《绮情楼杂记》节选本的问世，真正向当代读者推出了喻血轮和这部奇作，借助辛亥革命100周年的宣传势头，该书一下子成为口碑良好的大众历史读物。我原本就对此抱有信心，所以并未刻意去邀约书评。《绮情楼杂记》果然能"自带流量"，董桥、陆灏、俞晓群、杨小洲等书界名流，纷纷撰文推荐，这是我始料不及的。更有许多我不认识的作者，纷纷执笔品评，豆瓣上常居首页推荐，热得一塌糊涂。

鲜为人知的傅国涌序言

这本书的成功，其实也离不开羽戈和傅国涌等人的推荐。而且，他们就是《绮情楼杂记》的两位序言作者。但读者可能感到奇怪，为何最后成书只收入羽戈的序言？这就不得不说到序言背后的故事了。当时，我分别请了二位作序，傅老师的序言先写出来，且在某报发表了。结果羽戈兄在翻阅《绮情楼杂记》书稿过程中，向傅老师提到了书中的一些史料，并提及正在为此书作序之事。忽然一日，傅老师来信说：

眉睫：你好！我刚听羽戈说，他正在给你编的一本书写序。如果是同一本书的话，既然有他出手帮你，请你就用他写的，把我写的那篇拿下，不要印在书上，千万千万！！！我特别不喜欢为人作序，当时因你盛意，我答应了你。现在既有了其他朋友的序，我就可以解放了。我说的是肺腑之言，谢谢你。祝一切顺利。傅国涌

我见傅老师如此诚恳，不想隐瞒，回信坦称：

我将充分尊重二位的意见，承诺只用一序。先前未禀报先生，是晚生失礼、不周，有触动先生处，望谅解。如羽戈兄序来，则遵先生之嘱。如羽戈兄月底称序文不成，先生之序是否可用，也请先生示知。是书下月中旬以前付印。

傅老师又立即回复道：

梅杰：你好！信悉，谢谢你。我当初答应帮你写几句，是因为你来电恳切。我上信告诉你，我最怕为人作序，只要能推的一定推了。因为在我心中把作序的事看得很重。所以得知羽戈为你写序，我很高兴，这样我的小文就可撤下了。你就用他的吧，一方面你们同辈，更合适，他也会更用心对待。羽戈少年才子，文字漂亮，又是法学背景，他在宁波，也可算为宁波增色。你们都很好，80后正在兴

起。祝顺利！傅国涌

　　不久，羽戈兄之序到了，傅老师的序言也就未用了。在正式出版之后，傅老师把序言稍作改动，发表在了《文史参考》杂志上。傅老师序言中，有一段话，非常到位，他说："那种文字、风格都是典型的民国气味，是非感高于成败感，知人论世，并不出以成王败寇。对于有读史兴趣的读者来说，《绮情楼杂记》不会让你失望而归。"我们把这段文字印在了《绮情楼杂记》的封面上，算是对序言未用之遗憾的某种"补救"。

　　傅国涌老师为《绮情楼杂记》写序之事，我当时并未告诉羽戈兄，在出版之后，我也未告诉他。五年后，我才告诉他。2016 年 6 月 28 日，羽戈把这篇序言发在他的个人公众号上，并加了一段感慨的按语：

　　　　翻出此文，则因前些天听梅杰兄说，当初他编《绮情楼杂记》，曾约傅国涌先生和我作序，"后傅老师闻得羽戈兄也在给我作序，认为十分合适，于是遵嘱只用羽戈兄之序。当时羽兄之序未动笔，而傅老师之序早已写好。追书付印，收到羽戈兄序，果然精彩！傅老师目光如炬！"这么说或有自夸之嫌，我却想借此向傅国涌先生致敬，倘若梅杰兄不说，我压根不知《绮情楼杂记》书后还有这等事，先生之风，山高水长。

对编校质量不满引发的重印与再版

《绮情楼杂记》出版后，有读者吐槽有编校质量问题，时有文字差错。一方面，作为整理者，我肯定是有责任的，但另一方面，胡杨文化方面的责编我认为有更大责任。我主动到布衣书局把这本书的编校质量问题挑出来了，不是逃避责任，而是为了吸取教训。但胡杨文化方面担心我的声明会误导读者，让他们认为这本书错得不堪卒读，影响销售，于是要求我删除声明，并保证立即改正后重印。何兄说到做到，一个月后，《绮情楼杂记》重印本就上市了。

三年多以后，《绮情楼杂记》影响已渐渐消退，但我一想起这本书的文字差错问题，就如鲠在喉。于是我在 2014 年整理出版的喻血轮《蕙芳日记》一书的后记中写道：

> 2011 年为辛亥革命 100 周年，有家出版社出版了喻血轮的《绮情楼杂记》。我虽为供稿者，并遵嘱写有《编后记》，并附录我之所撰《喻血轮年表》前半部分。但实则此书未经敝人全校，更非敝人所编，出版者凭一己之认识，亦不事先沟通，自行删文、重编。至于署名"眉睫整理"者，与事实出入甚多。此书错谬不少，当收到样书时，我即要求改正重印。在本人强力要求下，终于在首印之后不足两月，出版方又重印一些校正本。但首印本已流入市场，

我接书友指谬之信不下十封。区区小书虽不足道，但兹事体大，以免谬误流传，特在此声明。

这是最为公开、正式的一次声明，然而我对喻先生的愧疚从未减轻。我只能继续通过搜集他的著作或有关他的文献来显示我对他的虔诚。也正由于我心中的遗憾，自节选本《绮情楼杂记》出版以来，我也从未放下过对足本《绮情楼杂记》的追求与期待。在这几年里，先后有几位出版界的朋友问起过，表达了相当的兴趣。尤其是张业宏兄主持的蜜蜂文库，在推出喻血轮夫妇的《蕙芳日记·芸兰日记》之后，也同意纳入《绮情楼杂记》。然而，由于蜜蜂书店在2015年发生了一次重大变故，不再出书，只好搁浅。

此时，节选本《绮情楼杂记》已经上市快五年了，虽未退出市场，但影响已经日渐式微，我又跟何崇吉兄、小北兄提到足本之事。经我软磨硬泡，或许出于市场考虑，又或出于对节选本的愧疚，又或出于我的合作诚意以及往日的情谊，何崇吉兄最终拍板重做《绮情楼杂记》。只是进度有些缓慢，而且自节选本《绮情楼杂记》出版之后，胡杨文化也搬过家，没有及时将原件退还给我，于是原先的复印稿全部丢失。所以虽然动议要出了，我们却拿不出书稿来。此后还是搁置再搁置。而我却给自己几乎下了死命令，2017年喻血轮逝世50周年，此书必须问世。就在这个时候，罗人智兄找到我，说他所在的浙江大学出版社想再版《绮情楼杂记》。我与罗兄亦相识有年，均为爱书之人，但我又是一个念旧之人，且重乡谊，于是我将此情况汇报何兄。何兄当即表示立刻出版足本《绮情楼杂记》。我只好对罗兄表达歉意了。

我是一个急性子的人，一听说足本《绮情楼杂记》可以出版了，于是不等友人到台湾的图书馆复印（其实，那时我跟台湾方面已疏于联系，也不好意思再去麻烦他们复印），日夜"蹲守"孔夫子旧书网，或是老天开眼，功夫不负苦心人，我竟很快集齐三卷本《绮情楼杂记》。得睹港台原版，一股暖流在全身上下涌动，如触电般的感觉。于是，我立即着手按照原书目录、次序，归位的归位，补充的补充，又反复仔细校对，终于将足本《绮情楼杂记》的书稿交了出去。

2017 年 9 月，精装版足本《绮情楼杂记》问世。

四卷本"第三版"的问世

可以说，至 2017 年，《绮情楼杂记》已经成为民国掌故笔记中有名的作品。在 2017 年前后，我又发现了一些喻血轮的佚文。受"荆楚文库"编辑部邀约，我把喻血轮上百万字的文学作品全部校点出来，编成《喻血轮集》于 2018 年初出版。《喻血轮集》的出版，正式拉开了喻血轮研究的序幕，引起了学术界关注，已经有博士论文专门研究喻血轮，这是巨大的进步。在整理《喻血轮集》过程中，我发现不少文言笔记和史料文章，可以作为《绮情楼杂记》的补充，应作为附集收入。这一想法

《绮情楼杂记》四卷本

得到何崇吉兄赞同，于是我们决定一起推出第三版。

第三版真正提上日程，是 2019 年。这时出版环境已经发生天翻地覆的变化。民营公司事实上已完全没有合作出版的权利，而且市场也发生很大变化，尤其在三年疫情期间。寻找出版社，就是一个漫长的过程。中间换了几家出版社，最后于 2020 年被我工作过的海豚出版社王磊社长接纳。经过选题申报、三审等工作流程，历经三年，终于把第三版做出来。

在编第三版的过程中，一大收获是，博士论文研究喻血轮的谭华老师把她发现的喻血轮照片提供给了我，终于得睹喻血轮的"真容"。我把这张照片发给黄梅本地著名画家陶利平老师，请他绘制了一张喻血轮画像，用在了第三版中，希望广大喻血轮的"粉丝"一起分享发现"真容"的喜悦。

　　随着《绮情楼杂记》影响的不断扩大，我还想做一本注释版，或许这就是第四版了，但愿若干年后，能心想事成。更期待那时候学术界的喻血轮研究蔚然成风！

作于 2023 年

汤用彤与《青灯泪传奇》

　　小时候，我读乡贤李华白先生的一篇文章，说到他民国时见过闻名乡里的晚清举人蒋酉泉所著《青灯泪传奇》一卷，当时爱不释手。后因"文革"，此书渐不为人所知，并在邑中销声匿迹。晚年，李先生到处托人寻觅此书，终不得一见。

　　到武汉上大学后，一个偶然的机会，读到《吴宓诗话》，目录中有《青灯泪》这个条目。读后大喜，该文说他的好友汤用彤最喜欢同邑蒋酉泉的《青灯泪》，于是推荐给他。这个文章透露出了一个消息，汤用彤本人就承认自己是黄梅人。此前所有关于汤用彤的介绍中，都说他祖籍或原籍黄梅，其实这个说法并不精确，因为汤用彤原本就是黄梅人。现在找到他本人承认的证据（虽为吴宓转述），于是我也更高兴了。许多文章还说汤用彤一生未到过黄梅，我想这个说法也是不确的。因为汤用彤的大哥汤用彬先生晚年回黄梅修《黄梅县志》，新中国成立之初病逝于黄梅。汤用彬先生为清末奖举人出身，早年在北京为官，

20 世纪二三十年代就回黄梅了，并以"大林山人"为笔名，替喻血轮的《新京报》等报刊写清末民初文坛回忆录。因此，我凭直觉认为，汤用彤从没到过黄梅说不过去。

最近又读到汤用彤《谈助》（原载《清华周刊》1916 年 2 月第 65 期）一文，竟然提到了蒋酉泉与《青灯泪传奇》，文中明确说："吾乡蒋酉泉先生所著《青灯泪传奇》，仅词典中未显著之一种耳，亦仅吾乡人士得而知之，得而读之，得而赉之……吾家人类相能背诵其一部……"可见汤用彤确实以黄梅人自居，并深受黄梅地方文人作品的影响。《谈助》第一节全文如下：

> 无道德者不能工文章，无道德之文章，或可期于典稚，而终为靡靡之音；无卓识者不能工文章，无识力之文章，或可眩其华丽，而难免堆砌之讥；无怀抱郁积者不能工文章，无怀抱郁积之文章，虽可敷衍成篇，然乏缠绵恺恻之致。诗穷而后工，非诗之能穷力，实穷而后工也。天然之物，非有天与之爵禄，非有灭赋之智识，非有天生之情性，不能得之。吾乡蒋酉泉先生所著《青灯泪传奇》，仅词典中未显著之一种耳，亦仅吾乡人士得而知之，得而读之，得而赉之。然先生作是书时，一腔情怀，正与蒲松龄著《聊斋志异》时同。盖先生亦以孝廉终身，一生潦倒，虽写美人薄命，然寓意实在名士怀才不遇，其曲未出，隐隐言及之，与蒲氏论叶生一文，同一激昂慷慨，使先生而飞黄腾达，则自无此可贵之文章。信乎立言之难，而为三不朽也。

《青灯泪》歌遣一出，不落前人窠臼，文最善，吾家人类相能背诵其一部，兹录其曲辞于此。

（北点绛唇）沈约形癯，相如病苦，江湖路柔橹摇孤，荡不动愁千斛。

（混江龙）龙蟠虎踞，万峰峦围绕帝王都，则只见锦缆前，楼台隐见，布帆外，烟树模糊。市歌儿，唱着越人船多于胡地马，童谣儿，还夸着建业水胜似武昌鱼，只可惜雄图远逝，盛烈云徂，先起呵，破曹兵，拒蜀兵，吴父子枉做了开山鼻祖。后来呵，越闽山，迁岭峤，宋君臣险成了泛海渔夫，有几个顺风做情的捐让，有几个逆天行道的征诛，最可怜明惠帝，下稍头儿落发，还可笑梁武帝平白地里捐躯，繁华地复编个蝶恋花的曲儿歌，英雄事到做了，浪淘沙的词儿谱，惹多少文人浩叹过客嗟吁。

（穿窗月）记春来船上欢娱，桃李花开满湖，小姑嫁了彭郎婿，淹死了桃叶渡，晒破了莫愁湖，东边日出西边雨。〔又〕记夏来船上欢娱，莲子花开满西湖，湖变作西施女，山也飞的来，水也跑的去，藕丝挂得盐船住。〔又〕到秋来船上欢娱，菱角花邮满湖，风清月白人怀去，铜陵山也没有铜包角，钱瓮城也没有铁打箍，千年田地八百主。〔又〕冬来船上欢娱，六山花儿开满湖，渔翁独约寒江渚，做江神当年项羽，做潮神昔日伍胥，将军战马今何处。

（寄生草）不如俺瓦甑蒸香芋，不如俺银刀脍鲤香，不如俺蓑衣换酒风前煮，打扬州直喝到苏州住，偶然说起乡园趣，便有那清风送上俺船头，熟烘烘一座杭州府。

（么篇）来无来，去不拘，那管他迅楼船仆杀了三国江东虎，乱刀兵灭了六代淮南鼠，奔烟尘逼走了两宋崖山鹿，俺只晓靠篷窗，散兰桨，唱一曲望江南，俺只晓，唤清风，呼明月，长作湖山主。

蒋恩溁，字西泉，原名蒋傚濂，道光五年（1825）中举，是同邑举人蒋梦楼、进士蒋奎楼（原名蒋傚江）兄弟的堂兄。资料显示，嘉庆六年（1801）进士蒋镛是蒋恩溁的叔辈。蒋镛于道光元年（1821）由福建连江知县升授知州，借补澎湖通判。道光九年（1829），委署台防同知。道光十六年（1836）卸任。

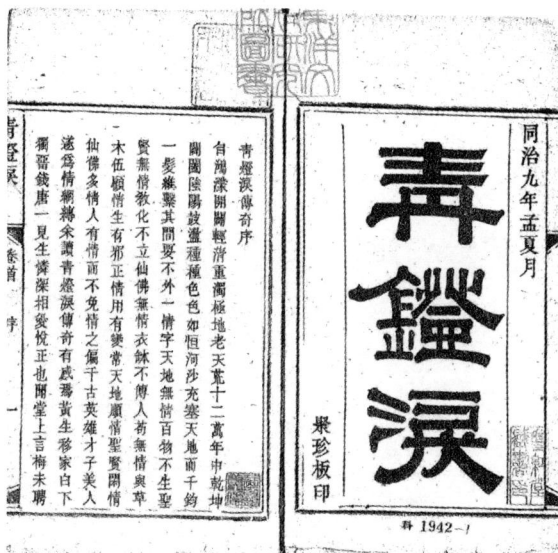

蒋西泉《青灯泪》［清同治九年（1870）版］

蒋镛在台湾颇有政声，崇文兴教，并撰著《澎湖纪略续编》，人称"蒋黄梅"。连横的《台湾通史》一书也曾取材于《澎湖纪略续编》。

一个偶然的机会，我竟然找到了《青灯泪》〔清同治九年（1870）版，蕲州吴之骥、庐陵郭俨序，蕲春骆敏修、金溪何友玉、上高罗洪钧题词，并有作者自序〕，不禁欣喜若狂，确感其文字清丽、雅致、缠绵，不让于许多著名的明清传奇。这时再想起汤用彤先生说的"亦仅吾乡人士得而知之，得而读之，得而赉之……吾家人类相能背诵其一部"来，乃深深觉得地方文化宝藏大有挖掘的必要。中华文明的传播、继承和发展，地方文人著作功不可没。《青灯泪》之影响于国学大师汤用彤，不过其中一例而已。

作于 2010 年

《潘梓年论著选》前言

　　潘梓年（1893—1972），江苏宜兴人，笔名宰木、定思、任庵、弱水等，著名哲学家、文艺理论家、逻辑学家、报人、翻译家，有"中共第一报人"之称。早年求学于大同书院、龙门师范。1920 年，入北京大学学习，主攻哲学、逻辑学、新文学和教育学等。1927 年，加入中国共产党，后主编《北新》《洪荒》《真话报》等报刊。1933 年被捕入狱，在狱中写了一部 30多万字的《矛盾逻辑》，并完成近 20 万字的翻译。1937 年，全面抗战爆发后，经党中央营救出狱，并担任中共中央党报《新华日报》第一任社长兼总编辑，长达 9 年。1947 年至新中国成立之初，历任中原大学副校长、党总支书记、校长，中南军政委员会文委会副主任，教育部部长，高教局局长。1954 年，任中国科学院哲学社会科学部副主任兼哲学研究所所长。著有《文学概论》《逻辑与逻辑学》《大家来学点儿哲学》等，译有《疯狂心理》《明日之学校》《动的心理学》《教育学》《逻辑》

《时间与意志自由》《苏俄新教育》等。

1990 年，江苏人民出版社出版的《潘梓年文集》只有十几万字。2012 年，中国社会科学出版社出版的《潘梓年集》只有三十多万字。这两部潘梓年作品集，虽然都收录了他的学术专著《文学概论》《逻辑与逻辑学》，但对集外文的搜集非常有限，其已收入的作品也只占潘梓年全部著述的很小一部分。潘梓年作为有较大影响的马克思主义哲学家，其著作尤其译作和大量集外文长期疏于搜集和整理，这是极不正常的现象。要推动潘梓年研究的进展，编辑整理《潘梓年全集》应该尽快提上日程。

《潘梓年论著选》，只是择取潘梓年代表性的有一定学术价值的作品，同时为了推动潘梓年作品的搜集工作，也收录了不少《潘梓年文集》和《潘梓年集》未收的有分量的集外文。

根据潘梓年哲学、逻辑学、文学等几个主要研究方向，我们将该书编为四辑。第一辑收入哲学研究方面的作品，包括《关于认识论与辩证法的同一问题》《关于"由量变到质变"的辩证律》《关于动机与立场》《物质

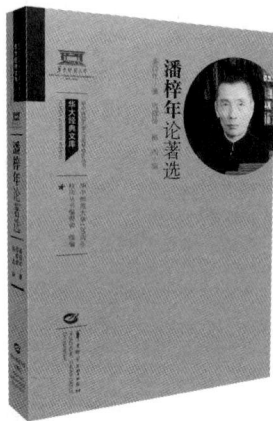

《潘梓年论著选》

与精神的关系》《新哲学研究的方向》《大家来学点儿哲学》《哲学的中国要求有中国化的哲学》《辩证法是哲学的核心》等。第二辑收入逻辑学方面的作品，包括《逻辑与逻辑学》《逻辑研究

同样要联系实际》《谈学逻辑》等。第三辑收入文学研究方面的作品，包括《中国与文学》《文学概论》《文学批评的意义和价值》《论文艺的民族形式》等。第四辑收入难以归类，却又有学术价值的文章，如《发生的伦理》《今后的文化运动》《文化运动在现阶段中的任务》《新阶段学术运动的任务》《学术思想的自由问题》《谈"全面发展"》等，以及对《新华日报》的回忆等史料性的文章。

作为一部潘梓年论著选，该书有以下几个特点：

一是对作品的整理有分类意识，且着意选取代表性作品，而不担心与《潘梓年文集》《潘梓年集》重复，以便读者了解、学习、重温潘梓年的主要观点。比如潘梓年早年曾写有两部专著，一为《文学概论》，一为《逻辑与逻辑学》，该书悉数收入。对这两部著作的研究，如何评价它们在学术史上的地位，可谓见仁见智，需科学、公正、客观。

二是着意搜求潘梓年的集外文。潘梓年大量集外文的存在，能够极大地改变世人对潘梓年的狭隘认知。比如，潘梓年翻译了大量作品，这些文章的数量远远超过了他本人的著作。我们很大程度上低估了潘梓年作为翻译家的地位和贡献。潘梓年研究哲学、文学和逻辑学等，也有不少分量很重的论文，过去不被重视，比如他1940年发表过一篇《论文艺的民族形式》，是我国较早的一篇倡导中国文艺应该思考民族形式问题的文章，而且潘梓年在文中一针见血地指出"文艺上的民族形式问题，应当就是中国化的问题"，可谓振聋发聩，至今都不为过时。又如，1923年潘梓年在《民国日报》分六期连载他的长篇论文《发生的伦理》，这篇文章不只是在谈进化论，而且也涉及我们今天的"文化自信"的话题。潘梓年在文中说："在这个时候，我们高谈我们底种族，我们底文明，好像他们必然是优异必然是不朽似的，最好要记到已经有别的种族别的文明也是这样的在此自尊自傲过了。'亚述、希腊、罗马、迦太基，现在都哪里去了？'……"由于篇幅有限，该书没有收入潘梓年的译作，且对集外论文也只能予以精选，希望对读者有所裨益，对研究者能够有所启发。

三是具有鲜明的历史文献意识。该书在整理、选编过程中，除了繁体转简体、改动明显错字以外，其他包括标点在内，基本一仍其旧，力图原汁原味地呈现作者的文风和写作习惯。

潘梓年是有影响的学者，他的作品不只具有历史文献价值，在新时代也闪耀着思想的光芒。希望该书的出版，能够推动潘梓年研究。由于编者水平有限，难免出现种种错误，希冀方家不吝赐教。

作于 2023 年

《梅光迪文存》出版往事

2011年4月,《梅光迪文存》由华中师范大学出版社出版,至今已经十二个年头了。在这十二年的时间里,梅光迪俨然从一个"中国思想史上的失踪者",成为学界有一定关注度的思想家,有关梅光迪的研究得到了很大的进展。

先是2010年,在梅光迪的家乡宣城召开纪念梅光迪诞辰一百二十周年座谈会。会上,我大声呼吁出版《梅光迪文存》《梅光迪年谱》《梅光迪传》等书。不到十年,这三部书都出版了(年谱由我编著,在海豚出版社出版;传记由书同先生撰写,在福建教育出版社出版),而且由我校点整理的梅光迪文学演讲集在海峡两岸推出了三个版本,浙

《梅光迪文存》

江大学出版社还推出了《梅光迪学案》。九年间，有七种梅光迪的著作出版，不可谓不多。2024年，华中师范大学出版社还将出版《梅光迪研究资料汇编》，它与前面七种著作，真正建立起了"梅光迪文献保障体系"，必将推动对梅光迪和学衡派，乃至新文化运动的深入研究。而这一切，不能不归功于或者说溯源到《梅光迪文存》的出版。在"梅光迪文献保障体系"中，《梅光迪文存》无疑是最重要、最核心的一部著作。围绕这部著作，相关的人和事一一浮上心头，让我备感人生的温暖，如沐春风。在研究梅光迪的时候，我未曾想到我会因为研究梅光迪而北上京城入职中国外文局海豚出版社，更没有想到十年后，我会来到《梅光迪文存》的出版社——华中师范大学出版社工作。可以说，没有梅光迪研究，无论我的学术人生，还是我的职业生涯，都将是无法想象的，它给我带来了无限的人生空间。因此，回忆《梅光迪文存》的编选、出版与推广，是一件非常有意义的事情。

先说我是如何走进梅光迪的世界的。我研究梅光迪得益于宗亲梅放先生。梅姓是小姓，全国人口只有一百多万，我在大学时代便对中华梅氏文化情有独钟，时常流连于梅放的"梅氏文史园"和梅铁山的"疏影横斜"博客，于是跟他们有了网上互动。2009年初夏，梅放先生将博宏星（华中师范大学出版社《钱基博集》的主编）发现的梅光迪讲义交我整理，从此我开始了梅光迪研究。那时，梅放、梅主进、梅凌寒和我组建了一个梅光迪研究的团队。我们同心协力，互通有无，共同推进梅光迪的研究。这个团队，本质上是在新成立的宣城市中华梅氏文化研究会的领导之下的梅氏学术文化委员会（主任由副会长梅铁山兼任）的执行机构。我加入之后，明确提出了出版《梅光迪文存》，并将许多新发现的梅光迪佚文整理出来（这里先后得到陈建军、段怀清、杨扬等学者的无私帮助，尤其是陈建军老师提供不少佚文）。经过一年多的努力，《梅光迪文存》由我最后编辑整理成书。在会长梅学国和副会长梅铁山的支持下，交由我具体落实出版事宜。

我首先就想到了华中师范大学出版社，因为我与华中师范大学出版社也有一段渊源。2003 年，正是我高中毕业那年，我痴迷于废名研究，读过武汉大学陈建军老师的一些文章，并听说他即将在华中师范大学出版社出版《废名年谱》。2003 年 12 月底的一天，我专程到广埠屯北门的利群书社，想看看《废名年谱》出版了没有。那次十分幸运，一本定价 19.5 元的《废名年谱》赫然映入我的眼帘，署名"陈建军编著"，版权页写着"责任编辑曾巍，责任校对章光琼"。我急忙买下，并酣读起来。经过几遍的仔细阅读，我写了一篇书评《〈废名年谱〉的特色》，发表于《中国图书评论》2004 年第 9 期。《废名年谱》代表着华中师范大学出版社的学术品质，时任社长范军和责任编辑曾巍非常重视，都写了书评。与他们的文章相比，我的要稚嫩一些，但也不乏鲜活的气息。这是我与华中师范大学出版社的结缘之始。2007 年，华中师范大学出版社又推出了《废名讲诗》，署名"陈建军、冯思纯编订"，版权页写着"责任编辑曾巍、责任校对王炜、装帧设计罗明波"。我第一时间来到社里，获赠一本。这次我写了一篇《讲堂上的废名先生》，发表于《出版人》2007年第11期。2008年，华中师范大学出版社又出了《抗战时期废名论》，作者为张吉兵，责任编辑为汪岚，责任校对为王炜，封面设计为甘英。我又义不容辞地写了第三篇书评：《废名是怎么变回冯文炳的?》，发表在《中华读书报》上。这篇书评还引起了著名学者、作家止庵先生的反批评，一定程度上也宣传了该书。应该说，当时我在事实上已成为了华中师范大学出版社的书评人。有了以上对华中师范大学出版社的接触与了解，我认为这是一家能识好书，有着良好学术口碑的出版社，《梅光迪文存》就应该托付给这样的出版社。

不出所料，出版事宜洽谈得非常顺利，而且社里保证在四个月内出书。社里派的责任编辑是李郭倩老师，在2010年底至2011年春，我俩忙得不亦乐乎。出版《梅光迪文存》，我第一次真正见识了华中师范大学出版社对三审三校制度的严格执行。这种科学、规范的出版流程，在一群得力的编辑、校对人员的推进下，得以有条不紊地贯彻实施。作为编校合一流行时代的出版新人，我当时难以想象，一本如此繁难的民国文献，同时有这么多的英语文献，在责任编辑李郭倩、责任校对张晶晶、封面设计罗明波等老师的通力合作之下，硬是在2011年4月保质保量地出版了（乐黛云老师的序言是4月5日才交稿，是等着她的序言才下厂的）。记得春节时，我得知书稿还只是处于打印稿的三审状态，怀疑不可能四月间问世，但李郭倩保证一定能如期出版。把大量的时间用在审稿上，尽量把错误消灭在三审稿子上，一旦进入校样环节，就可以一个月左右付印，这种生产机制的形成，是集体智慧的结果，而且也反复经受了实践的检验。《梅光迪文存》的高质量出版，正得益于华中师范大学出版社对三审三校制度的严格落实和执行到位。

《梅光迪文存》首印 3000 册，除去梅光迪家乡买去的 1000 本，出版社还负担着 2000 册的发行任务。这在学术出版物市场不景气的时代，是有很大的压力的。为了扩大《梅光迪文存》的影响，同时为了推动营销工作，我又配合社里想尽一切办法来推广。华中师范大学出版社负责图书推广工作的是白炜老师，她当时与国内的媒体联系很多，也经常联系国内知名的书评人。我作为《梅光迪文存》的执行主编，也在她的约稿之列。在白炜老师的鼓励和提供销售数据的条件下，我写了一篇《图书发行要与推广并肩作战》的文章。文章写好后，她提了一些意见，并请社领导审阅。在定稿并经领导同意发表后，白炜老师安排刊发在 2011 年 12 月 21 日的《新华书目报》上。如果不是在回忆《梅光迪文存》的出版与发行，我都几乎忘记了这篇文章，今天又特意翻出来，发现当中不少观点，至今仍有现实意义：

所谓发行，更多是出版主体的一种主动行为。而营销，还囊括了市场调查、市场推广、渠道支持等多方互动的行为，而不是"一发了事"。有些传统出版社的发行人员，仍然把自己当"掌柜"的，仅将图书作为一般商品发到各省新华书店，连一般市级书店都没有发到。这样的工作作风，说明发行员是没有营销概念的，也不利于产品的维护，很容易使一本书进入断档期。图书作为一种特殊商品，比一般商品更需要有市场推广的意识。发行与市场推广相互融合，逐渐形成了现代营销的概念，亦即发行与编辑之间的一种"共谋"互动行为。一般来说，图书推广包括活动推广、媒体推广、品牌推广等。作为一种文化精神产品，特别需要将一本书的内涵、卖点"挖掘"出来，呈现给读者。读者很容易在这些信息的作用下，产生购买行为。在人文社科类学术著作范畴，这一点可能体现得最为明显。一般来说，很少有学术著作能够做到起印 6000 册，而卖到 10000 册以上的已经属于销售业绩非常好的了。一些高校社的学术著作，甚至大部分仅印 1000 至 3000 册，因为这些书都是非常专业、高深的小众书。在图书出版进入市场经济的今天，这类书尤其应该注重发行与推广的互动。下面以华中师范大学出版社于 2011 年 4 月出版的《梅光迪文存》为例来说明这个问题。该书仅印 3000 册，发行折扣基本稳固在较高的折扣点上。一般而言，学术著作虽然印量小，但发行折扣有优势，比不少图书利润空间大些，也就相当于印数翻了一番。然而，这当中肯定有编辑的参与，否则一般的发行员并不完全知道怎样的发行折扣合理。同时，在该书编辑等人员的努力下，短短几个月内，《中华读书报》《新华书目报》《中国图书评论》《中国图书商报》

《长江日报》《图书馆报》《新安晚报》《新文学史料》《出版广角》《文汇读书周报》《新京报》《中国社会科学报》《藏书报》《佛山日报》《宣城日报》等近20家媒体发表了书评、书讯。其中，《中国图书评论》是以2011年第6期的专题形式推出，《新安晚报》则推出了《胡适与梅光迪的兄弟情》的整版文章，《宣城日报》也做了整版宣传，发表了乐黛云的《〈梅光迪文存〉序》等，同时《中华读书报》《新华书目报》《出版广角》《文汇读书周报》《中国社会科学报》《藏书报》等都发表了主题书评，将该书出版的学术价值、意义、影响予以深度剖析，极大地提升了该书和该社的品牌知名度。最近从华中师范大学出版社方面获得消息，该书库存仅几百册，半年多仅退货47册。订单量在200册左右的有两家，不少省店进货上百册之多，当当网也售出百册左右。从销售数据的分布图来看，销售较多的主要在北京、安徽、江浙、湖北，这与媒体的推广范围、作者的影响范围、出版社的影响范围是紧密相关的。同时，该社每次参加馆配会、大型书展，都将《梅光迪文存》作为重点品牌书展示，因此全国各地图书馆采购的也不少，这些都极大地加快了《梅光迪文存》的销售速度。作为一本在许多人眼里看来"卖不动"的偏门学术著作，上市半年左右的发行业绩、推广业绩不正好证明了图书发行要与推广并肩作战的道理吗？

《梅光迪文存》的出版影响与发行业绩，是华中师范大学出版社从上到下高度重视的结果，它也应该算是华中师范大学出版社学术出版的一个代表性个案。后来，在与梁上启、江帆等社领导交流中，得知他们当年都为《梅光迪文存》的发行作出了很大的努力。可以说，在华中师范大学出版社严格执行三审三校制度的保证下，《梅光迪文存》得以高质量出版；

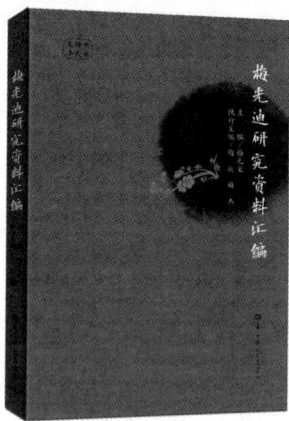

《梅光迪研究资料汇编》

而在华中师范大学出版社推广部门和发行部门的通力合作下，《梅光迪文存》得以实现巨大影响，并实现了良好销售。2011年，《梅光迪文存》被《中国图书评论》评为2011年度十大重点人文社科重点图书之一。

学术出版贵在坚持。时隔12年，华中师范大学出版社又决定出版《梅光迪研究资料汇编》，我相信在华中师范大学出版社同仁的再次努力下，一定可以延续梅光迪的影响，让更多读者认识梅光迪，认识出版社。

作于2023年

《当代作家书简》编辑絮谈

当我们谈论一本书的时候，往往是谈一本书的作者。其实，一本书有父也有母。也就是说，一本书既有作者，也有出版者。以古远清先生编注的《当代作家书简》为例，从编辑出版的角度看，古远清是编注者，也就是作者之一，与书简的作者一样，构成了本书的作者。而华中师范大学出版社是它的出版者，具体执行者是责任编辑，作为《当代作家书简》的责任编辑，我认为我有义务从编辑出版的角度，讲一讲这本书。

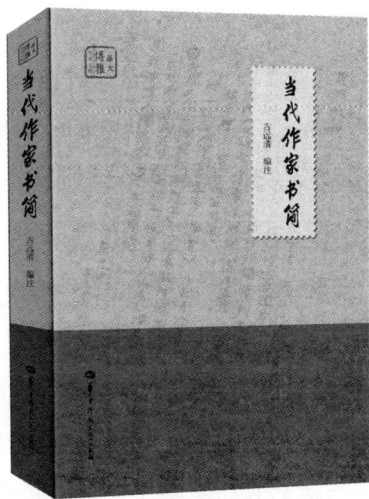

《当代作家书简》

《当代作家书简》的出版之缘

《当代作家书简》作为书名，并不是古远清的创意。早在1943年，普及出版社就出版了卫明编的《当代作家书简》，该书收录了田汉、鲁彦、胡风、老舍、郭沫若、冰心、张天翼、丁玲等约30人的书信34封，成为颇有影响的现代文学研究资料。而在这之前的1936年，著名编辑家、杂文家孔另境更是编了一本大名鼎鼎的《现代作家书简》。《现代作家书简》后来不断再版，成为现代文学史上颇负盛名的著作，更成为现代文学研究领域的重要文献史料。我研究废名书信，即受益于该书良多。古远清编《当代作家书简》肯定是来自于孔另境和卫明启发。他在《当代作家书简》后记中说"步《现代作家书简》后尘的《当代作家书简》"，可见，书名创意来自孔另境。

古远清之所以要编《当代作家书简》，却又与千年罕遇的新冠疫情有关。他在编后记中说：

> 新型冠状病毒疫情肆虐，武汉封城已有月余。甘当宅男的我，生平第一次发现我的房子是这么宽，客厅布满四壁的书橱书是这么多，因而我一下床，就成了逛书店；到阳台做体操，就成了逛公园……

> "躲进小楼成一统"后，我生平另一个重大发现是时间竟完全属于我。这时不用外出开会，不用外出讲学，不用

外出会友，当然也不用外出应酬，因而我抓住这千载难逢的机会，和另一位帮我植字的宅女也就是"老秘"一起奋战，完成了为《名作欣赏》杂志编的《古远清八秩画传》，另又编注了海内外作家写给我的近二千封尺牍选出来的《当代作家书简》。在自我隔离的春节，我就这样闲出了成果，"宅"出了花儿，终于将从旧金山来，从悉尼来，从首尔来，从东京来，从曼谷来，从新加坡来，从吉隆坡来，从香港来，从台湾来，从北京来，从上海来的尺牍厚厚一大册，像鲜花一样插在我早已满坑满谷的书房前。

……我也没有收集过别人的日记，但从本书所刊载的书信中，毕竟可看出不同作家和学者的迥异风格……

可见是造化弄人，给了古远清时间和精力，让他去总结和回顾自己的学术历程，于是编注出了这么一本"大奇之书"（古远清语）。

2020 年武汉解封后，在一次学术会议上，华中师范大学出版社周挥辉社长与古远清攀谈，得知其怀有一部"大奇之书"，于是斗胆提出出版。这样的书，当然很难走市场，好在古远清是明白人，不想让出版社赔钱出书，说他找单位适当补贴一些。至此，《当代作家书简》的"父母"才算结合在一起，具备了从"书稿"转为"书"的可能性。那么，有了这个美好的"邂逅"之后，《当代作家书简》能不能正常"呱呱坠地"呢？这里就不得不谈到责任编辑的作用了。

我成为《当代作家书简》的责任编辑，也是人生一奇缘。2020年，注定是我一生中难忘的一年。我的职业生涯发生了一大转折，即从过去的专业少年儿童出版社，转入学术型的华中师范大学出版社。这既是冒险的，更是充满机遇的。我刚入社没几天，学术出版中心的冯会平主任就找到我，让我审读《当代作家书简》。我不禁眼前放光，先是书名让我明白它的史料价值，其次是古远清的名字让我倍感亲切，这就不得不说到我与古老师的前缘了。

在我中学时代，我就知道古远清先生的大名。那时候，余秋雨红极一时，他的散文在中学生手中辗转流传，而我一向清高、自负，持欣赏和怀疑的双重眼光进行理性阅读。这时，古远清先生批评余秋雨的文章吸引了我，我这才知道我们湖北的中南财经政法大学有个教授对余秋雨极为不屑。后来，我又注意到古远清先生是研究港台文学的大家，然而长期以来却无缘结识。

在我2011年北上京城之前，我就对黄梅籍的赴台作家王默人非常关注，只是无法联系上王默人的家人。我曾联系过北京大学"王默人小说奖"的具体经办人，对方却以隐私为由拒绝提供。于是，我就想到了古远清先生，希望得到他的帮助。2010年12月15日，我冒昧地给古远清先生写了一封信。

尊敬的古远清先生：久仰先生大名！问候先生。我也研究一点现代文学，还请您多指教。不知先生关注过王默人么？不知他在台湾影响如何？据说梁实秋为他写过书评，这个文章先生见到否？望先生解惑。

后学梅杰敬上，2010 年 12 月 15 日

古先生不以我是无名小辈而拒之，他很快就答复道："王氏在台影响不大，梁氏书评未见过，你在哪里高就？"于是，这就展开了我们之间的交往。

我到北京工作以后，为了进一步追踪王默人，又给他写了一封信：

古老师：我的笔名是眉睫，在北京中国外文局海豚出版社工作，曾就王默人问询过先生。据我所知，王也是台湾乡土小说家之一，周伯乃、何欣等人研究过他，不知哪里可以读到周伯乃、何欣的文章？有他们的联系方式吗？盼告我。

后学眉睫敬上，2012 年 8 月 10 日

古先生又立即答复："何欣已去世，有什么问题再联系。"并告诉了我周伯乃的邮箱。正是古老师的这一次帮助，让我跟台湾文学评论家周伯乃建立了联系。在周伯乃的帮助下，我获得了不少王默人的资料，尤其难得的是，周伯乃还把王默人1968 年赠送给他的处女作《孤雏泪》再版本转赠给了我。后来，我依据这些材料写了一篇研究王默人的小文章，并进一步搜寻

更多王默人的史料，比如台湾清华大学出版社出版的《王默人小说全集》等，还与王默人的亲属建立了联系。可以说，如果没有古道热肠的古远清先生的帮助，我是很难打开王默人研究的局面的。

这算是我与古远清先生的前缘。

审稿意见及出版之忧

对于《当代作家书简》的内容，包括书稿质量、学术价值等，社内有不同意见，但同时我们也都看到这本书不一般的史料价值，于是有些左右为难。

2020年8月6日，我在责任编辑审稿意见表中集中表达了我从编辑角度的看法：

本书编者古远清是港台暨海外华文文学研究权威，著述颇丰，与海内外作家学者联系颇多，数十年来，鸿雁往来，衰然成帙。编者从珍藏的数千封来信中，选取近700封编成此书，涉及近200位著名专家学者。作者根据来信人的籍贯或主要居住地，分成四类：大陆、台湾、港澳和海外。本书也按此四类分成四卷。

700封书信，近200名作家学者，不少都是知名人士，如李何林、臧克家、胡秋原、余光中、余秋雨、谢冕、洪子诚、纪弦、王鼎均、易中天等人。所收入书信，或因收信人地位崇高，或因涉及文坛纠纷，或披露文坛掌故，且因涉及面广，故而具有一定的当代文学史料价值。如涉及余秋雨"文革"经历的书信，向读者披露了不少幕后信息，是本书一大亮点。

从书稿文字质量看，主要存在三种类型的错误：1. 繁转简错误，所收入书信不少都是电子书信，书信作者使用繁体，在转换时产生大量错误，尤其标点的全角、半角全书不统一。2. 不少八九十年代书信因系手稿录入，又产生大量录入错误，尤其作者使用大量已不通用的字形，如夾、虗、偸、沒、両等，造成极大麻烦。3. 作者所加注释也存在不少笔误、史实差错等，尤其涉及人物的生卒年月等。

由于存在以上大量技术性问题，严格说，本书未达到交稿条件。在初审中，编辑通过全面审读，按照当下编校规范进行了改动，并做好了审读、加工记录工作。具体改正工作，详见审读加工记录表。

此外，本书还存在以下几个问题，希望领导注意：

1. 古远清系本书编者，享有汇编著作权，但他本人没有这些书信的著作权，尤其是发表权。他本人也在《编选说明》中称："但相当一部分作家由于地址变动或去世，未能联系上。"可见，编者并未获得全部书信的发表权。如我社出版，可能会引起法律纠纷。

2. 本书收录书信，属于私人信件，有的收信人明确表示不得公开，有的内容涉及个人隐私、名誉权等，如果我们直接公开，可能引发当事人或者后人诉诸法律。这些内容需跟编者沟通，最好不惹麻烦。如臧克家批判蓝海文庸俗、批评洛夫自吹自大，袁良骏批评张炯"官大学问大"，严家炎曾提醒古远清搞"野味文坛"招惹是非，会引起法律纠纷等。编者注释里往往夹杂个人评价，不够中肯。

3. 编者交往的作家学者不少不是大陆的，有些内容较为敏感，比如台湾作家提到"贵国""出国""国家大奖"等类似表述，出现多次。诸如此类违碍之处，应该全部删除。

4. 部分大陆学者的书信内容也涉及敏感话题，个人评价和观感不妥，比如提到贱卖国企、"非毛化"运动，称国家社科基金被权力者垄断等，不少书信涉及"文革"时期（见陈贤茂、张叹凤、孙光萱等人书信）。

5. 目前编者整理稿大多没有统一书信格式，信后祝词未另起并转行顶格。

6. 某些书信没有文学史料价值，有些竟是问候短简，宜删除。

鉴于书稿存在以上问题，可能需要深度加工处理，工作量非常大。

一般来说，审稿结论"未达到交稿条件"，是对书稿质量（并非指内容价值）的最大否定。我的审稿意见也得到了复审和终审的认可，尤其引起了冯会平主任的注意，对本书技术性处理的工作量和难度，表示一定的担忧。这种意见是非常客观和中肯的，于是本书出版与否，一时难以定夺，所以签约的事情也就暂时耽搁下来。

古远清是传统读书人，看出我们社的担忧，主动提出"有问题我负责"，且提出在书末发布个人声明。他这种一心为学术，其他在所不顾的精神，深深打动了周挥辉社长、冯会平主任等。作为责任编辑，我非常愿意成人之美、乐见其成，只好把一些文稿问题揽在手里，自行解决。同时，我们也督促古远清再次尽可能跟作者打招呼，获得授权。就这样，我们接受了本书的出版，并作为古老 2021 年八十大寿的祝寿之作。三审结束后，我们社终于可以跟古远清签订出版合同了。

为了让这本书正常出版，符合当下出版政策，除了严格按照编校规范处理文稿外，对于拿不准、吃不透的敏感之处，一律予以删除。对于港台部分内容，我们还请刘从德总编辑单独加审一次，以便不出任何问题。我相信，这些技术性处理，并未真正损坏本书的学术价值，只是没有在书中保留删除的痕迹。这种只删不改的编辑法的得失与好坏，就由读者评判了。

《当代作家书简》的学术价值

《当代作家书简》是古远清编注的一本当代作家、学者的书信选集。古远清遨游学术界大半生，交游广泛。本书收入约 200 位当代名人的书简，从年龄看，既有臧克家、李何林、胡秋原、公木、吴奔星、纪弦等民国资深作家，又有邱华栋、杨宗翰等新生代年轻作家、学人；从地域看，既有丁聪、丁景唐、钱谷融、陈子善、流沙河、谢冕、严家炎、钱理群等内地学者，又有刘心皇、余光中、向明、痖弦、陈映真、吕正惠、曾敏之、刘以鬯、董桥等港台学者，还有许世旭、叶维廉、朴宰雨、王德威、山田敬三等海外学者；从领域看，既有诗人、散文家、小说家，还有文学史家、报人、编辑、记者等各色人等。琳琅满目，美不胜收，是一本干货满满能够成为阅读盛宴的著作。若究其大者，约有如下意义。

首先，《当代作家书简》是一部充满史料光芒的"休闲"趣味读物。书信大体是文学作品，具有休闲性、趣味性，乃至猎奇性。编注者从2000多封来信中挑出700封，不管是否最有分量，最有代表性，但整体凸显了史料价值。譬如孙光萱、徐缉熙、胡锡涛等人关于余秋雨早年经历的回忆，披露了当年"余古官司"前前后后的内幕，无疑是首次公开的第一手研究资料。孙光萱的光明磊落，胡锡涛的明哲保身但对历史又有"忍不住的关怀"，尽泄笔端，而与之对立的余秋雨形象则更加鲜明、生动。公道自在人心，这些书简中透露的细节，往往能见出真实的人性。当然，抑或敝帚自珍，抑或因人存史，一些并无可读性的"鸡零狗碎"亦行收入，大致可以轻飘翻过，只是无损于全书史料价值。

其次，《当代作家书简》具有一定的学术史价值。编注者古远清是当代港台文学暨海外华文文学研究的知名学者，在这一领域取得了丰硕的成果。他的学术道路得到哪些前辈的提携、指引？他又是如何开展港台文学暨海外华文文学研究的？这些书简所呈现的交往实录，可以解答这个问题。学人交往实录，本身就形成了学术史，成为当代学术史的一个组成部分。书简是承载者、见证者。以本书收入的 68 封臧克家来信为例，记录了 1982 年到 1998 年两人长达 16 年的学术交往，此后编注者还继续与臧克家的夫人、子女保持书信往还。在臧克家的书信中，我们还能看出臧克家对古远清的态度不是一成不变的，有过欣赏，有过疏离，有过鞭策，有过失望，最后归于平淡交往。臧克家对古远清研究新诗是抱有期望的，为古远清的成名作写序，但对他转向研究港台文学则充满规劝，强调大陆文学的主体性，透露着港台文学不过是"枝叶"的偏见。其实二人的根本分歧在于文艺观的不同，臧克家主张现实主义风格，强调"反自由化"，排斥朦胧诗等新生事物。但古远清也是聪明的，一开始并未透露出自己的文艺观点，甚至以中立者身份编选"反自由化"的论文集，获得臧克家支持和激赏。但随后古远清逐渐暴露出自己的文艺趣味倾向，即遭到臧克家疏远。二人十几年的书信往还，对于我们深入研究臧克家有一定帮助，也便于我们了解古远清是如何走上学术之路，一步步扩大学术疆域的。

再次，《当代作家书简》是有一定特色、有人文情怀的出版物。民国时期的孔另境编了一本《现代作家书简》，成为现代文学领域的一本颇有名气的书。《当代作家书简》的序言作者冷剑波称古远清为"当代孔另境"，有称《当代作家书简》效仿、追慕《现代作家书简》之意。应该说，二书的确有一定相似性，都有一定的特色。这种出版物，往往不求多大市场，但求在同仁之间，形成共鸣，有共襄盛举的意味。书信往往是友谊的见证，将这种私密性的东西集腋成裘，一朝问世，洋溢着的是浓浓的人文情怀。

《当代作家书简》推出"续编"

《当代作家书简》出版以后，学术界围绕这本书展开了多场学术研讨会，产生了极大的影响。邹建军、冷剑波、范军、陈建军等教授的评论文章，陆续在《文学自由谈》《书屋》《名作欣赏》《世界华文文学论坛》等一线学术刊物发表，推动了古远清与当代文学的关系研究。

2021年年底，《中华读书报》将《当代作家书简》评为"年度百种好书"之一、"年度二十种不容错过的文学好书"之一。这是意想不到的收获，算是对古老师的鼓舞。《中华读书报》的评语正是从我的书评文章中摘取的。

学术界的热议、《中华读书报》的推崇，让我想到应该持续打造"当代作家书简"，于是建议古老师再整理一本续编。经过2022年大半年的努力，到了2022年10月12日，古老师发来了续编书稿。在交稿前两天，古老就提出由我为续编作序。我推辞道："我哪有资格写呢？"古老执拗地说道："不讲资格，不要推辞。"后又催我"先把序写好"。一直到12月9日，古老还在陆续增补书信，我为他的动作之迅速、工作之仔细感到惊讶，觉得他甚至比我这个年轻人还要眼疾手快。我的序言一直未动笔，直到 12 月 28 日看到古老逝世的消息，才知道这是无法弥补的遗憾。

古老逝世，我在朋友圈发布消息说："惊闻古远清教授逝世！就在最近一个多月里，我们还就他的《当代作家书简续编》签约、审稿等进行探讨，原计划明年开春出版，孰料先生遽归道山！"而这时，压在我心底的序言之托，无比沉重。如果先生在世，我尚且可以写好请他指正，而先生一走，序言变悼文，让人情何以堪？

《当代作家书简》是我进入华中师范大学出版社后接手的第一部书稿，非常合我的胃口，因为我在编辑工作之外，也长期从事现代文学史料和文献的整理工作，有嗜古之癖，在对这本书的打造上，我也倾注了很多心力，所以格外珍视。在某种程度上讲，我是协助作者古远清审读加工了这部书稿，这一点也得到了古老的认可，我们也因《当代作家书简》缔结了一次学术之缘。为了记住这份美好，《当代作家书简续编》我们一定会出版得更好，做出更大影响。

作于 2023 年

桂子山文脉的守护者

——《桂子山随笔》序

20 年前，我就知道范军先生的大名。当时，武汉大学陈建军教授在华中师范大学出版社出版了《废名年谱》。责任编辑为曾巍先生，而时任社长则为范军先生。作为废名的同乡，我十分喜欢废名，第一时间到华师北门边的利群书社买得一册，并酝酿起书评来。不久，从网上读到范军先生的书评《废名：不会被废的名字——推荐〈废名年谱〉》。当时，废名的影响不大，"废名圈"（姑且可理解为与废名有关的文化圈）很小，但在隐隐中，我也就把范先生算在"废名圈"中了。

我与华中师范大学出版社及陈建军教授结缘，正是因为《废名年谱》的出版。在范军先生担任社长期间，我与先生无缘结识，但他却间接帮过我。因为《废名年谱》《废名讲诗》等书的出版，我在事实上成为华中师范大学出版社的书评人，先后在《中国图书评论》《出版人》等行业媒体发表书评，与社内有关人士都认识。2010 年，我有幸成为华中师范大学出版社的作者。当时，我主编了一部《梅光迪文存》，因为范军和曾巍二位先生的支持，得以顺利出版。这一次合作，也为我未来的人生道路埋下了伏笔。2020年6月底，我转到华中师范大学出版社工作，与《梅光迪文存》不能不说有一定的潜在关系。人生，就是如此的奇妙！在冥冥中，缘分总是天注定。

从《废名年谱》出版，到真正与范先生相识，这中间"一错过"就是14年。但是，他对我间接的帮助，若干间接的联系，也都是彼此清楚的。2017年底，我从北京回到武汉工作，在周百义老总的倡议下，我们共同发起开通"出版六家"微信公众号，这才与范先生正式认识。我本为无名小卒，与前辈们同列"出版六家"，是周总和范先生对我的厚爱与提携。

我入桂子山后，或因公，或因私，多向范先生求教，其中交流最多的是为我所感兴趣的华师校史。我发现一个有趣的现象，就是研究华师校史的多出自出版社。出版社在华中师范大学是一个不入流的单位，非常的边缘化。它既不是教学部门，又不是科研机构，定位是为教学和科研服务的，但又因为隶属于华师，与学术研究也就沾边了。对于华师校史，许多师生很可能疏于了解，也不屑于研究，据说这些研究文章，很难算作科研成果，而在出版社工作的范军、董中锋、周挥辉等社领导，却成为研究华师校史的主力军。他们三位研究华师校史，又同剑走偏锋，不学术化地研究校史，而是以散文、随笔的形式，来挖掘校史中不为人知的隐秘一角，充溢于字里行间的是对桂子山满满的珍爱、眷顾与呵护。代表性的著作包括《百年华大与百年记忆——掌故·逸事·风物》《华大精神与人文底蕴——学人·学术·学养》《桂子山语丝》《桂子山夜话》等。从书名和风格来看，与其说是在研究华师校史，不如说是在追寻与刻画桂子山文脉，他们也就成为了桂子山文脉的守护者。凡是桂子山上的一草一木、一砖一瓦、一人一事，都有可能成为他们仔细观察和研究的对象，他们文章能够让读者在灵魂深处对桂子山充满爱意。都说教育就是对学生进行培根铸魂，我想，对于大学而言，大学文脉不就是师生的根与魂吗？能够把师生与大学紧密联系起来，是追寻文脉的现实意义。

近几年来，范军先生在出版六家发表了大量有关桂子山文脉的文章，引起校友乃至社会层面的广泛关注。我想从三个方面，来谈我的学习心得。

第一，范军先生研究校名更迭和校史源头有新意。长期以来，华中师范大学的校史呈现着三足鼎立的架构。从华中师范大学90周年校庆开始，汪文汉主编的《华中师范大学校史》就奠定了华中大学（含其前身文华大学）、中华大学、中原大学三足鼎立的校史源头叙述模式。校庆100周年时，进一步强化了三足鼎立，一方面出版《华中师范大学校史》，另一方面又分别出版华中大学、中华大学、中原大学各自的校史。110周年的校史中，也延续了这个框架。可以说，三足鼎立的校史，已深入到每一个华师校友的心中。但是，范军先生的《湖北教院：华中师大的一个重要源头》《二十六年前一群教工"对校史编写的几点意见"》等文，明白无误、清清楚楚地告诉读者，湖北教育学院也是华中师范大学的前身之一，甚至所占比重不低于中华大学和中原大学。而且，范先生指出："文华书院大学部——文华大学——（私立）华中大学——公立华中大学——华中高等师范学校——华中师范学院——华中师范大学，其承续沿革的历史主线（当然还有分支）还是十分清楚的。"如此一来，华师校史叙述模式应该由三足鼎立走向"一祖三宗"，即华中大学及其前身文华书院大学部才是华中师范大学的主脉（一祖），而中华大学、中原大学和湖北教育学院（三宗）是中华人民共和国成立初期才汇入进来的，只能算作支流和被追认的前身。这才是华中师范大学的客观历史。据说，120周年的校庆，余子侠教授等人正将湖北教育学院写入新的校史。

在校史研究中，"认祖归宗"从来都不是一个小问题。如果不把这个问题认清，可能会留下一些遗憾，甚至会闹出许多笑话，引起不少纠纷。像那种认错了祖宗，胡乱攀扯的现象，在许多高校并不少见，这是应该引以为戒的。"认祖归宗"可以起到正本清源的作用，也可以有效防范一些纠纷。比如，某校曾想简称"华大"，而且差一点就要办成了。如果不是因为清楚华中师范大学过去就叫华中大学，对于其他学校简称"华大"，很有可能就会以无所谓的态度面对。幸好，华中师范大学的师生们，对老华大情有独钟，于千钧一发之际，保护了"华大"名字的专属权利。在《华中大学权属趣事》一文中，范先生讲述了这个有趣的，同时令人心潮难平的故事。他的目的不是在讲历史，而更怀忧戚于心中。文末，范先生说道："我曾和校史专家周挥辉老同学在学校教代会、职代会上提出议案，建议学校上报教育主管部门将华师校名早日改为华中大学……校庆到来之际，我们更深切地感受到一所大学的悠久历史包括校名，都是很重要的无形资产和象征资本，桂子山人还真需要齐心协力，增强行动力，想方设法好好保护和传承好自家的精神与学脉。"原来，范先生是希望推动恢复校名、保护学脉，这无疑为今后华中师范大学的发展指出了方向。前有西南师范大学发展成为综合性的西南大学，华中师范大学恢复为华中大学，走上综合性发展的道路，也不是没有可能。此外，类似《坐上武汉地铁二号线，你去哪个"华中大"》《"华大"怎么变成了"华师"》等文，都体现了范先生对于华中师范大学的一往情深，引起了广大校友的内心共鸣，在全社会也产生了极大影响，让更多的人思考校名的无形价值。

第二，范军先生研究、宣传桂子山上的名师，功莫大焉。著名教育家梅贻琦曾说："所谓大学者，非谓有大楼之谓也，有大师之谓也。"这句话指出了教授是大学最宝贵的财富。在一所高等学府中，如果出现一批知名教授，乃至大师，应该受到尊重，他们也理当作为文脉传承下去。在桂子山文脉中，张舜徽无疑是排名第一的国学大师。在范先生的努力下，华中师范大学出版社先后推出《张舜徽集》《张舜徽与清代学术史研究》《张舜徽的汉代学术研究》《张舜徽学术论著阐释》《壮议轩日记》等书，为张舜徽研究提供了扎实的文献基础。再如国学大师钱基博，他的全集也是由范先生推动得以出版的。

在桂子山文脉中，还有一批大师、名师级的人物，如陈时、林之棠、詹剑峰、章开沅、熊铁基、刘守华、邢福义、王先霈等，范先生大都讲述过他们的故事，或为他们在华中师范大学出版社出版的文集写过书评。其实，这是树立一个标杆，让桂子山内外的读者们去了解他们的学术成果、精神境界和轶事趣闻。这些老教授，都代表着桂子山上的一座座高峰，是他们推高了桂子山的高度，扩大了华中师范大学的知名度，也为年轻教师和学子们指明了人生前进道路的方向。这种影响，不一定都是类似范先生文中讲到的熊铁基为弟子刘固盛"要"一个教授，更多的是一种精神熏陶。甚至如我这等微不足道的边缘分子，在入桂子山后，也自觉到处搜购《张舜徽集》，直至配齐为止，更到处购买"桂岳书系""华大学人研究书系"，以及各种版本的校史资料，只是为了更多地、更好地感受桂子山文脉。我走在桂子山上时，我甚至会执拗地认为，张舜徽等大师也曾在这里走过，仿佛我们也由此产生了联系一样。真的，只要你这样认为，就的确会存在精神上的联系。这恐怕也是范先生孜孜以求的桂子山文脉的魅力之所在吧！

第三，范军先生研究桂子山文脉，立足于但又不拘泥于史料，而是为了阐释和评价史料，以对当下有所启示。这是范先生研究桂子山文脉的一个比较特殊的地方。学术研究成果可以是静态的，只为呈现史实，并不为现实发声。所谓"让史料本身说话"，也只是对读者的某种期许。范先生的不少学术文章，则习惯于从史料到现实，积极发声。这种"燃烧"史料化为今用的做法，往往使得他的文章充满思想的光芒。如《从章开沅先生两篇长文谈起》，在发现一则史料中提到"学报先后发表了当时的青年学者章开沅的两篇长文"后，指出了"注重培养和扶持青年学者"是一个学脉传承的重要问题，最后在文末说道："学术期刊要特别重视并采取切实措施关心帮助年轻学者，包括优秀的大学生、研究生成果……从事学术期刊包括大学学报的编辑工作，为青年学人建平台、搭梯子应该放在更加突出的位置，全力培植新苗，悉心作育良才。"范先生更在《为清华大学博士生培养"新规"点赞》一文中提到他一贯主张"取消在众多高校通行的博士生毕业要求发表两篇 C 刊论文的硬性规定"，并认为"从 C 刊这个角度来看，现在学术界教育界最主要的矛盾就是人们日益增长且难以满足的 C 刊发表需求与 C 刊供给严重不足的矛盾"。C 刊供给严重不足，却又不断扩招博士生，还要求博士发表两篇 C 刊才能毕业，这是明摆着不让大量博士生毕业？再结合范先生前面指出的学术期刊要帮助年轻学者来看，就知道他挖掘、阐释 20 世纪 50 年代华师学报发表章开沅长文的史料的良苦用心了。除了发表论文，在高校牵动无数教师的还有职称问题。在《邢福义老师破格提了副教授》一文中，范先生向读者介绍了在"评上教授、副教授足可成为众人瞩目的重要新闻"的年代，43 岁的邢福义老师破格提了副教授的故事，文中又不忘评论道："俗话说，榜样的力量是无穷的。今天大谈破'四唯''五唯'，鼓励人才冒尖，其实只要树立几个典型、立几个标杆就很管用。邢老师被破格提拔的导向作用是十分明显的。"这其实是希望有关部门追慕往事，以晋升职称留住冒尖的人才，而不是用种种条件卡住人才，以至逼走人才。明眼的读者，都知道这是在针砭时弊。

读范先生追踪桂子山文脉的文章，于我非常受用，有时也在想着，我是不是也应该写一写这类文章呢？那么，范先生等人的文章，正是我追慕和师法的对象。

范先生的《桂子山随笔》即将出版，命我作序，脑海中立即闪现出"桂子山文脉的守护者"一语，即以此叙之。

2023 年 6 月 21 日于桂子山东麓

辑四 关于黄梅文化

《吴风楚韵话黄梅》序

四年前，在给《黄梅雨竹轩》作品集写序时，我说："黄梅，是一个有着巨大文化含量的词语……"黄梅文化是中华文化一个不可或缺甚至十分重要的组成部分。比如，大家所熟知的中国禅宗，就发源于黄梅。黄梅禅就是中国禅宗。再如，发源于黄梅的黄梅戏，是我国五大剧种之一。黄梅禅深深影响了黄梅人的思想和性格，黄梅戏、黄梅挑花又深深影响了黄梅人的情趣和审美。可以说，中国存在一个独一无二、自成体系、源远流长的黄梅文化。而黄梅文化，不是一个封闭的县域文化，而是开放式的民族文化。黄梅文化的"黄梅"，不只是黄梅县，而是以黄梅县为中心的黄梅文化片区，包括鄂赣皖毗邻的安庆、九江和黄冈等县市，其辐射范围甚至更广，以至于走向全国、走向海外。有些黄梅文化，如黄梅禅，已经成为中华文化的主动脉之一。

黄梅文化有着如此重大的影响，对其进行学术研究，给了许多人一种内在驱动力。对于黄梅文化的研究，大致有三种路径：

其一是本土路径。2022年，我在给李学文老人《青灯泪校注》一书作序时指出："在黄梅文化史上，有最后一代本土国学宿儒，即上世纪二三十年代生人，他们念过私塾，读过黄梅古籍，成为最后一批黄梅文脉的自觉传承者。他们不少虽为废名、冯力生的学生，但更是於甘侯、石孝邹、王镜海、汤用彬、邢竹坪、喻的痴、梅宝琳、余皇觉、程道衡的传人。这一批黄梅文脉的传承者，以冯健男、梅白、李华白、翟一民、桂遇秋、李学文等人为主要代表。"长期以来，本土国学宿儒成为研究、弘扬黄梅文化的主力，而且代际传承不断，脉络清晰。往远里说，清代性灵诗人喻文鏊曾写过《湖北先贤学行略》，自觉承担起总结湖北文化史的重任，其中就不少涉及黄梅文化。再如，晚清进士梅雨田撰写《咏黄州府人物》《物产图赞》《楚北论诗》《黄梅竹枝词》等两三百首诗，都是评点楚地文人、风物，大多关于黄梅及其周边。可以说，这些作品构成了黄梅文化史的丰富内容。李华白、桂遇秋等，其实都是在走瞿九思、喻文鏊、余锡椿、梅雨田、邓文滨等曾经走过的路。

其二是学术路径。如我在《青灯泪校注》序中说："在现代社会里，从事学术研究，必须要掌握治学门径，包括目录学和数据库的使用。过去那种立足于乡土的文献搜索的方法，在当下往往所得有限，而且大多可遇不可求。如果要进行深入的学术研究，最好是二者相互结合，才能获得良好的史料基础。除此之外，还不能只满足于史料本身，而应提出新思想、新见解，才能算是真正的学术研究。"这条学术路径，近十几年来，最为丰硕的成果是以净慧长老为代表的"黄梅禅宗高峰论坛"。在净慧长老的推动下，多次在黄梅召开全国性的禅宗高峰论坛，引得海内外众多学者聚焦黄梅禅文化，其学术成果以多种论文集正式公开出版，终于将"中国的禅宗无不出自黄梅"一说真正做实，从学术的高度证明了中国禅宗起源于黄梅，从此与广东再无争议。类似地，关于黄梅戏起源于湖北黄梅，也急需相关学术成果问世，这样才能够以泰山压顶之势让安徽服气，最终一锤定音。对于地方文化而言，这种路径的弊端是，如果缺乏类似净慧这种热心的领军人物，很少有学术界的学者愿意进行地方文化研究，其研究成果也面临少有报刊发表的困境。目前，在中国高校里，也不太可能成立一个类似黄梅文化研究所这样的学术机构。

其三是网络路径。严格说，这条路径还在形成之中，在某种程度上讲，它是本土路径的一种延伸，或者说是在网络新媒体时代的新形态。它不但与本土路径有一定的亲缘关系，也与其学术路径互相交叉，从中取经，不断丰富完善自己的研究成果。随着时代的发展，一批黄梅文化老人逝世，传统的本土路径近乎"功能性灭绝"。我甚至一度悲观地，而又充满舍我其谁的豪迈扪心自问："我是否是最后一代在传统乡土读物熏陶下成长起来的黄梅之子？同时，我是否又是第一代利用大数据，并将黄梅文化研究事业从地方文史工作转化为学术研究的黄梅之子?"这种"独孤求败"式的探索，它所体现的是地方文化研究的某种尴尬。在本土路径日渐式微，学术路径形成艰难，网络路径诞生之前，我相信我的感受是真切的。曾经，博客成为一种文化传播的网络路径，但不温不火，仍有孤军奋战之感。好在近几年来，网络新媒体持续发展，一批地方文化的微信公众号如雨后春笋般涌现，作者与读者之间的互动非常频繁，形成了良好的传播效应。新的文化传播渠道，一定程度上解决了研究成果发布难的问题，也吸引了不少作者投身地方文化研究之中。

如前所述，传统的本土路径面临"功能性灭绝"，学术路径面临"形成艰难"，只有网络路径尚在形成与发展之中。在网络路径上，我就注意并发现了一些研究黄梅文化的作者。他们都是黄梅文化的守护者，在一点一滴地推动黄梅文化的研究事业。最近一年，我格外注意到黄仲华先生。

我最早读到黄仲华先生的作品，是研究黄利通的文字。我素有研究黄梅名人之癖，曾论黄梅十大文化世家，即邢氏、石氏、瞿氏、汪氏、蒋氏、喻氏、帅氏、梅氏、汤氏、冯氏；黄梅十大历史人物，即：弘忍、昙华、石昆玉、瞿九思、汪可受、喻文鏊、帅承瀛、汤用彤、喻血轮（或其表弟梅龚彬）、废名。这当中，虽无黄梅黄氏和黄利通，但他们肯定也是这十大之外的举足轻重的家族和名人。我早年也曾搜集过黄利通诗文集，一直无暇深入研究，现在看到黄仲华先生的作品，认为他填补了黄利通研究的空白，一定可以吸引更多人研究。黄利通在黄梅文学史上的地位非常高，尤其在清代前期，黄利通是黄梅数一数二的文坛宗师。当时享誉文坛的"黄梅五子"，其实就是以黄利通为师的。"黄梅五子"是清代黄梅的一个作家群，其文学影响和成就已被写入湖北文学通史重点介绍，那么他们的师辈黄利通进入湖北文学史也是非常有必要的。这是今后黄利通研究应该努力的方向。

黄仲华先生对于黄梅蒋氏的研究，同样具有非常大的意义。黄梅蒋氏，是黄梅十大文化世家之一，长期以来不被重视，是被严重低估的文化巨族。我一直有心研究黄梅文化世家，却仅涉足于其中八家，唯独对于邢氏和蒋氏不曾写过文章。黄仲华先生的《发脉于考田山的仕宦巨族》一文，深入到黄梅蒋氏家谱中寻找第一手材料，系统爬梳了黄梅蒋氏的世系和名人，并告诉读者考田山中有蒋氏"古墓葬群遗址多处"。这都是黄梅宝贵的文化遗产。

读了这两篇文章，我非常高兴，认为又找到了一位同道中人，于是更多关注黄先生的文章，甚至在黄梅文哲公众号里往回翻看错过的旧文。大略读过黄先生的文章之后，我认为，黄仲华先生研究黄梅文化，大致有以下几个特点：

一是文章定位介于文史考证与散文创作之间，大体属于随笔范畴。黄仲华先生的文章，通俗易懂，清浅可读，化去学术文章的艰涩，而呈现出读书笔记与人文采风的面貌。这种定位，不失为一种明智的选择。毕竟，那种纯粹的学术考证文章，固然有其长处，但读者可能难以接受，尤其黄梅本地的大众读者。

黄仲华的文章，无论是考证蕲黄，还是书写黄梅风光，抑或探源文脉，追踪佛禅，寻觅遗址，都充溢着掌故之风味，能化枯燥的史料于简洁的叙述之中，如同一道春风，令读者心旷神怡。

二是文章或取材于古籍，或采风于实地，具有一定可信度。这里所说的古籍，不只是诸如黄先生阅读过的黄利通的《石亭稿》《怀亭集》等书，更包括他所寓目的《蒋氏宗谱》《黄氏宗谱》《陶氏宗谱》《项氏宗谱》《张氏宗谱》《於邱氏宗谱》等。家谱、方志、国史是构成中华民族历史的三大支柱，是我国珍贵的历史文化遗产。研究地方文化，方志容量有限，真正的宝藏其实大都在家谱里。研究地方文化，必须注重对家谱的搜集与整理。据我所知，当代以来，胡越先生是黄梅搜集与研究家谱的第一人，在他之后，能够下苦功夫搜求家谱的寥寥无几。黄仲华先生的文章，能够深入到家谱层面，可以说是他的一大突破。他用这种取材方法，先后研究於姓、李姓、蒋姓、黄姓、石姓、张姓等，为读者介绍了陶渊明、曹麟、李本质（喻文鋆之岳父）、石卓槐、黄利通、黄景恒、黄颂南、於垞寒、石美玉、黄钊等诸多祖籍、客籍或本籍黄梅的名人，不少还具有发前人所未发之处，如写於润华教授。我前年在编《陈时与中华大学》一书时，对我们华中师范大学前身中华大学的校史颇有关注，知道中华大学有个知名教授叫於润华，但从不知道他是黄梅人，更不知他又名於垞寒。读了黄仲华先生的文章后，我仿佛有了新的发现，立即将这个信息报告给了中华大学校史专家喻本伐教授。喻教授是黄梅名士喻的痴的孙子，在华中师范大学教育学院工作，今年正在给华中师范大学 120 周年校庆撰写新的校史，我建议他把我们黄梅的於垱寒写进去。

古人云："读万卷书，行万里路。"黄仲华先生不只是"上穷碧落下黄泉"，也善于实地考察，遍访黄梅的山山水水。他不是一般的游山玩水，更是寻找山水文脉，这给他的文章既吹入了山水灵气，也带去了一股书卷气。他考察黄梅八大高峰、九大河流，探寻黄梅湖泊变迁、长江故道的变化，追踪战场遗址，一路奔波，最后化作一行行文字，在长吁短叹之余，让读者了解沧海桑田的历史，在内心对黄梅这片古老的土地爱得更加深沉。

三是视野开阔，能够跳出黄梅看黄梅。研究地方志，最怕的就是"不识庐山真面目，只缘身在此山中"。黄仲华先生分明具有一定的跳脱意识，他自觉地把黄梅文化置身于黄梅之外的广阔背景下考察。如他关注黄梅知县曹麟开发配新疆以后，思考李时珍在黄梅断冤救人的启示，向读者介绍六千年前出现于黄梅的龙文化，并从衣冠南渡、唐宋战乱、江西填湖广等中华历史的移民文化中，捕捉中原文化、江南文化对黄梅文化的影响。这种开阔的视野，一定能够让他继续向前掘进，挖出更多的文化宝藏。

黄仲华在研究黄梅历史文化之余，对个人的历史也充满自珍、自重之情，这非常符合一个历史研究者的特点。凡是喜欢钻研历史的人，一定是一个有着深重历史情结的人，往往不只是对研究对象充满好奇，对自身的过往，也有着万般牵挂与珍重。于是，黄仲华先生还写一些个人回忆录，以散文形式讲述自己亲身经历的故事。我想，黄仲华在研究黄梅历史人物的时候，也一定结合了自己的人生历程，将自己的价值判断、人文关怀倾注于其中。这样的人，这样的文章，一定是能被感同身受的读者喜欢的。

我与黄仲华先生并不相识，前不久一个偶然机会，我们成为微信好友。未几日，黄先生告诉我，他即将出版一部黄梅文化研究专集，希望我能给他写一篇序言，为之增色，并将书稿发给我。由于前述因缘，在冥冥中，我们已是同道中人。于是我将我对黄梅文化研究的思考，以及对黄先生作品的初步认识写出来，恭请同仁批评指正。希望黄梅公众号里出现越来越多的黄梅文化研究者，更期待黄梅文化研究能够朝着纵深方向发展，同时克服粗浅、鄙陋、草率、仓促、复制的网文特征，进一步提升文章的品质，多出现能够经得起历史考验的精品佳作。

是为序。

2023 年 5 月 11 日于桂子山

太虚大师在黄梅

　　《五祖寺志》（湖北科学技术出版社1992年版）收录了一篇太虚大师1923年在黄梅的演讲，名为《黄梅在佛教史上之地位及此后地方人士之责任》，我从此对太虚大师与黄梅的渊源有所了解。最近翻检故纸堆，无意中发现了《海潮音》1924年第5卷第3期第1页发表的《五祖真身面相》，觉其与现今五祖寺真身殿之五祖肉身颇为不同，故奇之。《海

五祖真身面相

潮音》实为太虚大师主持之刊物，能在太虚到黄梅之后隆重发表此照片，应与太虚大师有关，当为太虚大师命人摄制，然后发表出来。恰在此时，五祖寺正慈方丈命我梳理太虚大师在黄梅之事。兹一一述之如下。

太虚来黄梅之缘由及行程安排

查《太虚法师年谱》（释印顺著，宗教文化出版社 1995 年版）："1923 年 7 月 10 日（农历五月二十七日），大师偕王森甫、史一如等去庐山，主持暑期讲习会……（7 月）23 日（六月初十），暑期讲习会开讲，8 月 11 日（廿九日），圆满。大师凡讲四次……大师而外，黄季刚、汤用彤、张纯一（仲如）并有演讲……8 月，大师离庐山。以湖北黄梅黄季薢等邀请，乃偕超一、严少孚去黄梅。15 日（初四），大师在黄梅讲《黄梅在佛教史上的地位》等……所至悉纪以诗，存《老祖山》《黄梅吟》等五首诗存。"

1945 年，太虚大师曾作有《自传》，亦提及黄梅之行。在第十六节《佛学院第一期的经过》中，太虚大师回忆道："于暑假后，与隐尘、森甫去庐山大林寺开始了暑期讲演。求初，因曾在武汉皈依的黄梅乡绅黄季薢等到牯岭邀接，去黄梅讲演三天，传了一次皈依。时在大水灾后，游五祖山、老祖山等，一一详纪以诗。"太虚能在不太长的《自传》中专门记载黄梅之行，可见黄梅之行在太虚的一生中，有着不同寻常的意义。

据此，太虚大师到黄梅，前缘是他在庐山办有暑期讲习会，而庐山与黄梅又只有一江之隔；近缘是黄梅籍皈依弟子黄季薢等乡绅的邀请。

那么，太虚大师从庐山到黄梅，其行程安排又是如何呢？

查《太虚大师全集》，收有《赴黄梅宿小池口》《老祖山》《癸亥七月七日宿于黄梅五祖寺》《东禅寺观六祖坠腰石》《黄梅吟》五诗。按《太虚大师全集》编排情况来看，每一辑的诗文排序按照创作时间先后，依此来看，太虚大师应该是到小池口入黄梅境后，先直奔老祖山，然后才到五祖寺、东禅寺，在离开黄梅时，才最后写下《黄梅吟》。从诗句的反映来看也是如此。其《老祖山》一诗即云："未朝四五祖，先礼老祖来。"《癸亥七月七日宿于黄梅五祖寺》云："薄暮下老祖，凉生松竹丛。看完志一卷，行尽冈七重。"说明太虚大师薄暮时分，离开老祖寺，去往五祖寺。在《黄梅吟》中，太虚大师又再次回顾了他是如何到黄梅的，诗云："五月上大林，七月下庐阜。黄梅招我游，日暮渡江口。一宿小池栅，再宿孔垄校。"

遗憾的是，《太虚法师年谱》和《自传》都没有讲太虚法师到底是1923年8月十几日到黄梅的。结合以上史料，我们通过分析可以得出更为精准的日期，并会发现《太虚法师年谱》的谬误之处。《太虚法师年谱》称庐山暑期讲习会在8月11日（农历六月廿九日）结束，8月15日（农历七月初四）即在五祖寺演讲；据《癸亥七月七日宿于黄梅五祖寺》，8月18日（农历七月初七）太虚大师已到五祖寺，而太虚大师称在黄梅只待了三天，算上之前夜宿小池口、礼拜老祖山，太虚大师无论如何不可能8月15日在五祖寺演讲。据《老祖山》诗云："掷笔无所言，饭熟且一饱。下山趁夕阳，朵朵青莲好。"《癸亥七月七日宿于黄梅五祖寺》诗云："薄暮下老祖，凉生松竹丛。看完志一卷，行尽冈七重。月出日欲沉，炊烟满林薄。岭岚溪韵中，直上东山宿。"可见太虚大师是薄暮时分离开老祖山，赶往"东山宿"，那么这一天应该就是 8 月 18 日（农历七月初七）。如此一来，我们可以推定太虚大师在黄梅的三天：初抵小池口为 8 月 17 日晚；8 月 18 日直奔老祖山，日暮时分赶往东山五祖寺住宿；8 月 19 日，太虚在五祖寺演讲；20 日，太虚入黄梅县城，参观城西东山寺六祖坠腰石，然后起身离开黄梅，夜宿黄梅孔垄镇（此地为汤用彤家所在）。《太虚法师年谱》记载："大师回武昌。23 日（七月十二日），汉口佛教宣教讲习所毕业，大师致训词。"与黄梅之行的时间恰好衔接上，大师当于 21 日从黄梅滨江之地，坐船返回武昌佛学院。

值得一提的是，太虚大师在庐山的暑期讲习会，同时邀请了黄梅籍大学者汤用彤。汤用彤于 1922 年 7 月学成归国，应梅光迪之邀，任教于东南大学。当时东南大学教职工名录中，汤用彤留的通信地址即黄梅孔垄镇。汤用彤初回国，随母亲和家小住在庐山大林寺左近的别墅里。1922 年 7 月，太虚大师漫游至庐山大林寺，见西洋教堂矗立，遂决定在大林寺旧址建一佛学讲堂。汤用彤研究者认为，太虚大师与汤用彤应在此时结识，当年暑假，二人日夕过从。那么，这也就不难理解为何 1923 年开办讲习会，太虚大师能够邀请到汤用彤了。1923 年 7 月 23 日，庐山佛学讲习会开讲，26 日汤用彤讲《西洋对于印度之研究》，当时汤用彤仍然是在庐山大林寺附近的自家别墅避暑度假，这是汤家多年来的生活安排。遗憾的是，这次汤用彤似乎并未回家乡做佛教演讲，亦不知是否被邀请过。但有一点可以明确，当时汤用彤肯定知道太虚大师于讲习会结束后前往黄梅五祖寺，另外据可靠材料，汤用彤也曾于民国年间到过五祖寺。

太虚大师在黄梅的参观与接待

太虚大师来黄梅后，先是参观老祖寺。在小池口住了一晚上后，"晓行适空旷，境舒神与恢"，可见是赶早从小池到老祖。到了老祖后，天色已不早，只是"聊汲古梅泉，小坐大悲阁"，即到了老祖寺先喝了一口茶，在大悲阁坐了一会；"掷笔无所言，饭熟且一饱。下山趁夕阳，朵朵青莲好"，然后在老祖寺吃了晚饭，趁着夕阳赶往五祖寺；"薄暮下老祖，凉生松竹丛；看完志一卷，行尽冈七重"，翻山越岭之中，太虚大师看完了从老祖山随身带去的《老祖山志》，了解了老祖寺的历史。

到了五祖寺后，太虚大师参观五祖寺。《癸亥七月七日宿于黄梅五祖寺》诗云："五祖有肉身，历劫不磨灭。展礼期明晨，心香敬先爇。廿年慕忍师，万古大奇杰！传法行者卢，此事真怪特。"可见，太虚大师对五祖肉身有深刻印象，并高度礼赞了五祖传法六祖（俗姓卢），称五祖为"万古大奇杰"。太虚大师极有可能命人摄制了五祖肉身，随后交给《海潮音》杂志发表，才有了这"历劫不磨灭"的五祖肉身真容。遗憾的是，太虚大师离开黄梅不到四年，1927年4月13日，五祖肉身即为人所毁坏，此事地方史志和邑中人士皆有披露，详情可参阅废名《莫须有先生坐飞机以后》之《五祖寺》一章。太虚大师的追随者邓冶欧曾写《呈太虚大师》，告之五祖肉身被毁，诗云："遗言方便托呻吟，此意随人有会心。八部护持狮子座，万方倾仰海潮音。老人崇德灯能续，大事黄梅感不禁！（黄梅五祖肉身为奸党所毁）回首宝通车过处，钟声寂寂塔深深。"关于五祖肉身被毁，《五祖寺志》亦有记载："1927 年 4 月 13 日，五祖寺佛像被毁之殆尽，越千年的弘忍真身亦被毁。"当时，寺僧四散，到 1928 年方得恢复。

太虚大师到黄梅后，接待情况又如何呢？据《兴华》杂志 1923 年第 20 卷第 35 期上"地方通讯"一栏发表的湖北人"哀华"写的《黄梅佛教演讲会的写真》记载："八月中，有黄梅下任的小老爷王某，又请他到五祖来讲佛，盗名的通启，到处张罗，数月铺排，好不热闹……印有功德券千余张（每张一串）……并饬孔垄镇警所长率同商会人员，届期至码头整队欢迎……太虚仅讲了两次佛……听说各界向他顶礼的均不获其一盼……"虽然"哀华"是用讽刺的口吻，在讲述太虚大师来黄梅，但也可以从中看出，太虚大师来黄梅，受到了当地士绅和政府的重视。不过，"哀华"说邀请太虚大师到五祖来讲佛的是王某，与太虚大师所说有异，应以太虚说法为准。

另外，太虚大师在五祖寺，又是哪任方丈接待呢？据《五祖寺志》记载，清末民初的五祖寺方丈为慈济禅师［光绪二十八年（1902）至民国四年（1915）任住持］。慈济禅师有两大弟子，一为醒珊法师，一为祖颠法师。醒珊法师于民国四年

（1915）至民国十二年（1923）先后任代理住持、住持，祖颠法师于民国十二年至民国十五年（1926）、民国十八年（1929）至民国三十三年（1944）两度任住持。醒珊法师、祖颠法师在1923年交接，具体月、日不明，无法得知太虚来五祖寺时二者谁为方丈。《五祖寺志》称祖颠接任方丈，在1923年秋。一般秋天从9月开始，如此，则8月时方丈为醒珊。但是，这个1923年秋，为模糊的时间，具有存疑的可能性。从一些线索推断，太虚来五祖寺，祖颠法师时任方丈的可能性更大。一是，太虚大师来黄梅嘱于五祖山筹设佛学院第五小学部一堂。1925年春，五祖寺成立"武昌佛学院第五小学"，由祖颠法师的弟子觉慧兼任教员，"规模虽小，亦颇得参观者之称颂"。二是，太虚大师在五祖寺的演讲，由觉慧记录，后由《海潮音》杂志发表。这两件重要的事，都由祖颠法师的弟子来执行，似可以说明当时主事之方丈应为祖颠。据《五祖寺志》记载，醒珊法师于民国十二年（1923）退居本寺，充任中国佛教会黄梅县分会理事长。也就是说，当时醒珊法师尚在五祖寺内。

太虚大师嘱设"武昌佛学院第五小学"，亦是太虚来黄梅的一件功德无量之事。五祖寺办小学，实行免费入学，除小僧徒参加学习外，还"取诸邻近贫而孤者之蒙童，课而教之"。小学每期学生多则30余人，少则19人，其中邻近贫童5～7人。民国十五年（1926），小学因经费支绌而中止。民国十六年（1927）四月，因五祖寺受到冲击，寺僧四散，致使小学又中断。民国十八年（1929），觉慧以私人名义于寺内设立小学，实际是五祖寺小学的继续。通过五祖寺小学的兴废，亦可见觉慧等人对太虚大师之嘱的重视。觉慧于民国十五年（1926）秋，继任方丈。民国十七年（1928）秋，觉慧自谦"德薄能鲜"，不敢再恋此席，请绅僧两界，将诸事权仍归还祖颠。于是，祖颠再任五祖寺方丈。在觉慧充任方丈的两年，五祖寺被毁，寺僧四散，佛事基本停滞。

太虚大师在黄梅的演讲

太虚大师在黄梅，共留下两篇演讲稿。根据"哀华"所说，"太虚仅讲了两次佛"，可见只有这两场演讲。

一场为《黄梅在佛教史上之地位及此后地方人士之责任》，全集时间标为"十二年（1923）七月在黄梅讲"，署为觉慧记，发表信息注为"见海刊四卷八期"，"海刊"即《海潮音》。编者附注："本文从'在黄梅演讲之纪载'中节出，依当时讲题改。"似可见，通行本仅为节选本。我在民国文献数据库查找了《海潮音》杂志，大多数都有保存，可惜1923年的第四卷，只有第一、二期，其他各期均不见，实属遗憾。此演讲全文如下：

一、佛教之来由：佛教出自印度，起源于释迦牟尼世尊，在彼土或兴或衰之年代，及宗裂派之渊源，暂略而不宣。我国佛教之起源，自汉明金人入梦，遂开彼般若之心胸，涤无明之烦恼，因是遣使西域，迎佛像、取佛经，而佛教东渡自兹始矣。佛教在中国派别虽有种种，而黄梅在佛教史上之地位，则专属禅宗。此宗传自达磨，以不立文字、惟传心印为宗旨。来此土之年代，在梁武帝时顷。迨及初唐，方达于禅宗完全隆盛之时代，此与黄梅佛教有莫大之关系，莫大之因缘。考达磨在西天为二十八祖，在东士为第一祖也。达磨传二祖慧可，可传三祖僧粲，粲传四祖道信，信传五祖宏忍，忍传六祖惠能，此即一脉单传之三十三祖也。此六祖师资相传之因缘，有玄中之玄、妙中之妙之真谛。惟初祖至五祖，其道犹未能大昌于世，迨六祖受衣钵而后，始衣止不传，法被天下。不独缁流得法者多，而儒生高足亦多有入于禅宗之室者，此乃佛教一时之盛也。考六祖受法之因缘，东禅寺为传法之场。师到黄梅时，一异乡边地之青年卖柴人耳。尔时一谈之下，五祖即知其有大智慧，堪传大法，令供职米头，苦行以深磨炼。久因书偈壁问，为众惊叹。五祖知传法时至，遂于夜半为其说法，将衣钵传授之。时五祖会中有一上座，名曰神秀，为大众皈仰。众意传五祖之法者必神秀，而不图五祖之竟传于六祖也。然使五祖无巨眼特识，不潜授衣法于六祖，从世俗之见而传秀师，则禅宗之风又岂能光被中国，而流及高丽、日本乎！盖中国自晚唐、五代以来之佛教，可谓完全是禅宗之佛教；禅风之所播，不惟遍及佛教之各宗，且儒家宋、明理学，道家之性命双修，亦无不受禅宗之酝酿而成者。故禅宗者，中国唐、宋以来道德文化之根源也，而其枢要则在黄梅五祖之能毅然决然以传能大师为六祖耳。此可见黄梅佛教史地位之重要也。

二、现在禅宗衰颓，已达到极点。兹欲重为振兴，当明五祖传六祖之道为根本。自民元迄今，人民稍有回心向佛之思想，但中国之佛教，乃禅宗之佛教也，非由禅宗入手，不能奏改善世道之效。故在不慧之意见，起禅宗于既仆，挽劫运于今时，全赖黄梅僧俗诸公发无上菩提心，重整五祖之规模，大扬五祖之宗旨，以之救全国全世界之人民于水深火热之中，实为诸君惟一责任！

第二场为在黄梅明伦堂之讲演，由五祖寺僧觉慧记录，初刊于《海潮音》四卷十期，题为《在黄梅明伦堂之讲演》；后收入《佛学足论》一书（慈忍室主人编，佛学书局1932年版，列为"海潮音文库"之一），题为《太虚法师在黄梅明伦堂之演说》。2005年，收入宗教文化出版社《太虚大师全书》第26卷，题为《佛法之教理行果——十二年七月在黄梅明伦堂讲》，署为觉慧记，发表信息注为"见海刊四卷十期"。编者附注："原题《在黄梅明伦堂之讲演》，今改题。"经过比对发现，佛学书局版与宗教文化社版略有文字出入，不知何故。而初刊本《海潮音》四卷十期，亦未得，是以无从再校。兹录佛学书局版如下：

佛法非一时中所能尽述，故今讲佛法，亦无由而讲，然诸君欲知佛法之妙，亦不难，譬如饮茶入口，即知其味，不饮则终不能知也。但是知道有佛之法，必先知有佛，并知佛之所从来。须知佛由人成，非佛成人。凡属有觉性之物，皆有佛性，如万物各有自性，且依四大而言，地性坚、水性湿、火性暖、风性动，而众生之心皆觉为性，故云：一切众生皆有佛性。但是我们只有佛性，而德相功用，未尝发挥，倘能发挥出德相功用，则无往而非佛也，亦无往而非佛法也。

讲佛法之事，不出教、理、行、果之四。所谓教者，即三藏圣教也。三藏者，经、律、论是。早此二千九百五十年时，有释迦牟尼世尊，现种种身，实因悲悯大地众生、迷惑自性而济度之也。尔时无经可讲，惟以身教人，以言教之，迨佛涅槃而后，有三上首，曰阿难，曰迦叶，曰优波离，结集佛住世时所教所行之真理，遂名曰经。经之梵语名修多罗，此经藏之所以由来也。律之梵语毗奈耶，所谓律者，即调伏三业之规律也。佛未示寂以先，即有律法，如行住坐卧、听法、应供，皆须遵守戒律。论有二种，或佛论，或弟子之辩论。佛论者，佛住世时有九十六种外道，邪见纷纭，佛骨以理论之，乃破诸外执。如迦旃延先为外道，后因佛申诸正论，即皈内教。佛弟子论者，即舍利弗诸人及后世佛弟子之论也。但佛弟子论，须以佛之道德为根本。考大藏经、律、论，明代时有八千余卷，现存者未遑详记。

我们现在知道自己有佛性，及知三藏圣教之来因。但所谓教者，有二种差别：一、记录佛及圣众所示现种种之事迹；二、记录佛及圣众所解说种种之言语。括二种之记录，示现事迹为身教，解说言语为言教。然知有佛、有教，须先起信。究而论之，起信属后，明理为先：理尚不解，信何由起！若不知理之所在，即为盲动。欲解此理，可以二谛概括之：所谓二谛者，即胜义谛、世俗谛，胜义谛又名真谛，或名第一义谛，彰本寂之理，所谓实际理地不受一尘，是非双泯，能所俱亡，指万有为真如，会三乘归实际，谓之第一义谛。明缘起之事，所谓佛事门中不舍一法，如劝臣以忠，劝子以孝，弘善示天堂，治恶显地狱等，谓之世俗谛。此二谛中所包天地人物，蕴处界等。苦集灭道诸法，若以真如实际言之，则此妄有之万物为俗谛，不能通于胜义也。所言蕴处界等，蕴，即五蕴；处，即十二处；界，即十八界；等者，等于七大之地水火风空见识等。欲明此道理，有《俱舍论》《成唯识论》，诸君可研究之。苦、集、灭、道四法，此二谛而言：苦、集、道属俗谛，灭属真谛耳。苦以集为因，集以苦有果，集惑业而获苦果，依苦果而生惑业，此乃人生流转生死之因也。道者，有四念处、四正勤、四如意足、五根、五力、七觉支、八正道，总之，则为三十七道品。欲离苦得乐、出生死、入涅槃，当修此道也。一真法界以二空为门，二空：即人空、法空；能证二空，则通达一真法界。盖一真法界不可思议，故云能证二空之真理，则谓之一真法界也。

既知此教，不将此理讲明，即知其然而不知其所以然，与天仙鬼神等众无分良莠。此天仙鬼神亦轮回六道，不能超出三界，故必知其所以然，方为了解真理。前谓天地人物等在生死流行中，欲知确实，惟在理之明不明耳。倘真信了教，解了理，必知修行的津梁。但修行须以戒为首：依三藏而言，戒即律藏，戒分五戒、十戒，乃至二百五十戒等，其意义太繁，且略而不详。所谓行者，即三业之所行也。三业者，身口意是：身不行杀、盗、淫，口不行妄语、恶口、两舌、绮语，意不行贪、嗔、痴，此身三、口四、意三不行即十善，反之，即十恶也。然善恶之发现，皆由意三所主动，身口七支则附从耳，所谓一切惟心造也。上面所言二谛真理，谓天地万物皆属虚假，就是人生于世，不知死从何去，生从何来，大抵生死轮流，实缘意之三毒根而起也。上云贪、嗔、痴，即三毒也。贪心起时，应以慈心伏之，嗔心起时，以悲心伏之，痴心起时，以般若之心伏之。般若梵语，华言智慧，常存慈悲智慧之心，则能种诸善行，二六时中不离此善行，即可以了生脱死而达到妙觉佛果之地位也。

对太虚大师黄梅之行的评价

如前文所述，太虚大师的黄梅之行，在太虚大师的自传中有记载，可见其历史意义不同凡响。然而，长期以来，学术界并未真正研究太虚大师黄梅之行的历史意义，或仅取"黄梅在佛教史上之地位"之意。通过翻检史料，得知评价太虚大师黄梅之行有两人，一为时人"哀华"，二为今人净慧法师。二人几乎持相反态度，这与他们采取不同的立场有很大关系。

太虚大师到黄梅后，"哀华"在《兴华》杂志1923年第20卷第35期发表《黄梅佛教演讲会的写真》一文，对太虚极尽丑化之能事，全盘否定了太虚的贡献，与其人阶级斗争意识强烈等有关。再联想到1927年4月13日，黄梅2000多人在梅开华等率领下，火烧五祖寺，"一火烧了五祖寺的精华"（废名语），"将佛像毁之殆尽，越千年的弘忍真身亦被毁"（见《五祖寺志》卷14《大事年表》）。废名也无奈地说，"梅开华杀五祖的事情确是可笑"，认为一般农人"笑梅开华女孩子不懂事"。"哀华"之文节选如下：

　　两年前，有号称太虚法师，借几个名流的介绍，运动老萧的赞许，在汉上组织了一个佛学院，招了些失势无业的居士，在那里讲什么佛法。只以佛教系土产的，起信较易，那太虚人又滑头，善于巴结，终日间念什么阿弥陀佛，讲什么因果，出入权贵，奔走衙门，且有过去省长李某帮他的后台，所以这太虚得以在名利场中，显些身手，讨些乐趣。论到他的学识，比较的总算是奇货，曾于今年七月间，在庐山大林寺，开了一个讲佛会，先期遍贴广告，说有任公、太炎、艾香德诸先生来此讲佛，哪知全是借此招摇骗局的呢！

八月中，有黄梅下任的小老爷王某，又请他到五祖来讲佛，盗名的通启，到处张罗，数月铺排，好不热闹。这太虚仗督军的公事，挂知事的招牌，印有功德券千余张（每张一串），由知事勒令各机关人等分头贩卖，并饬孔垄镇警所长率同商会人员，届期至码头整队欢迎，竟碰了商会长邢泌如君一个大钉子，撕毁了训令，发一顿牢骚，失礼失迎，快人快事！可怜那各界人士及痴心求佛的人们，在那烈日酷暑中，磕头烤烈，青眼望穿。哼！杨枝一洒，好容易来临法会哩！

上岸以后，太虚端坐大轿，飘飘欲仙，一般攀龙附凤的人，在后摇旗呐喊，作浪捧场。凡持片请谒的，除一二要人外，概行挡驾。甚至文昌阁老僧向他下拜，竟视若无事，摆这种官僚派的架子。就是活佛教皇的气焰，也要望尘莫及啊！太虚到黄梅之日，适值山洪暴发之时，东西门外，冲倒房屋数百间，淹毙二百余人，哭声震天，伤心惨目。太虚既本慈悲救世，抱菩萨心肠，何不将那千多张功德券拿来赈济灾民。那真是功德无量啊！不料太虚仅讲了两次佛，说什么招待不恭，公事在急，竟逃之夭夭，腾云驾雾地去了！听说各界向他顶礼的均不获其一盼。哈哈！这太虚的身价，真比释迦还要高得十倍哩！不数日间，就虚縻了人民血汗钱千串。新式和尚的手腕，原来如此。

"哀华"提到太虚大师来黄梅，适黄梅县城发山洪不久。二十多年后，太虚大师写自传，亦提及"时在大水灾后"，可见太虚大师对此水灾耿耿于怀，应系对黄梅苍生念念不忘。至于，太虚大师对此有何表示，已不可考。

2005年12月5日，净慧法师在黄梅四祖寺第三届禅七法会开示时说：

> 八十三年前太虚大师来到黄梅，写了五首诗，做了两篇讲演。特别是在五祖寺的一篇讲演说道："挽劫运于今时，全赖黄梅僧俗诸公发无上菩提心，重整五祖之规模，大扬五祖之宗旨。"太虚大师当年也到老祖寺吃过一餐饭，喝过一碗茶，写过一首一百四十个字的诗，非常赞叹那个地方，也非常感慨昔日清净佛地当时已是宗风扫地，所以他老人家感慨良多，写了那首诗。太虚大师在五祖寺住了一个晚上，也有无限的感慨。他对四祖寺有什么感想我们不知道，他没有写诗，也没有说四祖寺宗风如何。我想他老人家连这个地方都没有提，那就说明当时的四祖寺已经衰落至极，不值得一提。
>
> 那是民国十二年（1923）的事情，比我的年龄多十年，所以正好八十三年。这一代大师能够到黄梅来一趟，能够对黄梅的佛教发表一些意见，发表一些看法，指出方向，对我们八十三年以后在黄梅的佛弟子来说，还是有重大的

启示意义。太虚大师关于老祖寺的一首诗，我看了以后，更加坚定了自己要来牵头恢复老祖寺的信心。虽然我已经七十三岁，残年老病，但是在这件事上似乎我又壮心不已。为什么呢？因为一代祖师宝掌和尚，在中外佛教史上，从年龄来说仅此一人而已。谁能活到一千零七十二岁啊，不就是一个宝掌和尚吗！所以恢复这座道场具有深远的意义。我希望我们参加打禅七的人，出家人也好，在家人也好，本地的也好，外地的也好，不要你们做别的事情，就帮着鼓吹鼓吹："啊！黄梅老祖寺有位宝掌和尚，活了一千零七十二岁！万山丛中有一个非常好的地方，黄梅四祖寺的人准备恢复那个地方。"帮着说这一句话就可以了。为什么呢？一万个佛教徒就有九千九百九十九个不知道老祖寺。虽然老祖寺在黄梅很有名，出了黄梅谁还知道有个老祖寺呢？所以你们一定要帮着宣传宣传，让大家知道有这么一个地方。大家出不出钱不要紧，加持护念、同情支持，比出钱还重要。因为有人心就有事业，有人心就有佛教，有人心就有禅宗。

净慧法师说太虚大师没有提到四祖，其实不对。《老祖山》一诗开头就说道："未朝四五祖，先礼老祖来。"不过，太虚大师极有可能未到四祖寺，与当时四祖寺已极其破败或有关系。净慧对太虚大师的黄梅之行，给予了极高的评价，认为太虚是"一代大师"，"能够到黄梅来一趟，对黄梅的佛教发表一些意见，发表一些看法，指出方向，对我们八十三年以后在黄梅的佛弟子来说，还是有重大的启示意义"，并因太虚大师《老祖山》一诗，触发了"恢复老祖寺的信心"。可见太虚大师黄梅之行的深远意义，竟然影响了八十多年后黄梅的佛教事业。

2023 年 6 月 17 日于桂子山

附：太虚有关黄梅诗作五首，并附邓冶欧一诗

赴黄梅宿小池口

自从衣钵此南渡，江月江风愁绝人。

一宿小池惊夜尽，满天风露浴星晨。

老祖山

未朝四五祖，先礼老祖来。晓行适空旷，境舒神与恢。

我闻老祖者，得心达摩梁，千岁名宝掌，息化南宋杭。

不知何朝代，来此刹竿建？独处双峰雄，倚天卓长剑，

佛魔一齐斩，圣凡两不立。东南西北山，俯同儿孙列。

寂寂千百年，不闻狮子吼。我来一振声，林薮惊飞走。

聊汲古梅泉，小坐大悲阁。尘嚣阻重岭，清净真佛国。

掷笔无所言，饭熟且一饱。下山趁夕阳，朵朵青莲好。

癸亥七月七日宿于黄梅五祖寺

薄暮下老祖，凉生松竹丛。看完志一卷，行尽冈七重。

月出日欲沉，炊烟满林薄。岭岚溪韵中，直上东山宿。

五祖有肉身，历劫不磨灭。展礼期明晨，心香敬先爇。

廿年慕忍师，万古大奇杰！传法行者卢，此事真怪特。

达摩一线光，佛佛髓中液。辛藉卖柴汉，尽情为漏泄。

一花五叶开，弈世芬芳续。日本高勾丽，风播恒沙国。

独惜禅海源，法流渐枯竭。愿我山中侣，发奋究真极！

一脚忽踏翻，全身活泼泼；凤凰扑天飞，狮子踞地立。

一切灾厄除，一切吉祥集。是谓心地平，天下太平毕。

东禅寺观六祖坠腰石

漫云顿悟南能易，曾出身身血汗来。

辛苦坠腰一片石，东禅劫后未成灰。

黄梅吟

五月上大林，七月下庐阜。黄梅招我游，日暮渡江口；

一宿小池栅，再宿孔垄校。此地禅之宗，斯民佛所教；

云何忘本真，恣然纵三毒？业感蛟为灾，洪流没山谷。

我来亦无事，但令妄想拂。尘尽明镜空，即是如如佛。

舟舆喧晓行，遵陆又循水。荻芦腾雨声，帆顺风初转。

云开日现时，岸近波平处。万山青霭浮，斜阳在深树。

心地一清宁，乾坤否还泰。用兹慰众情，先立乎其大。

西山四祖信，东山五祖忍。更有南北山，老祖共相证。

相证惟此心，此心人人有。愿各悟此心，勿抛之乱走！

吾来无所来，吾语无所语。但念阿弥陀，寂光同常住。

呈太虚大师

邓冶欧

遗言方便托呻吟，此意随人有会心。

八部护持狮子座，万方倾仰海潮音。

老人崇德灯能续①，大事黄梅感不禁②！

回首宝通车过处，钟声寂寂塔深深。③

---

① 公族祖吕晚村先生，以明季遗老出家，号可求老人。
② 黄梅五祖肉身为奸党所毁。
③ 公赴武昌宝通寺，曾有"深深重见塔，寂寂一闻钟"佳句。

"吾楚诗人之冠冕"

——喻文鏊研究初探

清代文学、学术至乾隆时而大盛，各地出现不同的流派。以湖北而言，自清初逐渐失去文坛中心的地位之后，一直未得风气之先，鲜有大文人，直到乾隆时期，"蕲州陈愚谷先生，与汉阳叶云素先生（讳继雯，志诜之父、名琛之祖）暨先石农公为至交，同以诗文负重望，时称汉上三杰"。以"汉上三杰"为代表的湖北文人重新崛起于清代文坛，成为一个颇受关注的文学群落。"汉上三杰"之中，论诗文成就，以喻文鏊（1746—1816）最高，有《红蕉山馆诗钞》《红蕉山馆文钞》《考田诗话》《湖北先贤学行略》传世；论学术成就，以陈诗最高，著有方志巨作《湖北通志》《湖北旧闻录》；论官职大小、资产实力，以叶云素（1755—1830）为大，他利用自己在京师的地位、人脉，积极向朝中名流、重臣推许喻文鏊、陈诗的诗文，终使三人在文坛占据了一席之地（《清史列传》即以三人并列入传）。"汉上三杰"之间还互结秦晋之好。叶云素之子志诜娶喻文鏊之女，生子叶名琛、叶名沣；陈诗之子守仕娶喻文鏊之孙女，生子陈道喻。喻文鏊曾就三人的关系有过现身说法，《考田诗话》卷二云："后余客汉上，陈虞部愚谷假归，就云素为教授其子，余过从甚密，丽泽之益良多。往来汉上者，无不知余三人之交最笃。厥后，云素次子为余季女委禽，愚谷媒焉。"

喻文鏊"十八入学籍，十九笃于学"，但此

喻文鏊（陶利平手绘）

后科举道路不顺，其亦不以为意，直至乾隆甲辰，年近四十方充恩贡。嘉庆乙亥年始选授竹溪教谕，以老病辞不赴。喻文鏊"自弱冠负乡曲之誉，三十后声望日隆，名流翕然倾心，大吏之慕其名争延致者，无不钦其矩范"。当时的朝中重臣、封疆大吏或文坛领袖，有初彭龄、毕沅、法式善、曾燠、许兆椿、刘凤诰等对喻文鏊极为推崇。喻文鏊在当时的文坛，以武汉和黄梅为中心，形成了一个卓有影响的文学群落，像程大中（拳时）、熊两溟、彭栋堂、王鸿典（西园）、曹麟开（云澜）、南豆滕、陈诗、叶云素、王根石、王瑜（石华）、王銮（徒洲）、王岱

220

（次岳）、赵帅（伟堂）、傅垣（野园）、刘之棠、潘绍经、潘绍观、周兆基、李钧简、秦瀛、张菊坡等都是喻文鏊的知交诗友。在喻文鏊的努力下，由其伯祖父喻化鹄开创的黄梅文派，到他这一代已经大成，而其子元鸿、孙同模嗣响。李祖陶评曰："匏园（化鹄）文和雅似欧，石农（文鏊）奇崛似韩，铁仙（元鸿）文敷畅似苏，祖孙父子一脉相承，而面目各异，文之所以真也。"这是对黄梅文派最为精当的概括。与此同时，喻文鏊又以不立宗派的形式，但客观上与弟弟喻文銮、喻文镕开创了地域性诗歌流派——"黄梅诗派"，这是他为清代诗坛做出的最大贡献。

清代有数首诗吟咏喻文鏊：一为"独立苍茫万仞峰，直教云海荡心胸。长枪大戟谁能敌，除是黄州喻石农"（佚名）；二为"淡烟疏柳句堪夸，一集红蕉是大家。似唐似宋都错了，石农诗瘦似梅花"（方廷楷），可见喻文鏊之影响。喻文鏊"为文必求心得，不规规于唐宋人窠臼。尤善为诗，年三十以后，诗鸣吴楚、东南，海内称诗之家，无不合口同词，推为一时巨手"，徐世昌、秦瀛也将喻文鏊与顾景星、杜濬这样的大诗人相提并论，认为喻文鏊"足为嗣响"，有清一代"光黄一大家"。而欧阳予倩外祖父刘人熙［同治六年（1867）湖南解元、光绪三年（1877）进士，曾任湖南督军兼省长］在所著《楚宝》一书中甚至称喻文鏊为"吾楚诗人之冠冕"，这比徐世昌在《晚晴簃诗汇》中的"在楚人中足为杜于皇、顾黄公诸家嗣响"的评价更高。

笔者追踪喻文鏊及黄梅喻氏文献近二十年，已点校部分成果问世，曾就喻文鏊与袁枚等学术话题进行论述，现辑为《"吾楚诗人之冠冕"——喻文鏊研究初探》发表，以就教于方家。

喻文鏊与袁枚

　　作为乾嘉诗坛的"大家""巨手"，将喻文鏊与同时代的袁枚进行比较十分有必要，还有一个原因是喻文鏊也主张"性灵"，蒋寅等当代学者将喻文鏊引为性灵派的同调。那么喻文鏊与袁枚到底有何关系，确实同属性灵派吗？

　　翻遍喻文鏊、袁枚的著作发现，袁枚对喻文鏊几无提及，但喻文鏊却对袁枚有多处直接提及。《考田诗话》的卷三、六、七、八各提袁枚一次，卷四提两次，卷五提三次，一共九次。除此之外，《考田诗话》与《随园诗话》共同摘引的诗句也有多则，甚至有一两则内容几乎差不多，喻文鏊熟读《随园诗话》无疑。至于《随园诗话》中提到的许多人亦为喻文鏊之师友，两人还有一些都晤面过的诗友（如《考田诗话》卷六载：潜山诗友丁珠为喻文鏊世交，曾"谒袁简斋"，又如下文重点提及的王次岳）。从这些材料来看，袁枚、喻文鏊二人应当彼此互知，但似无交谊。从喻文鏊提到袁枚处来看，除几处指摘袁枚的谬误外（如卷四指出袁枚将于襄阳与于清端误认为族兄弟关系，为"相沿通谱之陋"，又指袁枚引汉乐府"月穆穆，以金波"为王禹偁《月波楼》一诗之出处，其"自矜得出处"实为误读），其他多为顺带提及，但有两则指涉喻文鏊对袁枚的隐性评价，却不可不重视。

《考田诗话》卷五云："次岳来为黄梅山长……其来梅，为毕制军沅所属……其论诗则推袁简斋，故余赠诗有'骚坛近日主风趣，买丝都欲绣袁丝'之语。"次岳即王岱，其人颇活跃于乾嘉诗坛，《随园诗话》关于他的记载有多条，其中一条明确提到王次岳曾留宿随园，可见王、袁二人关系非同一般。王次岳与袁枚首席弟子、性灵派后劲孙原湘十分投契，两人时常诗酒唱酬，而且孙原湘妻席佩兰、王次岳妻席筠同为常熟席氏女诗人，袁枚对二人亦多有提及。可见王次岳与袁枚主导的性灵派走得较近，当属袁枚一派。喻文鏊与王次岳亦为挚交，《红蕉山馆诗钞》中有关王次岳的诗达七首之多。虽然喻文鏊与袁枚都有共同的好友王次岳，喻文鏊也主性灵，为何王次岳甘为性灵派，而喻文鏊却不愿走近袁枚一派呢？让人生疑的是，喻文鏊这首《赠次岳》的诗，似含有调侃、微讽袁枚之意。"买丝都欲绣袁丝"脱胎于袁枚的首席女弟子席佩兰赠他的"愿买杭州丝五色，<u>丝丝亲自绣袁丝</u>"，喻文鏊貌似调侃王次岳，实为调侃袁枚及其一派。

何以至此呢？这需要了解喻文鏊本人的诗论。喻文鏊的主要诗论观点集中在《考田诗话》卷一，他认为："诗能感人，愈浅而愈深，愈澹而愈腴，愈质而愈雅，愈近而愈远，脱口自然不可凑拍，故能标举兴会，发引性灵。"又说"诗以陶写性情"，"直固美德，过激亦是一病，真则无往不宜矣。如得其心，则粗处皆精、拙处皆老、浅处皆深、率处皆真。情真也，动人处正不必在多"，可见在对诗歌抒发"真性情"方面，喻文鏊与袁枚是相一致的。喻文鏊尤其强调"真"的重要性，多次指出"愈琐屑愈见真挚""立言不烦，字字真挚""语浅言真""情真语挚，不愧古人立言"等，都是强调诗以"真"为核心。

然而，袁枚一派除了"主真"，为了扫荡诗坛其他流派，他们还"主新"。喻文鏊对此则持一定的保留意见，他认为："诗真则新，真外无新也。诗中有人在，又有作诗之时与其地，总之其人也，无不真矣，即无不新。人心不同如其面，子肖其父，甥似其舅。审视之，则各有其面目，无一同者，便已出奇无穷。有意求新，吾恐其堕入鬼趣矣。"喻文鏊的"真外无新""有意求新，堕入鬼趣"直接击中了袁枚及其追随者的病灶。喻文鏊还进一步指出，"不戒绮语，而戒理语，此近来求新者之所为，吾不信其然也"，"近人诗为应酬而作，牵率附会之语，岂有佳诗?""提唱宗门主风趣，恐多绮语亦粗才"，"近三十年来，诸贤务炫新奇，非不新奇也，恐滋流弊耳!"这就简直是在抨击，而要跟袁枚"提唱宗门主风趣"的性灵派划清界限了。袁枚逝后，随园弟子多倒戈，殊不知早在袁枚逝世之前，与他同时代的喻文鏊早已指出了性灵派的流弊。

此外，在对待格调派的态度上，喻文鏊与袁枚也不相同。袁枚主性灵，起初是对沈德潜格调派的反拨，反对诗歌的教化功能，而喻文鏊则认为："诗以立教，不外日用伦常之理，发之于喜怒哀乐之情，托之于风云月露之词，傍花随柳、云影天光。

道学语未尝不具有风致。"这与沈德潜主诗"必关系人伦日用"同调，而袁枚曾专门针对这一观点进行了大力抨击。

在对待同时期翁方纲主导的肌理派的态度上，喻、袁二人态度大同小异。喻文鏊曾作诗讽刺考据派说："近来考据家，动与紫阳畔。竟似所看书，紫阳未曾看。""近代诸贤精考据，劳渠辛苦注虫鱼。不愁破坏文章体，翻笑欧阳少读书。"这也可看作是喻文鏊作为主真性情的诗人对肌理派的调侃。但喻文鏊竟然认为"道学语未尝不具有风致"，可见他对肌理派的批评也有所保留；他反而对袁枚一派的"戒理语，不戒绮语"，表示极大的不赞同。

在《考田诗话》卷七中，喻文鏊谈到挚友张菊坡与袁枚的一段故实："张菊坡观察书法学子昂，得其神似。蒋心余又称其善画梅，诗不多作。余偶见其诗，亦清稳。守广州时，袁简斋来游，索其诗入《随园诗话》，菊笑曰：'谁不知予赘郎，而以诗见，毋乃累先生盛名？吾不为也。'"或许，张菊坡"吾不为也"的态度亦正是喻文鏊的态度，他没有主动结交袁枚，以跻身性灵派也就在情理之中了。这是喻文鏊作为一代大诗人的风骨所在。所以将喻文鏊说成"性灵派诗人"，似乎欠妥，因为他只是一位不立宗派、独树一帜的"性灵诗人"。

喻文鏊诗歌创作系年与分期

乾隆五十四年（1789）探花、嘉庆年间太子太保刘凤诰在

《清诗人喻石农先生墓表》中称喻文鏊"年三十，以诗鸣"。喻文鏊长子喻元鸿亦在《修职郎授竹溪县教谕先考石农府君行述》中说："自弱冠负乡曲之誉，三十后声望日隆，名流翕然倾心，大吏之慕其名争延致者，无不钦其矩范。"可见喻文鏊是少年得志，以诗名世。而且，喻文鏊为此过早地放弃了科考应举之路，虽然他"十八入学籍，十九饩于学"。喻文鏊既以诗人自命，就会对自己所作诗歌十分珍惜，他的诗作在生前就得以完整保存下来。甚至正当盛年之时，他就开始为自己的诗集进行编定、刊刻。现存《红蕉山馆诗钞》《红蕉山馆诗续钞》就收录他亲自择定的所有诗作979首。其中，《红蕉山馆诗钞》（918首）分为十卷，曾于嘉庆九年（1804）年先行问世；《红蕉山馆诗续钞》（61首）分为二卷，由侄子喻元沆于道光三年（1823）刊刻，与《红蕉山馆诗钞》一起印行。

诗作得以完整留存，这对于一位诗人来说是一件幸事。可惜的是，此诗钞未在目录里标注作品的创作年代。喻文鏊诗系年的谜题给学术研究带来不小的障碍。我根据诗歌里的蛛丝马迹，对喻文鏊的作品进行大致的系年并予以分期。

在《红蕉山馆诗钞》之末，有一段喻元鸿、喻元洽的附识，云："家大人诗，未及丏人作叙，小岘先生见丙午以前诗于云素先生京邸，乃允其请而为之。又十余年，元冲等钞自辛卯，迄癸亥，都为一集，即用以弁首，仍请家大人自跋其后焉。嘉庆甲子夏五男（元冲、元洽）谨识。"丙午为乾隆五十一年（1786），辛卯为乾隆三十六年（1771），癸亥为嘉庆八年

（1803），甲子为嘉庆九年（1804），诗集刊刻年份亦由此来。

《红蕉山馆诗续钞》之末有喻元沆一段跋文："溥以嘉庆丁卯岁再赴礼闱，讫于丙子先伯父捐馆舍，其不获亲先伯父笑者十年，去夏先慈弃养，匍匐南旋，则距伯父捐馆岁又七年。于兹既抱春晖之悲、益增典宗之感。伯父诗前集十卷久版行，续集二卷，铁仙兄暨过庭弟屡思授梓，因事迁延未果。溥于周期后，从铁仙兄处乞取读之，时滥竽江汉讲习，即携至书院。每一展读，回思当年随侍红蕉山馆课读时，先伯父每一诗成，至意得处，必呼兄弟辈环侍左右，津津讲说，此等光景不可复得也。因为逐字校阅一遍付剞劂，与前集合为一编。道光癸未长至侄溥（士藩更名）谨识。"喻元沆称自己在嘉庆丁卯年（1807）后，一直忙于考进士，考中后又踏上仕途（元沆于1809年中进士，后任翰林院编修，充国史馆纂修），直至嘉庆丙子年（1816）喻文鏊逝世，与其伯父十年未见一面。道光癸未年（1823）的前一年，因母逝世，喻元沆才回黄梅，这时距离喻文鏊逝世已经六七年了。喻元沆于周年后到江汉书院充当讲习，于是借此机会将《红蕉山馆诗续钞》与《红蕉山馆诗钞》合刊于世。

由以上信息来看，《红蕉山馆诗钞》为喻文鏊父子刊刻，《红蕉山馆诗续钞》由喻元沆刊刻。前十卷收录作品时间范围是1771—1803年，续钞二卷收录作品范围是1804—1816年。前十卷还有一个关键的时间节点即秦瀛作序的1786年。据该序云："石农虽不得志，跧伏乡曲，亦尝浮江而上，登大别、溯荆门，既又下彭蠡、过小孤山，以达乎皖江金陵，北渡淮，经齐鲁故墟抵析津而止。所至登临、怀古、凭吊、唏嘘，发而为诗，或峣礧而激壮，或寥邈以荒忽，不名一家。"据检阅诗钞，卷一、二、三多为有关黄梅、黄冈、武昌之诗，卷四、五涉及天门、潜江、荆门，卷六才涉及江淮齐鲁，并有关天津的诗歌。从卷七开始，诗歌涉及河南、山西、陕西一带。这说明，诗钞的前六卷收录1771—1786年的作品。从卷七开始的游历之作，秦瀛在1786年时尚未得读。后四卷创作于1787—1803年至此应亦无疑义。

从卷二开始，喻文鏊与时任黄梅知县王鸿典（西园）、曹麟开（云澜）唱酬颇多，并与安徽泾县举人赵帅（举人）交往频繁。王鸿典于1772年8月来任，次年即丁忧回籍。曹麟开于1773年来任，又于1774年延请赵帅掌教黄梅书院。根据以上信息，基本可以推断卷一收录作品的年代为1771—1772年，卷二收录作品年代为1773—1774年。后面亦可得到补证。

卷三有《哭外舅李冶人（本质）先生》《陈母行》《送陈愚谷（诗）之蒲圻》等诗。喻文鏊岳父李本质逝世于1775年农历十月二十七日辰时。《考田诗话》载："愚谷于乾隆甲午中乡试第一，与余季弟同出蒲圻县知县何公光晟之门。乙未（1775）冬，来拜先君子于葆光堂。遂与余订交曰：'仆识君久矣，君今始识仆耳。'晨夕商榷古今，手把一卷，饮食坐卧不辍，客至不罢，嗔之如故。弥月，与季弟同去，之蒲圻。"陈诗于1775年冬到黄梅拜访喻文鏊，住了一个月后，又与喻文鏊的弟弟喻文

鋆一起去了蒲圻，当为 1776 年初。说明卷三收录作品的年代为
1775—1776 年。卷三还有一诗《示诸弟侄》，云："我生尚辗轲，
三十倏加一。娇女始扶床，但解觅梨栗。阿冲五岁余，登案索
纸笔。"此诗作于喻文鏊 31 岁时，恰为 1776 年，又说"阿冲
（喻元鸿）五岁余"，与元鸿生于 1771 年亦相符。

从卷四开始，有关黄陂的诗歌陡增，如《黄陂道中》《雪后
去黄陂示舍弟》《闻西园过舍弟黄陂学舍》等皆是。这是因为喻
文鏊的二弟喻文镪（1748—1831）于乾隆丁酉科（1777）成为
拔贡，朝考一等，铨选教谕，借补汉阳府黄陂县训导。这都说
明卷四的诗不可能早于 1777 年，最多起始于该年，但止于何
年，则不可知。但卷五《乾隆甲辰，甘肃田五扰通渭，在籍知
县李南晖率子思沅、侄师沅守城，城陷死之》体现出新的时间
线索，乾隆甲辰即 1784 年，距离秦瀛作序的 1786 年才两年。
这就说明第六卷收录作品的时间年代是 1785—1786 年，多为有
关江淮齐鲁的登临怀古之作。那么卷四、五的创作年代即为
1778—1784 年了。至于 1777 年的作品可能收入卷三，也可能收
入卷四，但收入卷四的可能性略大，因为卷四开始的几首诗都
提到"秋夜怀云澜刺史""凛秋坐寂寞""秋夜别吴云衣
（森）"，不大可能是 1778 年秋。后面的诗又提到"愚谷假还携
秋岩书由汉上见寄"，是指陈诗 1778 年中进士后即告假回乡，
亦可佐证卷四早于陈诗告假的深秋之诗作于 1777 年，而非
1778 年。

弄清楚喻文鏊诗歌的创作系年，对于研究喻文鏊诗歌的分

期大有帮助。根据喻文鏊诗歌的题材、内容，再结合喻文鏊诗歌系年，我把喻文鏊的诗歌分为四个时期：

1771—1776年为第一期（卷一、二、三），可视作为他初登文坛、闻名鄂东。"年三十，以诗鸣"亦源于此。其中卷一的早期作品多为拟古之作，带有浓厚的模仿气息。同时，这一时期的喻文鏊堪称乡土诗人，其知名诗篇如《雪霁东禅寺寻六祖能大师春米遗迹》《对酒行为南讷斋》《黄州江上望武昌县》《登赤壁放歌》《武昌行》《黄鹤楼》《镇沅太守行》《邑令曹云澜（麟开）自画楚江揽胜图》《江心寺望匡庐歌》《登白莲峰顶望匡庐山云气》《题唐六如春夜宴桃李园图》《夜》《观怡亭石刻》等，为喻文鏊赢得了诗名。如《夜》："明月一林霜，西风薜荔墙。何人调玉笛，流韵满银床。"被张维屏视为杰作，体现了喻文鏊初登文坛就出手不凡的大家气象。

1777—1786年，为第二期（卷四、五、六）。这时的喻文鏊已经在湖北文坛与汉阳叶云素、蕲春陈诗齐名为"汉上三杰"，初步奠定了继张开东于1780年逝世之后，他与叶云素、陈诗齐掌湖北诗坛的地位。其实，这一时期的诗歌创作又可分作前期和后期，前期为喻文鏊游历湖北境内之作，后期为喻文鏊游历江淮齐鲁之作。

1787—1803年为第三期（卷七、八、九、十），可视为创作鼎盛期，多为脍炙人口之作。可以说，喻文鏊能在清代文学史留下一笔，是这一时期的诗歌真正成就了喻文鏊的大家之尊。

1804—1816年为第四期（续钞二卷），可视为创作晚期。这一时期的喻文鏊不得不面对白莲教起义的社会现实，写下诸如《流民叹》《秋不雨》等关注现实的诗歌，诗风为之一变，惜不多耳！

喻文鏊的性灵诗论

作为一代性灵大家，喻文鏊是继张开东、彭棟塘、程拳时之后，主盟湖北乾隆后期及嘉庆诗坛的主要领袖之一。这种地位，不仅是由其诗歌成就奠定的，也不仅仅是由刘凤诰、叶云素、初彭龄、陈诗等人的鼓吹而奠定的，还在于他有自己一套完整的诗歌理论。喻文鏊的诗论主要集中在《考田诗话》里，同时也散见于他的诗钞。

然而，《考田诗话》的创作年代却极其模糊。蒋寅在《清诗话考》中，仅根据"余于嘉庆十三年戊辰买得王姓鼓角镇双塘坳印坡山，将为吾母卜吉"，推断《考田诗话》创作于1808年前后，这大抵不差，但仍失于宽泛。其实，《考田诗话》并非作于一时，而是贯穿了喻文鏊整个一生。《考田诗话》卷二云："南征君昌龄樗野先生，讷斋之尊人，尝次余《寄讷斋》诗韵云：'金昆玉友妙谁俦，的的人闲薛贾流。却寄新诗当酷暑，恍如冰段照寒秋。珠囊挈得倾三岛，宝鼎扛来铸九州。为属过庭应问我，更生岁月总担愁。'征君前年八月呕血几绝，故云。"《寄讷斋》应为《别讷斋》，诗云："十年话忆穷交旧，五月人逢客路秋。"两诗正押韵。前诗又云："忆初定交时，我年甫十七。

汝更少于我，气力堪比匹。我始见君面，眼光似点漆。继复见君心，一云一龙如恐失。潦倒如今已十年，倚门刺绣何纷然。"可见此诗作于喻文鏊 27 岁时，为 1772 年。次韵之诗亦当作于时年，为此则诗话写作时之"前年"，时南昌龄已有"呕血"之征，则此诗话当作于 1774 年。《红蕉山馆诗钞》卷二则有《闻南樗野（昌龄）征君谢世》一诗，前后多有喻文鏊与时任黄梅知县曹麟开（云澜）的唱和诗，而曹知县正于 1773 年来任。诗钞卷三又有《哭外舅李冶人（本质）先生》，而其外舅逝世于 1775 年十月二十七日辰时（商宏志兄依李氏家谱获知）。两首诗未收入同一卷，亦可佐证南昌龄逝世于 1774 年。恐怕这是《考田诗话》最早的一则。卷八又云："秋岩凶闻至，余哭之以诗，有云：'于我为吟友，公忠实荩臣。几能筹国是，不为哭诗人。'"秋岩即许兆椿，逝世于 1814 年，可见此则作于此时。同卷提及法式善编选《及见集》收录其诗，又云："惜今已宿草，不知此选本，犹可长留天地间否也。"法式善逝世于 1813 年，可见此则作于 1813 年。喻文鏊所提《及见集》，即《朋旧及见录》，今存稿本，未梓，尚留天地间。至于其他各则，提及白莲教等事，均可判断大致的年代，主要集中于乾隆末期至嘉庆一朝。喻文鏊的《考田诗话》准备早，毕生书写不辍，略晚于他的诗歌创作，是对他和友朋诗作的一种注解，并借此阐明了自己的诗论。

下面谈谈喻文鏊的性灵诗论的主要观点。

喻文鏊的诗论首先是主"性灵"。在《考田诗话》卷一中，他说："诗能感人，愈浅而愈深，愈澹而愈腴，愈质而愈雅，愈近而愈远，脱口自然不可凑拍，故能标举兴会，发引性灵。所谓文章本天成，妙手偶得之者。"并指出"诗以陶写性情"。在晚年赠钱竹西一诗中，他明确指出"诗世界，自性灵"，可见喻文鏊的性灵主张到了嘉庆末期仍未改变。正因为他主性灵，故而对考据入诗尤其反感，在诗话中批评说："遁而考据，则性灵愈汨。"并以"露筋祠"为例，说"此等题一落考据家，便索然寡味矣"。

其次，喻文鏊诗论主"真"。《考田诗话》卷一云："直固美德，过激亦是一病，真则无往不宜矣。少陵云：'不爱入州府，畏人嫌我真。'是不独直可嫌，真亦可嫌。若但云：'畏人嫌我直。'常语耳！嫌真，则必喜伪，率天下而伪成何世界？下接云：'及乎归茅宇，旁舍未曾嗔。'幸乡间之不然也。少陵性情无一处不真，不觉于此处逗露出来。世教沦夷，日渐浇薄。至真，有不可行于至亲者，此世变也。"可见，喻文鏊不但主真，还将"直"与"真"区分开来。在他的诗话中，主真之处甚多，如"愈琐屑愈见真挚""立言不烦，字字真挚""语浅言真""情真也，动人处正不必在多""如得其心，则粗处皆精、拙处皆老、浅处皆深、率处皆真"。他甚至以"真"作为衡量诗人的标准，认为陶渊明之所以"独有千古"，正是在此。卷一云："余于唐人诗李、杜外，最爱元道州、韦左司、白太傅，谓其情真语挚，不愧古人立言。陶诗之所以独有千古，非三谢之所能及在此。韦诗犹从陶出，道州、太傅则自辟畦径。"

再次，喻文鏊认为"真外无新"。《考田诗话》卷一云："诗真则新，真外无新也。诗中有人在，又有作诗之时与其地，总之其人也，无不真矣，即无不新。人心不同如其面，子肖其父，甥似其舅。审视之，则各有其面目，无一同者，便已出奇无穷。有意求新，吾恐其堕入鬼趣矣。彼陈陈相因，如富家子乞人腴墓、装裱匠货行乐图、雇衣店借万民衣伞，只因未尝真耳。"为了突出"真"的重要性，针对"近三十年来，诸贤务炫新奇"，喻文鏊提出了"真外无新"的诗歌理论，可谓针砭时弊，对症下药。喻文鏊的担忧是"非不新奇也，恐流弊滋甚耳！"在性灵诗潮的时代，全国提倡性灵的诗人颇多，尤以袁枚一派为多。然其末流，则是标新立异，惯作绮语。喻文鏊对此深不以为然，表示了自己的担忧。他在诗话中指出："不戒绮语，而戒理语，此近来求新者之所为，吾不信其然也。词章不足为道学病，道学又岂足为词章病哉？"可见，主真性情是喻文鏊最核心的诗论，但为了主真性情，而攻击肌理派以理语入诗，自己则"务炫新奇"，也不是真正的诗人之所为。喻文鏊的论诗绝句云："提唱宗门主风趣，恐多绮语亦粗才。"则明显是针对袁枚一派的末流渐趋低级、粗浅，发出自己的抗议之声了。他还认为"近人诗为应酬而作，牵率附会之语，岂有佳诗"，可见喻文鏊对乾嘉诗坛性灵诗潮的粗疏、泛滥有自己深刻而理性的认识。

除以上三点外，喻文鏊对"方言、谚语"入诗也有自己的心得。在乾嘉诗坛上，不少诗人对方言入诗以及香奁艳体极为反感，认为不登大雅之堂，除了袁枚公开为之辩护外，喻文鏊也在诗论和创作实践上支持了方言入诗，且没有完全反对香奁艳体。喻文鏊说："方言、谚语非不可入诗，总在命意超卓，一经炉鞴，自尔风雅。若类于俳优打诨，取办阅者发笑而已，乌足为诗？或以为活法，或以为风趣。'云山经用始鲜明'，用之者，能使之鲜明，云山犹是也。"对于香奁艳体，他说："未必尽当弃置，亦顾其命意何如耳。果能寄托遥深，皆诗人兴、比之义。义山'无题'不碍为出入老杜，同一忠君爱国之心也。"在普遍攻击方言入诗、香奁艳体的时代，喻文鏊敢冒天下之大不韪，公然为之张目，说明喻文鏊是一个特立独行、不受他人摆布的诗人。他的诗论的核心在一"真"字，性灵、性情也须在"真"的前提之下，只要"命意超卓"，方言、谚语、香奁亦可入诗，甚至"自尔风雅"。

乾嘉诗坛是沈德潜的格调派、翁方纲的肌理派和袁枚的性灵派争雄的时代，袁枚对沈德潜、翁方纲均有很多驳斥，几乎全盘否定，有极强的门派意识。然而，喻文鏊却保持极大的清醒，对格调派、肌理派既有批评，也有回护。可见，喻文鏊不是从一个极端走向另一个极端的诗人，他对诗歌一直持有清醒、审慎的态度，值得今人学习。对于当时的诗坛，流派纷纭，喻文鏊持淡定的态度，他说："作诗以性情为主，各抒胸臆，不必以某为某派。"亦可看出喻文鏊的清醒。

喻文鏊的存在，也让我们看到当时的性灵诗潮的复杂性，性灵派不应该等同于袁枚一派，也就是说，"性灵"不该为袁枚所专有。性灵诗潮是一个时代的征候，体现了古诗走向近代化的痛苦挣扎。袁枚固然作出了极大贡献，类似喻文鏊这样的诗人也不应该忽视他们的存在价值。正是喻文鏊们的存在，才让我们看到了多姿多彩的性灵诗潮，进而也就对郑板桥、赵翼是否属于袁枚主导性灵派有了更深刻的认识。如果治清诗史者注意到了性灵派不等同于袁枚一派，也就不必为郑板桥、赵翼到底是性灵派的主将还是副将、偏将感到苦恼和纠结了。研究整个性灵诗潮，若将袁枚一派看做另一个整体，郑板桥、赵翼、喻文鏊不入此派，文学史完全可以是另外一个面目。性灵诗潮也将得到更完整的体现，至于郑板桥、赵翼、喻文鏊这些诗人在性灵诗潮中的地位和意义，史家完全可以给出不同的答案。

喻文鏊论湖北诗人

喻文鏊被誉为"光黄一大家"，在楚人中，足为杜茶村、顾黄公嗣响，海内称诗之家无不推为巨手。他以一布衣之身，自傲于督抚之间，以文学为职志，不失文人本色。更难能可贵的是，他自觉地挑起了总结数百年来湖北文学史的重任，为延续、传承湖北文学作出了自己的贡献。他论述、研究湖北文人的文字主要集中在《湖北先贤学行略》和《考田诗话》里。

据《湖北艺文志》记载，《湖北先贤学行略》所述人物，上自清初刘子壮，下逮其祖喻于智，可以说清初百余年湖北文人尽入书内。惜乎此书是否存世已莫可知，但清末民国时尚有人提及。吾邑梅雨田（1818—1893）在《廪生喻润畦墓志铭》中

236

云："石农先生（即喻文鏊）别著有《湖北先贤学行略》，版毁于兵，其伯祖铁仙（喻文鏊长子喻元鸿）亦手著有《喻子触书》二十卷，未梓。君日虑此二书之或亡佚，暇辄端楷录存，盖志承先绪也，无时弛。"喻润畦即为喻文鏊之曾孙、喻血轮之祖父，谱名焕烈，殁于1883年，享年五十。由此可知《湖北先贤学行略》光绪年间尚存。民国间，卢靖、卢弼兄弟亦曾在著述中有所提及。今人阳海清先生早年曾于文内引过此书，笔者为此十年前就想跟阳老联系，不果。今又见阳老所撰《现存湖北古籍总录》于黄利通《石亭稿》项下批注云："《湖北先贤学行略》对其人其学作了评介"，却又没有该书的条目，不知何所据。近与阳老通话，无奈其已患病在身，对于此书竟又毫无印象。

《考田诗话》于清道光四年（1824）由蕲水掣笔山房梓行，盖因其主人王寿榕（容生）"刻先生诗话以娱家先生"。"家先生"即其父王根石（云），为浠水著名藏书家、金石收藏家。王根石的祖父王国英（心斋）曾任广东转运使，为知名书法家。蕲水王氏之家世渊源由此可知。喻文鏊次孙鼎模之夫人即王根石之孙女、王寿榕之女。《考田诗话》已为张寅彭、蒋寅等学者所论及，并作为词条收入《清代学术辞典》，殊堪可贵。全书亦将收入《清诗话全编》，又将收入《喻文鏊集》，其价值将日益得到体现。《考田诗话》卷一论列作者的性灵诗论，及唐宋元各名家；自卷二起，多论湖北诗人及外省同时代之诗人，是一部较有特色的诗话。现今我们研究喻文鏊论述湖北诗人，亦从此书中而来。

先谈喻文鏊论前辈湖北诗人。

《考田诗话》卷一中有两条涉及清初诗人，一为杜濬，二为王渔洋。其中，杜濬为黄冈人，此则彰显杜濬之遗民诗人本色，不可不记。其文曰："杜于皇以胜国遗民流寓白门，龚芝麓宗伯招饮。演项羽故事，扮虞姬者固楚伶。坐客曰：'楚人演楚事，先生楚人，请以一语赠之。'遂提笔书绝句云：'年少当场秋思深，座中楚客最知音。八千子弟封侯去，唯有虞兮不负心。'语关名教，不得以骂座少之。"此一杜茶村"骂座"龚鼎孳之故实，盖为杜濬对龚鼎孳出仕清朝的一种讽刺。喻文鏊认为有关名教，不能因"骂座"而降低对杜濬的评价。可见，喻文鏊很看重诗人的气节。

《考田诗话》卷八云："国初广济多诗人。刘醇骥，字千里；张仁熙，字长人；舒逢吉，字康伯；峻极，字渐鸿；王衍治，字恂度；金德嘉，字会公。皆工吟咏，有名。杨晋，字子马，名逊之。余尝见其《悲高山》诗，雄伟悲壮……诗云：'杀气障天天不雨，中原白昼驱豺虎。无赖少年好英武，拥尉登坛建旗鼓。'""百金市马如人高，马上结束青丝缲。左右驰击双宝刀，搴旗斩将不足数。渺视秦寇同鸿毛，军中昨夜传飞箭。铁骑西来乱如霰，不闻犄角有何营。独引乡兵当一面，健儿身手等闲强。矢石未交先怯战，众寡相持大不如。支吾日久情形见，尉也胆气真绝人。夜叩垒门惟一身，归来笑掷人头卧。不知祸福如转轮，乱流马嘶侵晓渡。山高遥望宁知数，竹筒一吹已会围。

塞断孤军归去路。此时拔剑怒冲冠，翻身上马据危鞍。黄巾赤眉有羽翼，有将无兵势难测。兜牟脱处战欲酣，鞈带断时死不得。可怜壮士在垓心，援师望绝无消息。高牙大纛坐城中，薄禄微官死山侧。疆圉有事须将材，岂复下僚多屈仰。高山磷火绕忠魂，为尔悲歌泪沾臆。"杨晋的两首诗得因《考田诗话》而留存，研究广济文学者不可不关注。即以喻文鏊一句"国初，广济多诗人"，研治清初湖北文学史者，亦不可不关注此现象。

除杜濬、杨晋外，喻文鏊还论述了晚明至乾隆以前的湖北诗人，如古渊（黄梅诗僧）、王启茂（天庚）、顾景星、释晦山（王瀚）、叶封（慕庐）、王泽宏（昊庐）、王材任（西涧）、陈大章（仲夔）、程光钜（蔚亭）、李冶人（本质）、程正揆（青溪道人）、夏力恕、田舜年、赵士泰（雪亭）、黄利通、刘醇骥、张仁熙、金德嘉、徐元象等，皆可补清代文学史之不足。

再谈喻文鏊论乾嘉时湖北诗人。

喻文鏊对乾嘉时湖北诗人的论说，对于研究乾嘉诗坛具有一定的学术价值，可以拓展今人的学术视野，还对书写湖北文学史有一定的启示意义。

《考田诗话》卷五第二则云："吾楚近时称诗者，南樗野、彭栋塘、段寒香（嘉梅）、程拳时、吴鹤关、李立夫、胡晓山、李蓼滩。至于才高调逸，俊爽无前，最推白莼……白莼豪于诗，又豪于游。盖其语有兴会，而助以山川奇伟之气。朱石君珪、毕弇山沅、胡牧亭绍鼎诸公，为其诗序推挹甚至。"从以上名单可以看出，乾隆前期诗坛能入喻文鏊法眼者，有近十人之多，可见皆为彪炳一世之名家。喻文鏊最推蒲圻张开东（白苑），《考田诗话》对张开东的赞赏比比皆是，如卷二云："楚人吟咏之富，无如蒲圻张白苑开东，天才敏赡，所历名胜，莫不有诗，当路贵人慕其名，争相接引，以故应酬牵率之作，亦所不免。诗逾万首，钟祥某，删存二千余首。余尝甄录其尤，亦四百余首，而其兴会所至，天然不可凑拍，但觉满纸性灵，一片天籁，有不可以绳尺拘者。或以为谪仙人，或以为广大教主，无不可也。"卷六云："人每宽于论今，刻于论古，且喜信古人之知，由俗不长厚故也。朱文正公珪谓：'白苑独身，闲关载书数千卷，屈折走数万里，其爱古悱恻出于至诚，表章幽逸。尚论忠厚，至谓明妃必不二节，足征性情之挚。'……白苑坐只轮车，遍游五岳，北逾朔漠，东眺沧溟，宿蓬莱宫者四十日，客岱山之顶四越月而后下。毕秋帆中丞抚陕时，题'海岳游人'四字赠之。白苑因自署一帜竖于车上，夜度潼关……"喻文鏊对比他略早的张开东如许推崇，或许正由于张开东也是标举性灵的真性情诗人。无疑喻文鏊也是把张开东视作乾隆诗坛上的性灵诗人，可此人亦未与袁枚有何关联，也足以说明当时存在一个性灵诗潮，其内部具有一些复杂性，却未被今天的学者洞悉。

对于汉阳的彭栋塘，《考田诗话》卷二云："彭丈湘怀，字念堂，一字栋塘，亦汉阳人，事母孝。诗清和润泽，古文亦有家法。汉阳诗人自王孟谷戬后，无有与之齐轨者。"卷七云："栋塘丈诗境静穆。惜余所抄全编已失，兹检其吴越游览之作录之，以见豹斑。李客山果所谓'绪密而思，深辞微婉而不激者'

也。"可见彭棟塘亦是湖北文坛大家。

卷二又云："应城程是庵先生大中，字拳时，乾隆丁丑进士。余十三岁见之于黄州先七伯父座上。学有根祇，古文出入于欧、曾，诗以清旷绝俗为工。如《对月》云：山寺月初出，窅然秋气深。空江明独鸟，落叶响疏林。群动有时息，故人同此心。何当具尊酒，乘兴坐梧阴……皆能不坠王、孟宗风。"卷六云："江汉间近来称诗者，以冲澹为宗，精求五律，风旨几欲由昌谷、子业，上追青莲、摩诘、襄阳诸公。野园、林庵、白畦皆然，故其诗境超旷，脱去尘坋，皆程丈拳时启之也。今天门熊两溟，寄来《鹄山小隐诗集》，宗法大抵相同，而稍加矜炼，不落活套，七律并佳。"这两条充分指出了程大中在湖北诗坛的地位和重要性，喻文鏊同辈的大诗人傅野园、孙偕鹿（林庵）、谭蔚龄（白畦）皆为其及门弟子，程大中堪称一代宗师。

综观整部《考田诗话》，喻文鏊论列的乾隆年间湖北诗人有：陈诗、喻文銮、南讷斋（豆膫，樗野之子）、南樗野（王泽宏外孙）、王根石、许秋岩（兆椿）、叶云素（继雯）、叶松亭、彭棟堂（湘怀）、程大中（拳时）、张开东（白莼）、傅野园（垣）、曙山上人（黄梅诗僧）、李竹溪、喻文璐、徐愈达、潘绍经、潘绍观、闵贞、喻钟、李小松（均简）、孙偕鹿、王銮（徒洲）、叶恩纶、傅均（成叔）、谭蔚龄（白畦）、熊两溟（士鹏）、李太初（元）、彭秋潭、李丈佐（螺峰）等三十余人。这些人应该是湖北乾嘉诗坛的风云人物，都值得今人研究。

除此之外，《考田诗话》还论列了大量非湖北籍诗人，且主要为乾嘉诗坛名宿，如曹麟开（云澜）、赵伟堂（帅）、张云塍（凯）、王少林（嵩高）、吴森（云衣）、袁枚、王瑜（石华）、王岱（次岳）、陆飞（筱饮）、赵琴士（绍祖）、张道源（菊坡）、张道渥（水屋）、钱竹西、钱以垲（竹西祖父）、秦瀛、徐朗斋、沈德潜、丁珠（星树）、曾燠（宾谷）、赵翼、杨揆（荔裳）、方苞、法式善、杨芳灿（蓉裳）、顾敏恒、吴镇、吴梅村、翟晴江（灏）、李文藻、高密三李、张九钺、王芑孙（惕夫）等，亦多达三十余人，研治乾嘉诗史者可不关注乎？

作于 2016 年，喻文鏊逝世二百周年之时

我的废名研究之路

废名在黄梅几乎被遗忘

20世纪90年代，废名在现代文学史上的地位还不高，当时他已经逝世三十年左右了。1994年，废名归葬黄梅，冷冷清清，跟一个普通的老人一样埋在了故土。墓地在废名祖居地苦竹乡后山铺，简陋得不能再简陋了，跟黄梅乡间农民的坟墓毫无二致。2004年，我曾陪同陈建军、张吉兵二位老师第一次访寻废名墓，这时的墓碑还能看清一些文字。到了2011年，格非、吴晓东等学者来黄冈参加全国首届废名研讨会，我

废名

又有幸陪同与会专家一行四十多人重访废名墓，大家无不为废名墓的简陋而发出感叹。这时的废名墓经过多年风吹雨淋，已经看不清碑文。2015年，我又陪友人第三次造访废名墓，沿途询问，竟然没人知道，百度地图也没有显示，路上更无标识，如果没有熟人带路，怕是不容易找到的。好在当地百姓知道哪里有名人墓，指了指，我们试着摸过去，还真是废名的墓。在几棵大树的掩映下，两座孤坟，并排而立，当地鲜有人知道这是冯文炳或废名之墓。

2003年，祖父梅岭春先生介绍我认识了黄梅党史办主任黄石远先生。在很长一段时间内，各县的党史办主任兼任文史委或方志办主任，至少在业务上是一肩双挑的。我跟此人有一星半点的血缘关系，且他与我祖父很熟。他的外祖父梅远志还很可能即是为莫须有先生买飞机票之人。梅远志与我的曾祖父守海公是同一房的近支族兄弟，1946年正担任国民党某部军需处少将，冯健男曾有回忆，却未点出姓名，但在一个县能担任将军的没几个人，唯有此人符合。废名在黄梅的学生翟一民还为此查过家谱，废名确有姑奶奶嫁到我们下乡新开镇梅家，废名或由此与梅远志为亲戚关系（当为第二代表兄弟）。当时，知道点儿废名的，也仅限于黄石远、翟一民这样的亲友、学生等老人了。即便到了2011年，格非到黄梅还诧异于当地的高中生、大学生没听说过废名。十几年前，黄石远先生说了一句可能要让我终生感慨的话，他说："年轻人，你要研究废名？废名不是革命作家，在黄梅还不算一号人物呢！我们黄梅出的将军、革命烈士，政府十分重视，废名嘛，领导恐怕都不知道呢!"他的话，或许有几分夸张，但在当时，县里不重视废名是显而易见的，即使在今天，县里也没有为废名做多少事，还把小南门街的废名故居拆了。不但如此，废名外家岳家湾，也就是史家庄的原型，去年友人开车带我去了，并提前告诉我肯定会失望，因为前几年这里城中村改造，已经全部拆迁了，现在只能看到那棵大枫树。当外地人啧啧于黄梅新县城一河两岸的繁华市容时，我却陷入深深的矛盾：是一河两岸的高楼有文化，还是废名笔下的岳家湾更有文化呢?

好几年前，我就从网上看到黄梅县政府的一些规划，废名纪念馆、废名广场等都有列入，然而多少年过去了都不曾实现，废名在黄梅最值得保留的故居以及岳家湾却消失了。废名留在黄梅唯一供后人瞻仰之处，怕也就只有废名墓了。当然，废名曾经在黄梅行走过的土地，仍然存在，比如五祖寺、后山铺、水磨冲等山区景物，甚至废名笔下的鸡鸣寺、多云山也陆续被挖掘出来，探访的游人也有一些了。

随着经济的发展，网络传播的高效与便捷，今天废名在黄梅的知名度不说家喻户晓，但至少当地领导、教育界、文化界人士还是知道他的。最近十几年，黄梅政协、黄梅文联各为废名出了一本书，新出的是连环画版《废名先生》，虽然有一些史识错误，但绘画不错，可以一看。

废名研究道路上的引路人

（一）我的祖父梅岭春先生

在我的废名研究道路上，有四位引路人不得不提。首先要提到的便是我的祖父梅岭春先生。我的祖父毕生从事教育工作，担任过小学、初中和高中的校长。我家世居黄梅，耕读传家，到爷爷这一代书香不曾断绝。我和爷爷之间，有一些文化的交流，就是从交流家事史、乡史开始的。爷爷的性格受到儒家中庸之道的影响，说话、做事不紧不慢，张弛顺其自然，于是能在历史的动乱、危难岁月中安稳度过。这种人生境界，我常自叹不如。我把这种状态视为废名形容周作人的"渐进自然"，相比保守和激进，貌似和近于保守，实是一种大智慧，不到老年，似乎很难领略其中的道理吧！所以我的祖父政治上是一名共产党员，究其本质实为传统乡儒。他的这种人生底色、精神追求，深深感染了我。我初中时代知道废名，也是他最早告诉我的，那时他发现我爱读文学作品，于是随口说了句"我们黄梅也有个作家叫废名的"。于他而言，是无心之举，然而言者无心，听者有意，我是记下这个名字了。

2000年入读废名母校，也是废名任教过的黄梅一中，这时我才开始真正关注起废名来。当时黄梅一中有一个废名文学社，成立了有四五年，加入废名文学社的同学有好几个，但我颇清高，见此数人并非文学爱好者，便誓不加入。高中三年，我不曾参加废名文学社的活动。当时的黄梅一中，虽然师生们或多或少知道废名这个人物，但我总觉出一股异样的氛围，大家似乎并不推崇废名，不少师生认为他只是一个小有名气的不大入流的作家，所以很多人宁可说他是北大教师，也不说他是著名作家。黄梅一中的认识尚且如此，黄石远一类人的评价也就丝毫不奇怪了。

2001年，废名一百周年诞辰，对于一个历史人物而言，这是个重要的年份，然而举国上下，没有任何纪念活动。我此时仍然没有见到一本废名的书，只是在一些选本里，发现过零星的散文、诗歌或小说，那时常见的是《竹林的故事》《十一月十九日夜》《五祖寺》等名篇，但我从介绍中，以及与他等量齐观的同时代著名作家的评价中，断定他是一位著名的文学家，称得上是历史人物。废名一百周年诞辰的当天，也就是11月9日，我特意在领导办公区来回走动，想看看有没有活动。那天中午，我走过校团委会议室，赫然见到"纪念废名一百周年诞辰座谈会"字样，并第一次见到悬挂着的废名照片，现在回忆起来，是废名晚年的那张照片。可惜，这种会议是封闭式的，校内没几个人知道，只是校方的一个小型会议，其影响可想而知。

这时的我已经是一名理科班的学生了，但我那时已经熟读何其芳、郁达夫的著作，并开始涉猎废名的作品。2001年元旦，我在一个笔记本上写："从今天起，我要成为一名作家。"从那时起，我的文学梦开始生长，但我的现实却是被家人逼迫读了理科，也就从这一年开始，我的现实与我的理想开始撕裂。在当时所有人的意识里，读理科好找工作，可以挣大钱，读了文科考不上大学，毕业就下岗，所以无论是家长，还是老师，都死活不让读文科。尤其像我这种正规考取黄梅一中，且排名靠前的，正是学校的重点维稳对象，他们说就你这入校成绩上个武汉大学不是问题，一旦读了文科，只能上普通本科。就这样，他们为了自己的政绩和他们认为的所谓成功，要牺牲我的个人前途。这种矛盾贯穿于整个 2001 年。

我喜欢废名的消息不胫而走，时常听闻同学的嘲讽声，他们顺带也嘲讽了废名。从郁达夫的小说《沉沦》中，我获得了启发，我当时就认为这一年是我的沉沦之年。郁达夫又在另外一篇作品里说："沉索性沉到底吧！我不入地狱，哪见佛性，人生原是一个复杂的迷宫！"这句话让我知道，要见"佛性"得自己拼个鱼死网破。废名一百周年诞辰纪念日之后不久，我为转到文科班去找了班主任，班主任叫我去找年级主任。我怕年级主任不搭理我，就告诉他班主任是我姑父，他这才听了我一番陈述。接下来，我又对家里说了非文科不读，甚至说出休学到五祖寺读书的话来。经过一番折腾，学校终于答应我转到文科班，此前有几名要求转班的理科生，因为我的成功转入，他们也就从这个缺口转入文科。2001 年 12 月 30 日晨七时，在同学们诧异的目光中，我将自己的课桌搬到了高二（13）班，开始了我的从文生涯。

对于我从理科转入文科，对于我的研究废名，尤其在入读文科以后，依然继续沉沦，直至以荒废高考为代价来搜集有关废名的资料，祖父从未厉声斥责，总是一副和善、慈祥的样子。然而，我又何尝不知在其他亲人的眼里，我已不可能有出息了（黄梅话叫"废了"）。祖父对我的宽容，也让我感到压力，因为我会觉得我对不起他。真正让我感受到祖父对我的鼓励，是2003年高中毕业，他带我去见黄石远先生，他觉得黄先生能帮我找到废名的亲友，或许对我有帮助。结果，黄先生把废名在黄梅的学生翟一民老先生介绍给了我。

（二）废名的学生翟一民老先生

2001年，黄梅一中举办了废名一百周年诞辰座谈会，北京大学提议黄梅当地也要召开，于是废名在黄梅的学生们以北京大学的名义召开纪念废名的座谈会，但北京大学没有派人参加。当时北京大学的王风老师正在主编《冯文炳全集》，后改名《废名全集》，他还提议黄梅当地抓紧编出《怀废名》，这其中的组织者正是废名的学生翟一民先生。用废名儿子冯思纯先生的话说，翟老是废名在黄梅的得意门生，由他担任组稿人是合适的。所以黄石远先生叫我来找他不是没有道理的。关于我与翟老的交往过程，曾遵陈建军老师之嘱，写过一篇《翟一民先生印象记》，这里不妨念一段：

> 我因爱好废名的缘故，写了一点浅薄的文字，六月里，在祖父的介绍下，去拜访黄石远先生。然而，黄先生并不怎么了解废名，他却向我指引了一个人，说他是废名研究

在黄梅的中心人物，这个人便是翟一民先生。那是第一次拜访他，我很拘谨的样子，只是听，不敢多说话。我尊他为"乡之先达"、长者，我岂能不认真地听？更何况他那热忱认真的样子，也不能叫我感到厌烦。他边说，还时常叫我坐，我只能唯唯，终究没有坐下来。就是那一次谈话，我才知道学术界兴起了"废名热"，我们家乡也要出版关于废名的书了。北京大学王风先生正在编《废名（全）集》，黄梅文史委员会在编《废名先生》，都是为了纪念废名100周年诞辰。他还告诉我，武汉大学的陈建军先生对废名也很有研究。而我，早就觉得自己的文章捏在手里汗颜了，他却说这是他在黄梅一中发现的最早的废名研究的文章，并且说我作为一个垦荒者不容易，要我继续努力，好好地学。

这里提到的一点浅薄的文字，是指我在读文科班期间，写的一篇赏读废名的新诗，以及废名诗歌、小说的仿作。这些作品在毕业时已经收入废名文学社自印的《废名文苑精粹》里，作为我的专辑呈现，只是当时还没有印出来，我是带着打印稿给翟老看的。这就是我最初的废名研究文字，或许没有什么新意，但是在当时的那种历史条件下，在我力所能及的情况下，能够写出的文字。2002年我买到安徽文艺出版社出版的《废名小说》、沈阳出版社出版的《禅悟五人集：废名集》，这才第一次见到废名的专著。高中毕业的那个暑假，我熟读安徽文艺版

《废名小说》，写下了一篇读后感，又拿给翟一民先生审阅，《翟一民先生印象记》里这样写道：

> 暑假的两个月，我除读了朱光潜的美学、弗洛伊德的心理学，还有古典田园诗歌，再就是通读了废名的小说。那些读书经历的产物便是一篇心得《一个风格卓异的小说家》，约有四五千字的样子，在一个深夜里，独自摸索写完的。第二天就打印了出来，顺便给相关人士看了。翟一民先生自然在这"相关人士"之列，只是我已经担心他早把我忘了，有点犹豫，就先去找文史委员会的负责人石雪峰先生。结果我见到了《废名先生》一书，里面有翟先生的一篇文字，大略看了看，唏嘘不已——文章做得这么好！
>
> 走进城关原农业局的旧门，往左走，上二楼，靠右就是翟先生的住处了。我不敢无礼，在敞开的门口连喊几声"翟先生在家吗"。先生抬了抬头，又抬了抬头，似乎听到了，原来翟先生有点耳背。不一会听到翟先生的笑声，起身叫我进来，还拉我坐下。那一次谈话，很舒适，我是大声说话，先生是边说边扼要写在纸上给我看，再就是大家一起会意地笑了。一切拘谨和严肃的气氛都消失得无影无踪了。他还说，他很理解我的心情，已经和冯奇男先生一起向冯思纯先生专门提到我，说我是年轻的好学者，应该帮帮的。我听后，惊诧不已，原来他最能体谅人，并不是简单的不顾别人感受的"直来直去"的人。先生还说，你

在武汉，应该拜访武汉大学的陈建军先生，虚心向他学习，并说此是"近水楼台先得月"。就在这时，我真真觉得翟先生是个通情达理的热忱的仁者。

去武汉上学后，我曾在一段时期郁闷过，彷徨过，在精神上没有着落，就在那时我给先生写了一封信，文辞含蓄委婉，担心他老人家不会回信。其实我也没有打算他回信，真的，我把写信的事都忘了。突然一天，我收到一封信了！一惊，熟悉的信封，陌生的笔迹，落款是"翟寄"。我迫不及待地打开信封，拿出来就读。我仿佛看到一个身材魁伟、声音洪亮的长者在对我说话，我的大脑嗡嗡地响，信是看了又看。原来他一直在等待思纯先生的回复，好给我一个满意的答复！其实我哪里要什么答复！他给我的信大意是，他总算做了一个搭桥人，勉励我继续前进！

当年翟老花了很大气力来做《怀废名》一书的组稿工作，联系了多年的老同学，为研究废名在黄梅积累了不少素材。然而可惜的是，这些文字的不少作者，在创作完后两三年，甚至一两年就去世了。就连翟老，都未见到这本书的出版。幸运的是，当时黄梅政协文史委正在编选《废名先生》一书，把一些文章先用在了里面。

（三）武汉大学陈建军先生

当时我作为一名高中毕业生，可以说是懵懂无知，纯粹凭着一腔热血在关注废名。如果不是《废名先生》一书，如果不是翟老先生，我哪里知道武汉大学陈建军先生、北京大学王风先生呢？

2003年9月，我到武汉上大学。这是一所普通院校，一种自卑的心理很快地涌上心头，所以即使有翟老写信给陈建军老师介绍，我仍然不敢给陈建军老师写信。直至2003年12月，一次我坐车去华中师范大学北门口的利群书社，见到一本署名"陈建军编著"的《废名年谱》，我才在这年的最后一天给陈老师写了一封信。然而，陈建军老师的回信却在来年春天才收到。这中间有地址不详的原因，也有春节的耽搁，我至今还记得当时收到陈建军老师回信的那股兴奋劲儿！

自此我们开启了十多年情同师徒的学术关系。在当时，翟老也把此事看得很重，我在《翟一民先生印象记》中这样回忆道：

> 后来，我和陈建军先生通信了，他给我的感觉也是那么的严谨热忱，若想起翟先生的热忱，是能够使人感动的。后来我连忙回信告诉先生，陈先生回信了。最近我又知道，他后来回信思纯先生，说我已经和陈建军先生联系上了。做事是那么的追求圆满，在有些人看来后来的回信是多此一举的。他们怎么能了解一个老人的心，又怎么知道翟先生就是那么一个思想境界已经很圆满的人。
>
> 今年五一，陈建军先生托我向翟先生问好，表达心意，以后有机会一定到黄梅看他。我得到先生的回复是：趁着

他和奇男老还健在，他可以带着陈建军先生走走当年废名先生在黄梅走过的路。说得多么的直爽，听后简直看到一个倔强的老人在前面蹒跚。

自与陈建军老师认识后，他成了我人生中第一位学术导师，他开始给我布置作业了。陈老师先让我赏析废名的诗《妆台》，当天晚上我就去网吧包夜，赶写出一篇《〈妆台〉及其他》，那天是 2004 年 3 月 17 日，3 天后发表在《武汉科技大学报》上。我一直把这篇文字视为我的处女作，这也确实是我第一次发表文章。4 月，陈老师又命我写一篇关于翟老的文章，文章写成后，陈老师为我修改多次，从 3000 多字压缩到 2000 多字。不久，我又给《废名年谱》写了一篇书评，发表在当年 9 月的《中国图书评论》上。从 2004 年 3 月到 2004 年 7 月，陈建军老师与我通的几十封邮件，我都打印了出来，至今保存完好。7 月底，陈建军先生与张吉兵老师走访黄梅，我们一起拜访了翟一民老先生，以及废名在黄梅的侄子冯奇男先生。在这次走访黄梅之旅中，陈老师郑重提议由我来写《废名在黄梅》。我觉得这是陈老师对我的栽培，因为在我看来，这是一个重大学术课题，应该是一个填补废名研究空白的项目。那年 9 月，我又从陈建军老师家借阅了一份废名诗集打印稿，写出一篇《浮出水面的诗人废名》，陈老师依然是第一位读者。认识陈建军老师的那一年，我真正开始了废名研究，先后写下《〈妆台〉及其他》《〈废名年谱〉的特色》《姑妄言之姑听之》《浮出水面的诗人废名》

《读〈五祖寺〉》等。

2004 年至 2008 年，是我最集中写废名研究文章的时代，5 年中我总共写了关于废名的 21 篇文章，光第一年就写了 6 篇，这也基本是我的大学本科时代。在这几年中，我每年都有多次当面聆听陈老师教诲的机会，他从研究方向的角度为我指引，不少文章题目都是陈老师定的。同时，陈老师还对我的人生道路起着指引作用，他深知我不是中文科班，学校又不好，毕业后怕难找到工作，所以也总是劝导我不可忘了安身立命之本。在我整个的大学时代，法学专业学习与废名研究的矛盾是日益加深的，我时常也会在废名研究之余，陷入深深的惶恐、困惑、忧虑之中。如同高中一样，这种一沉再沉的感觉，从未消失，我本能地对抗着一般人的想法、做法。当时，我做的最坏的打算是，只要我能养活自己就可以，另外就是我可以走上图书出版的道路，这条路总是需要读书人的。后来，我也确实是从编辑角度寻找工作，一直到现在。

（四）废名之子冯思纯先生

其实，在以上三位之外，对我的废名研究起着积极作用的还有冯思纯老先生。翟老把我推荐给冯思纯先生、陈建军老师之后，我才开始主动给他们写信。当时有一种憧憬与向往的感觉，所以都是很贸然、很冲动，但又并非草率地给他们写信，写信的目的也并非是满足一种初步交往的欲望，而是真切地带着学术疑问去的。我还记得第一次给陈建军老师写信，在简单自我介绍之后，全部是疑问，将近十条，陈建军老师一一作答，供我参考。同样的，我给冯思纯先生写信，也只是为了让他对我于 2004 年七八月间所写的《废名在黄梅》加以补正。这篇文章创作时的情景，我至今未忘：不少是先写在稿纸上，再打印出来；不少素材都是用纸条记好，再予以通盘考虑是否征引。这篇文章代表了我当时对废名与黄梅的关系的一种全面考查，翟一民先生、陈建军老师、冯思纯先生是最早的读者，他们对我的文章非常满意，认为填补了废名生平研究的空白。当我把这篇文章寄给冯老的时候，他也很受鼓舞，立即向《新文学史料》的编辑徐广琴老师推荐这篇文章，后来这篇文章发表在《新文学史料》2005 年第 3 期上。再后来王风先生告诉我，钱理群教授兴奋地找到他，说：有人写《废名在黄梅》了，新史料很多！

2005 年 10 月、2006 年 10 月，冯老两次来武汉，都邀请我到他的二哥冯康男先生家中小坐，当他回到黄梅三哥冯奇男先生家时，也喊我过去。这些都给我留下了美好的记忆。学术研究不是孤立的、单向的一种行为，需要投入自己的情感，而情感又需要交流，经过交流之后的情感将升华为一种精神力量，促使你持久地进行下去。我想，我与冯老的这些交往，将成为我珍贵、重要的学术记忆，我的学术生涯因此将不再只是留下几篇文章。2011 年 11 月，冯老已经更加衰老，却依然抱着老迈之躯参加全国首届废名研讨会，我又跟冯老见面了。今天，是废名 115 周年诞辰的日子，我又将见到冯老。我想，这几次会面，将是我个人废名研究生涯中的宝贵记忆，也加深了我对废名的深情，使得废名永远成为我的一个精神所系之处。

2008 年，台湾一家出版公司打算出版我的废名研究文集，我也第一时间想到请冯老作序，冯老那时已经许久不写文字，但他把出书看得很重，依然勉力为我写了一篇短序。我想，这些会面，这篇短序，它们都是我日后思念之资。

我是如何研究废名的

作为一名非学院派学人，我从一开始就知道，从文艺理论的角度研究废名绝非我之所长，而做学问也要扬长避短，不与人争，得做出自己的特色来，或能开辟出一片天地。再说，我本身也不想成为一个学院派学者，我想将自己的学术文章写出散文、随笔的味道。刚好那时有一位散文家型的学者止庵，我特别喜欢读他的文字，在一定程度上我甚至认为，他是散文家废名的当代传人。止庵的文章最初就是我师法的对象，我至今还记得 2004 年，大一的时候，我从网上下载了一些止庵的文章，打印出来，时时拿在手上，坐在学校体育场的台阶上反复咀嚼，直至天黑。我通过这种苦读的经历，揣摩遣词造句，谋篇布局，并希望自己的文章能够时时透露出新奇之处。我当时读废名和止庵的文字，明白为文的一个道理是，写文章前要找到一个点，深挖下去，写作时要切己，忌抒情，以平实、真切出之。

把握了写文章的奥妙，还得写出学术见解呀！一方面陈建军老师给我开题目，另一方面我自己也在琢磨方向。结合自身实际，我择定了两个为文方向，一是文本细读，二是史料考证。当然后来发展的情形是，史料文越来越多，赏析文渐渐没有，这其中的客观原因是史料文容易发表，赏析文很难找到地方刊发。我早期写的赏析文如《〈妆台〉及其他》《〈废名年谱〉的特色》《读〈五祖寺〉》《废名诗的儿童味》等，都是着眼于文本细读，写出了自己的读后感。当然，在一定程度上，赏析文也可以夹杂史料，至少是将自己某一时阅读的新发现巧妙植入。

关于我的赏析文，下面我想以我赏读《妆台》为例稍作说明。

《〈妆台〉及其他》云：

我读第一句时，很为废名感到高兴，这样的句子真见他的性情了！"梦里梦见我是个镜子"，该是如何的新奇活泼。废名自云"梦之使者"镜里偷生，"梦"与"镜"是废名诗文里最美的背景，这样的句子实在也只有废名才写得出来。但我读到"沉在海里他将也是个镜子"时，我便觉着隔膜了。我没有沉在海里的经验，废名也应该没有——尽管他是爱海的，还在青岛呆着不愿回来。但这"隔膜"又是让我感到喜悦的，它给我带来新的感觉。前面还用了"因为"，于是我做了这样的推测：沉在梦里与沉在海里当是一样美的感觉。现在我想起废名的《海》来，其实是想起荷花女子和她的美丽聪慧。接下来是"一位女郎拾去"

了镜子，女子出现了！我感到我刚才的遐想没有白想。女子总是美的，看到镜子"她将放上她的妆台"。温庭筠词，"照花前后镜，花面交相映"，女子轻放镜子于妆台，爱美之心可见一斑。至于是否有"鬓云欲度香腮雪"之姿，是次要的。废名之喜欢温庭筠词，似乎在此也可以窥见一点。这一路写来着实自然，诗人的诗情是自然完成了。"因为此地是妆台，不可有悲哀"，据说诗人林庚觉得诗情到这里已经很悲哀了，十多年后及至废名重读此诗也觉得悲哀了。莫非"不可有悲哀"之"悲哀"也可以生出悲哀来？其实女子是美的，悲哀没有袭上它的心头，只是读诗的人心境不同吧！废名说写女子哭不好看，当时只注意到一个"美"字。"梦之使者"废名总是在冲淡悲痕，幻化些美丽来。

这是我十多年前读《妆台》的感受，十多年后我重读《妆台》，觉得它是一出悲哀与欣慰的双重奏。在我的脑海里竟然呈现这样一幅画面：一位痴情的男子，追求心上人不得，而投海自尽，他想将自己的生命化为心上人的镜子，只要她能拾取，能够放上她的妆台。有的男子因此而心满意足，有的男子却可能因女子不识得这面镜子而悲哀万分。废名是哪样的人生观呢？我觉得是心满意足的那种。诗无达诂，以上意见或想象仅供参考。

我还有一篇赏读废名的散文《五祖寺》的文章，虽然都是些小文章，但不少见解今天看来依然是新奇的，我至今没有改变我的这些认识。因为我阅读废名的散文是切己的，完全忠实于自己的感受，散文又不同于诗歌，它所表达的意思相对准确、清晰，所以一旦读懂，多半不容易产生新的理解。这篇文章我稍稍摘引一段：

　　废名在《五祖寺》开篇就比较了大人、小孩的心理，一方面"同情于小孩子"不得自由，另一方面又羡慕"小孩时的心境，那真是可以赞美的"，"那么的繁荣那么的廉贞"。废名如此地爱惜儿童心理，珍视儿童感受，"一个小孩子"的他乃对五祖寺感到"夜之神秘"。这个"夜之神秘"由来有三：幼稚的心灵向往五祖寺的有名，"五祖寺进香是一个奇迹"，和悬空的"一天门"。儿时的废名对五祖寺（禅宗）有一种宗教的膜拜情结，也就是所谓的"夜之神秘"。这个情结成为废名文学作品里的一种灵魂。

　　且看废名是怎样描写这个"夜之神秘"吧！六岁时一次五祖之行，他感到"做梦一般"，简直不敢相信自己走到了"心向往之"的五祖寺山脚下。而停坐在一天门的车上等候，他又感到有点"孤寂"了。这是多么切实的感受！望着外祖母、母亲、姊姊下山仿佛从"天上"下来到人间街上，又感到"喜悦"了。一个"始终没有说一句话"的男孩在细细品味这些奇妙的变化。这一步一步写来，是多么的细致、自由、从容、切己。而现在回味这次经历有所悟道："过门不入也是一个圆满，其圆满真是仿佛是一个人间的圆满"，"最可赞美的，他忍耐着他不觉得苦恼，忍耐又给了他许多涵养"。"一个小孩子"，在这"忍耐"里，自由联想，自己游戏，长大后也就在这忍耐里生出许多别人所没有的美丽的记忆。简单的追叙与深刻的悟道就这样自由穿梭与完美结合！废名文章的生成，是自然生长的结果，行乎当行，止乎当止，如同儵鱼出游从容。这其中感觉美的连串，曲折的思绪，值得读者细细把玩、思索、体味。马力先生说得好："废名文章约似山中野衲怀藏着秘笈，不是一眼能够看透的。"儿时的五祖寺对废名影响不可估量，以为"一天门只在我们家乡五祖寺了"，而且似乎只写在悬空的地方。这真可谓感受深深，以后游玩、读书很容易想到儿时的记忆了。而儿时的记忆又都是"夜之神秘"，真仿佛一个夜了。譬如五祖寺的归途，"其实并没有记住什么，仿佛记得天气，记得路上有许多桥，记下沙子的路"。

　　所以，这篇《五祖寺》其实是写"儿时的五祖寺"，通篇写一个小孩子长大后对五祖寺怀有美丽的记忆和感情，其美丽若"一天的星，一春的花"。我读了《五祖寺》，也就只留下这么一个印象："一个小孩子，坐在车上，他同大人们没有说话，他那么沉默着，喜欢过着木桥，这个桥后来乃像一个影子的桥，它那么没有缺点，永远在一个路上"。这个小孩子后来成为中国著名文学家并写下了不朽之作《桥》。

以上是用文本细读的方式来研究废名。曾有一阵子，我很想按照这个路子，写上百篇这样的文章，结集为《读废名》，我想这也是人生之至乐，这个念想至今还在心头盘桓。可惜由于人事鞅掌，劳碌奔波，始终不能下决心来做。然而，类似的文章太少了，我甚至没有发现真正有人来做，如果在座各位有兴趣，真心希望有人能做下去。

2004 年很快过去了，从《废名在黄梅》之后，我就开始了史料文的写作。我的史料文主要有九篇，一组是研究废名书信的三篇，一组是研究废名人际交往的三篇，一组是研究废名生平史料的三篇。这些文章大都发表在《鲁迅研究月刊》和《新文学史料》上，从一开始发表，这些文章就因为史料发掘上的原创性，而为不少废名研究者所征引。这些文章的得来，不仅仅是因为我读书仔细，能够抠字眼，更在于我重视本土文献和田野调查。如《废名的书信》一文，提到废名写给黄梅民政局的信，其由头就是来自对黄梅民政局的搜寻。这封信竟然还提到邢家镇，他是黄梅首任中共县委书记，与废名的堂弟冯文华一起牺牲。此人正是我的曾祖父守海公的表兄，两家自晚清至今，世代交好。因此发现这封信的时候，我十分兴奋，决定好好写一写。《新发现的一封废名佚信》从资料来源上看，并非新发现，但从指出这封信的重要性看，确属新发现。我从黄山书社 1994 年版《胡适遗稿及秘藏书信》中看到一封废名写给胡适的信，此前废名相关研究竟无一提及，包括《废名年谱》。这篇文章创作于 2006 年，对于推动废名诗论研究以及废名圈的研究有很大意义。信的本身来谈的是废名诗论，但我在文中做了细致剖析，后半部分讲的都是废名圈，因为那时我已经敏感地知道废名在沦陷区的影响，并涉及了朱英诞研究。虽然我没有明确提出"废名圈"的概念，但对这个问题当时已经有了初步的考察。《又发现废名的三封佚信》是通过文献搜索得知废名致林语堂的信，而后又通过本土文献，查到废名写给廖秩道的两封信，各有其史料价值。

若说本土文献，其实又有一点新发现。去年忽然一位柳姓女子，自称是废名大哥冯力生家的亲戚，他们家祖坟因雨水冲刷而露出一块残损的墓碑来，上面有一篇署名冯文清也就是冯力生的墓志。于是她拍照给我，十分模糊，一块碑拍了上百张才算完全连上，我费心把它给整理出来。她说她的姑祖母柳氏嫁给冯力生，而碑文则是冯力生为妻兄而写的。从墓志来看，是一篇十分地道的文言文，创作于 1924 年冬，题目为《故胞兄柳公秉濂、秉涧大人之墓志》，其首曰：

> 甲子冬，内弟柳秉权寓堂抵余，将于冬月二十七日葬其伯兄秉濂、仲兄秉涧于袁家岭之阳，嘱余志其墓碑。吾为之哀惋不已。秉权今年仅十六，宣统二年（1910）丧父，民国四年（1915）二兄惨死，今年秋母又殁矣！以髫龄历奇变，人世伤心事宁逾于此乎？兹子身谋葬其兄，几无亲属与语。呜乎，吾不暇为死者悲也。秉权二姐以民国四年九月，来归余家。伊二兄殁于是年七月，以故吾不得悉二

兄生平及惨死状，伊二姐曾为余泣曰……

从这篇墓志看，废名大哥是民国四年九月成家，时年二十。九年后，写下这篇碑文。这些事貌似与废名无关，但我们可以想象，废名大哥成家，废名岂有不知之理？冯力生写这篇碑文，废名亦岂有不知之理？我为何要去联想这个呢？因为这篇碑文，可以将我们带回历史的现场，让我们感受废名一家的文化氛围。我甚至动了心思想去查一查柳家的家谱，通过调查柳家的门第，发现果为书香人家，我们也就可以看出柳、冯二家为何联姻了。而冯力生的古文水平也远超我的想象，我想废名的古文功底也不会差，毕竟二人早年教育经历完全一样，甚至兄弟二人从小互相切磋过呢！所以我十分看重这篇墓志，已经推荐到黄梅县志办，希望收入《黄梅艺文志》里。

我的史料文还从人物交游角度来专门发掘废名的交际圈，已经初步得到爬梳的有废名与周作人、骆驼草三子与叶公超、废名与冯健男等。当然，这只是一个最初步、最基本的梳理，值得写一写的还有很多，比如废名与林庚、废名与卞之琳等。可惜，我都没有来得及继续写下去。除此之外，我还从民国旧报刊或者黄梅本地史料中搜寻废名的史料，写出了《废名在黄梅》《有关废名的九条新史料》《并非丑化：废名的真实一面》等文，这三篇具有较大的史料价值，都已经发表在《新文学史料》上。关于废名与黄梅关系的资料梳理，分为两个阶段：我第一次邀请陈建军、张吉兵老师到黄梅，陈老师请我写《废名在黄梅》；之后，我又因与黄梅一中老校长取得联系，知道他在整理黄梅一中百年校史，据他告知一中档案里有不少涉及废名的史料，于是我又第二次邀请陈建军、张吉兵老师到黄梅，这次的学术成果由陈老师和张吉兵老师完成，他们写了一篇《抗战期间废名避难黄梅生活与创作系年》。这两篇文章基本上把废名在黄梅的史迹搞清楚了。

结语

随着年龄的增长，又因为要走向社会，面临诸多现实问题，如找工作，谈对象，成家立业等许多世俗问题，而我自己又未能幸运地留在高校，所以我的废名研究受到了极大的冲击，终究没有完全持续下去。然而，我却总记得废名，总是关心着废名，这个习惯总是保留着。而且，经过废名研究的训练，我又开始研究废名的同学许君远、学衡派创始人梅光迪、鸳鸯蝴蝶派作家喻血轮、漫画家丰子恺等。当然我研究这些人物，与废名研究也是交叉进行的，现实环境也在制约和影响着我，使得某部分研究在继续，而某部分中止。但无论如何，大学毕业近十年，我未曾脱离学术，依然在写作，依然在研究。我想，能够将学术研究与出版工作结合起来，是我一生的幸事！而这一切，都源自于懵懂无知之时，我所选择的废名研究。

2016 年 11 月 9 日，废名 115 周年诞辰时在山东大学的演讲

追寻黄梅城市文脉之路

何为文脉？其原初之意，为文章经络、文化流脉。中华文脉源远流长，其触角深入到人民生活的方方面面，构成了中国人文化自信的基底和源泉。也正因为如此，文化的影响力不再局限于知识分子阶层，而延伸到全民、全社会。在现代社会，"文脉"还被赋予了更深层和更丰富的内涵：人民群众关于城市记忆的延续和呈现。

习近平总书记很早就把文脉和城市联系起来。2002年，时任福建省省长的习近平，在为《福州古厝》一书撰写序言时指出："保护好古建筑、保护好文物就是保存历史，保存城市的文脉，保存历史文化名城无形的优良传统。"此后，习近平总书记又在考察时，多次就"城市文脉"做出指示，诸如"一个城市的历史遗迹、文化古迹、人文底蕴，是城市生命的一部分。文化底蕴毁掉了，城市建得再新再好，也是缺乏生命力的"，"要突出地方特色，注重人居环境改善，更多采用'微改造'这种

'绣花'功夫，注重文明传承、文化延续，让城市留下记忆，让人们记住乡愁"，"把老祖宗留下的文化遗产精心守护好，让历史文脉更好地传承下去"等。习近平总书记有关"城市文脉"的论述，为各地旧城改造和追踪地方文脉指明了方向。

我的家乡黄梅，其政治地位固然不能跟福州、广州、武汉等省城相提并论，但如果仅从文化意义上来讲，黄梅在中国有着独特而又重要的地位。中华文化的主干，素以儒、释、道三家并举。其中的"释"，实指中国化的佛教，主要就是禅宗，古称"黄梅禅"。黄梅建县以来的一千四百多年，基本是黄梅禅遍衍天下的历史。黄梅禅最终与本土的儒家文化、道家文化相并行，成为中华文化的主干之一。（禅宗的形成，正是佛教与儒家思想相融合的结果；阳明心学的诞生，也正是儒家思想与禅宗相融合的结果）这是许多省城都没有的荣耀，由此可见黄梅的分量。黄梅禅在发展演变的过程中，既有人们所熟知的五祖传六祖，也有宋代五祖寺方丈法演及其门下三佛"禅茶一味"传统的打造（河北赵州"吃茶去"的禅宗茶道思想，正是从黄梅禅茶承袭而来，法演和门下三佛"二勤一远"将赵州"吃茶去"正式提炼为"禅茶一味"，也影响了日本文化）。黄梅禅是一座宝藏，除了禅宗经典《坛经》，"禅门第一书"《碧岩录》也是由五祖寺高僧圆悟克勤所著，围绕黄梅禅有大量工作值得去做。近些年来，净慧法师为弘扬黄梅禅作出了极大的贡献，真正做实了"中国的禅宗无不出自黄梅"。现任五祖寺方丈正慈法师，提出"人文五祖"的理念，在净慧法师基础上，把五祖寺引到建设成为与时俱进的现代化寺庙的道路上来，体现了废名曾指出的"五祖寺胜过一所高等学府"的发展观。黄梅禅既然是中华文化的主干之一，也就无疑成为黄梅文脉的主流。

黄梅禅提升了黄梅的文化地位，也丰富了"黄梅"的文化内涵。在许多中华典籍、文人诗作中，"黄梅"成了五祖弘忍、禅宗等的代称。黄梅禅延续和维系了黄梅的城市生命，有了黄梅禅的文化自信，黄梅县的名称得以千年不改，成为全国为数不多的千年古县之一。一般来说，国家历史文化名城主要是颁发给地级市，千年古县则是对它的积极补充。国家历史文化名城和千年古县，共同展现了中国城市生命坚韧的特性，它们也是中华文脉和文化自信之所寄。

黄梅文脉当然不止黄梅禅这一主动脉。出家人探索的是彼岸世界，而众多灵秀的黄梅人民，执着于当下此岸，辛勤地开辟自己的精神园地，绽放出朵朵奇葩，一样地大放异彩。就个人独创的精英文化而言，黄梅历代天才与大师辈出。宋代昙华法师为一代诗僧，《全宋诗》收入了他的两卷诗。明代瞿九思，现代汤用彤，当代汤一介、冯健男、於可训、喻本伐等为代表的黄梅学者，其著作成为研究中国文化、中国文学绕不过去的经典。以喻化鹄、喻文鏊、喻元鸿、喻同模、喻的痴、喻血轮等为代表的黄梅喻氏文人群，在中国文学史和新闻史上留下自己的名字，代表了黄梅文派和黄梅诗派的最高成就。尤为称道的是，现代作家废名（冯文炳）开创京派文学，在民国时期与海派文学、左翼文学争妍斗奇，代表了新文学的高峰，成为现代文学的重要组成部分。难得的是，废名作品多用黄梅方言，是一座刻画黄梅人艺术形象、记录原汁原味黄梅话的宝库。人民文学出版社在1950年代出版28位作家的选集，废名与沈从文、丰子恺是其中仅有的非共产党员、非左翼作家。废名到吉林支教后，又被党和政府安排担任吉林省文联副主席、吉林省政协常委。北京大学出版的废名作品全集《废名集》，荣获中国新闻出版界最高奖之一——中国出版政府奖。石联星在中共苏区被誉为赤色红星，成为新中国第一位在国际电影节获奖的女演员。黄梅人梅院军成为第一位以黄梅戏荣获中国戏剧艺术最高奖——梅花奖的湖北籍演员，也值得格外珍视。这些天纵奇才，所抵达的精神高度，具有穿透历史时空的特性，非常值得黄梅本地珍视。就大众艺术而言，由黄梅人民创造的黄梅戏和黄梅挑花艺术，成为我国地方群众艺术的奇葩，为人们所熟知，在此不复赘言。无论是黄梅的精英文化，还是大众艺术，其背后都有家族力量在做支撑。名人的成就，不仅因为个人的天赋与勤奋，往往也依靠家族的世代积累之滋养。与许多文化巨邑一样，黄梅也有自己丰富多彩、可圈可点的世家文化。所谓"文化"者，以文化人，而文由人创。世家的形成，恰恰体现了先进文化一定可以垂范世人，以致久远。地灵人杰，正是文化自信的生动呈现。对黄梅文化的传承，离不开对各大家族精神的总结和弘扬。

在黄梅文脉当中，还有令人内心激动澎湃的红色革命精神在涌动。以进士梅雨田家族为例，既在晚清时期，培养出文学家梅雨田，以及国学宿儒梅宝瓒、梅宝霖等，又在辛亥革命时期，于梅雨田孙辈中涌现出催生打响武昌起义第一枪的辛亥元勋梅宝玑。五四运动爆发后，梅雨田的曾孙辈中，又出现梅宗林、梅玉珂、梅开华、梅春荣等诸多革命英烈。梅雨田的曾孙梅龚彬（国学大师黄侃外甥）是红色铁血梅氏最为杰出的代表，被誉为"抗战隐杰""红色间谍"。作为共产党员，他以民主人士身份开展革命工作，做出了大量不为人知的功绩，后成为民革创始人，开国大典时登上了天安门城楼。梅龚彬的儿子梅向明则是著名数学家，长期担任民进中央副主席。梅雨田家族五代人，与中国一百多年近现代史相始终，充分体现了与时俱进的精神。

文脉是城市生命之所系。守护文脉，是提升人民幸福指数的题中应有之义。作为千年古县的黄梅，也经历过拆除古城墙、大拆大建等悲喜交加的历史进程。往事不可追，我们无法重返历史现场，做出新的决策，但我们可以在现有客观遗存的基础上，踏上追寻黄梅城市文脉之路，按照习近平总书记关于保护城市文脉的要求，向人民交出一份相对满意的答卷。

黄梅县城跟中国许多县市相比，整体是令人欣慰的。古城虽被拆除，但环城路却划定了精准的古城范围。护城河也没有完全淤塞，部分成为地下暗河，有待于根治。小南街等巷、弄的遗存，城中多座古井，诸如此类，都在刻画着黄梅古城的经络。尤其老东街，尚有少量旧屋，仿佛在讲述古城悠久的历史。这些都体现了黄梅文脉的韧性。

黄梅文脉今何寻？除了五祖寺等重要历史遗存外，能不能在古城中划出一条具有象征性、标志性的黄梅文脉，以供黄梅人永久怀念、追忆，从中获取积极面向未来的精神力量呢？聪慧、睿智的黄梅领导者们，已经给出了方案，那就是通过小南街、老东街旧城改造工程，打造一条黄梅风情步行街，供人们认识和了解黄梅文脉。从老东街走向小南街，全程约1000米。两条街道，以古塔为中点，自然衔接，以前是古城脏乱差的典型，而今旧貌换新颜，成为网红打卡之地。老东街过去主要为黄梅喻氏、梅氏居住，两姓又互相联姻，世代交好，代表着黄梅世家文化的巅峰，主要名人包括喻化鹄、喻文鏊、喻元沆、喻元准、喻元鸿、喻树琪、喻肖畦、喻血轮、喻的痴、梅雨田、梅龚彬、梅向明等。小南街居住着众多姓氏，如黄梅冯氏、石氏等家族，也诞生了废名、冯力生、冯文华、冯健男、冯康男、冯思纯、石联星、石炳乾等名人。我研究黄梅文脉二十多年，来到此处后，忽然发现我研究的就是这两条老街上的人和事。

那么，这一条具有象征意义的黄梅文脉应该呈现哪些内容呢？我认为首先是打造"古城黄梅"。黄梅作为千年古县，无法复原古城，但充分挖掘古城文化的元素，也可以弥补缺憾。根据光绪《黄梅县志》所载《县治全图》：小南街地标性建筑为都天庙，后为私塾，废名曾在此读书，现已改为黄梅县中心幼儿园，宜在此处挂牌"黄梅都天庙私塾旧址"；老东街地标性建筑包括古塔、天后宫、万寿宫等，除古塔以外，天后宫、万寿宫今已不存，但旧址可寻，也可以挂牌旧址。万寿宫是废名小说中的重要文化元素，其经典传世之作《桥》中就有一节名曰"万寿宫"。汪曾祺为废名小说选集作序，标题也题作《万寿宫丁丁响》，可想见因废名之摹写，黄梅万寿宫所具有的文化意义。古塔附近，仍有护城河，可在此筑建一段仿古城墙，同时改造护城河，以后人们还可以一登城墙观赏。其次，打造"世家黄梅"。黄梅东门（废名也出生于东门，七岁迁到小南门）长期居住着两大世家巨族，一为喻文鏊家族，二为梅雨田家族。这两大家族代表着某种一般人难以逾越的高度，清代以来，黄梅也还没有出现比它们更有影响、更具有绵延性的家族名人群（黄梅帅氏、石氏等虽然也曾出现过一些大人物，但就家族精神高度、名人数量、绵延不断等而言，应该甘拜下风）。后来征收喻、梅两大家族房产，用作开办黄梅一中，不能不说也是因为佩服它们的文化影响力。研究黄梅文脉，喻文鏊家族、梅雨田家族成为无法绕过去的存在，有必要在东街呈现它们的世系图、科贡表和著作目录，彰显文化自信，激励世人奋发图强。再次是打造"红色黄梅"，梅雨田家族集文学与革命于一身，既是文学世家，又是革命世家，有"铁血梅氏"之称，应该着重表彰梅氏英烈在中国近现代史上各个时期的巨大贡献。小南街也有石炳乾三兄弟，废名在应县民政局撰写《冯文华烈士传略》一文中，也多次提到石炳乾英烈。据废名在文中称，废名、冯文华兄弟与石炳乾兄弟一家为世交，但冯文华、石炳乾他们为了革命，敢于背叛自己的家族，英勇献身。废名的《冯文华烈士传略》的手稿真迹仍存于黄梅县民政局，二十年前我曾复印一份，我认为应该将废名此文刻于石上，供人瞻仰，让后人感受"红色黄梅"的精神魅力。最后是打造"民俗黄梅"，民俗与普通民众的日常生活息息相关，最易体现人民的历史记忆。民俗既是文化，更是民生，有关传统民俗的经济业态应该进来。当然，这不是一蹴而就的，需要有情怀的官员和群众积极参与。

2021年3月，习近平总书记在福州考察时强调："保护好传统街区，保护好古建筑，保护好文物，就是保存了城市的历史和文脉。对待古建筑、老宅子、老街区要有珍爱之心、尊崇之心。"小南街、老东街，就是黄梅具有标志性的老街区，它们也在告诉我们，黄梅文脉并不是在人们的想象中、学者的研究中，而就在脚下。我期待着，黄梅小南街、老东街改造工程早日竣工，让世人都来此处追寻黄梅文脉。

作于 2023 年 6 月

梅院军的艺术人生

2023 年 5 月 21 日，第九届中国戏剧奖·梅花表演奖（第三十一届中国戏剧梅花奖）颁奖典礼在广州举行，梅院军光荣获奖。梅花奖是中国戏剧界的最高奖，是许多戏剧演员为之奋斗终生、梦寐以求的荣耀。荣获梅花奖，意味着被公认为优秀的表演艺术家。梅院军现年 41 岁，属于年轻的黄梅戏演员，他是如何踏出一条艺术之路的呢？

扎根于湖北黄梅戏乡

1982 年，梅院军出生于湖北省黄梅县新开镇团坡村桥槐墩七组。先祖梅君卿与宋代大诗人梅尧臣为近支。北宋年间，君卿之祖父，从安徽宣城迁入江西武宁龙腹潭。梅君卿后再从江西迁回祖籍地湖北黄梅百花畈。随着人口繁衍，梅君卿六世孙开二公于元代从黄梅上乡百花畈迁到下乡新开镇柴池湖附近，开辟梅家圈。新开镇古称新开口，为濒江要地，明洪武二年（1369）设巡检司。明清时期，新开多为荒洲、滩涂，住在此处的梅氏族人，皆为穷苦人家。由于长年遭受长江洪水的侵扰，不少梅氏族人不得不到江西、安徽等地卖艺为生。由于世代之积累、家族之传承，新开一地盛行黄梅调、黄梅挑花，几乎家家都能演唱黄梅戏，户户女子都会挑花。

到了梅院军出生的年代，黄梅戏已不再盛行，甚至有了断代的危机，但在乡间，依然到处能够听到黄梅调。梅院军的童年，就是在这个黄梅戏乡度过的，只是当时的他还没有认识到他将肩负起重振黄梅戏的历史重任。童年时的梅院军是快乐的，他喜欢唱歌，对声音有一种天生的敏感，喜欢与村里的孩子们嬉戏打闹。在那种略微封闭甚至封建的礼法宗族社会里，梅院军的艺术天性也并未遭受到压抑。只是，他不知道未来的人生之路应该如何走下去，只能懵懵懂懂地按照世俗的观念，念完小学就上初中，然后再准备考高中、考大学。初二那年，也就是1997年初，黄梅县黄梅戏剧院到他所在的新开镇一中去选苗子，他的人生道路才开始变得不同寻常起来。

梅院军与黄梅戏结缘，在这次招生中是一次奇缘。当时，黄梅县戏剧院的院长无意间跟梅院军打了个照面，可一转眼人就不见了。这个院长只好带着学校保安到各个班去找，找到后非常高兴，说梅院军的形象很适合唱戏，极力劝说他去报考。可梅院军却一口回绝，他说不喜欢唱戏，唱戏没有出路，要读书。院长让他唱首歌听听，谁知梅院军唱完了一首流行歌曲之后，院长更加认可他，坚持让他一定要去剧院考考看。梅院军把这个情况告诉父母后，他的父母让他抱着试试看的态度去参加了考试，竟一举中榜，于是他从此走上了黄梅戏艺术之路。回想起当年这件事，梅院军始终怀着一种感恩的心情："我是通过慢慢认识、接触、了解，才逐渐爱上黄梅戏的，我非常感谢当初把我带上这条路的人，是他们帮助我走进了这么美好神奇的黄梅戏世界，让我在这里找到了最真的自我。"

梅院军祖上的迁徙过程、家乡环境，以及黄梅戏的起源与发展，都构成了梅院军艺术生涯的大背景。安徽省黄梅戏历代研究专家王兆乾、凌祖培、陆洪非、时白林、金芝、王长安等，一致认为黄梅戏发源于湖北黄梅，这是他们看到了湖北黄梅在黄梅戏诞生中的重要作用。但黄梅戏的孕育、诞生与发展的实际过程，可能更为复杂，准确来说，黄梅戏发源、形成于湖北黄梅，但黄梅周边地区的人民也一定参与了黄梅戏的发展。最后，黄梅戏是在安徽省成长起来，并走向辉煌的。这似乎也预兆着，梅院军不可能在湖北黄梅长待，注定要出走安徽，乃至江西。

花盛开于安徽

1997年初，梅院军进入湖北省黄梅县黄梅戏剧院学习。幸运的是，当时黄梅县黄梅戏剧院为振兴当地的黄梅戏发展，特地选送了一批优秀学员到安徽省黄梅戏剧院培训学习，而梅院军就在其中。那一批黄梅籍学员有 24 人，后来大多成了黄梅戏演员，而且不乏知名演员，如程小君（与何云、吴美莲等梅花奖得主并称"新五朵金花"）、张小威（今年初在央视春晚演出黄梅戏）、王李霞（徽剧演员）等，还有黄梅戏演艺公司创始人李文杰等。

当年，王少舫弟子、著名黄梅戏演员夏承平为黄梅籍 1997级（2000 年 6 月毕业）24 名黄梅戏学员编写了"语言说话训练教材"，让学员们彼此熟悉和了解，尽快融入新生活。今天读来，俨然是一份"群英谱"，是了解这一批学员最初踏上黄梅戏艺术之路的宝贵材料，其中写道："我们来自黄梅县，我的名字叫周燕。梅杨琼、袁海霞，三人家住在城关。高小毕业上初中，我的名字叫陈铜。同学胡靖、程小君，他们两家在孔垅。四乡八镇同学多，让我介绍给你听。大河镇上有洪超，白湖乡的叫胡醇。李文杰、梅院军，家在新开是近邻。盛哲家在蔡山镇，小池镇上有李婷。王枫乡的叫叶俊，城关镇里有周纯。卢正杰、王李霞，和余良都住王埠乡……"

从县级剧院来到省级剧院，梅院军在更高的平台中如鱼得水，他非常珍惜这三年难得的进修机会，勤奋刻苦，边学边演，在一出出大戏、好戏中不断熏陶、历练。三年毕业后，梅院军回到黄梅县黄梅戏剧院工作，不过数月，又被安徽省黄梅戏剧院挖了过去。一种说法是，因为梅院军是被黄梅县黄梅戏剧院委派过去学习的，按照规定，必须回来，而实际上安徽省黄梅戏剧院早就看中他了。随后，梅院军在安徽省黄梅戏剧院学习、工作二十年，并在这里收获了爱情、家庭和一个儿子。据说，黄梅县黄梅戏剧院一度响应"把黄梅戏请回娘家"的政策，通过做梅院军父母的工作，把梅院军请回了黄梅，可惜不多久，梅院军还是回到了安徽。

在安徽省黄梅戏剧院的二十年里，梅院军先后扮演过《罗帕记》的王科举、《大眼睛期盼》的王春、《红楼梦》的蒋玉菡、《风摇二月天》的齐明秋、《春香闹学》的王先生、《夫妻观灯》的王小六、《白蛇传》的许仙、《戏牡丹》的吕洞宾、《蓝桥会》的魏魁元、《天仙配》的董永……一步一个台阶，梅院军凭借自己的天赋、悟性、勤奋、努力，逐渐步入安徽省黄梅戏剧院当家小生的行列。在这个过程中，梅院军获得大小奖无数，在央视等多次演出，俨然成为中国最有名、最有成就的黄梅戏小生之一。

硕果结于江西

从 1997 年到 2017 年，梅院军在安徽一待就是二十年，他把一生中最好的年华献给了安徽省黄梅戏剧院。这时候的梅院军，已经如日中天，离摘取梅花奖只有一步之遥，甚至在有些许自负的他看来，梅花奖已经唾手可得了。令人意想不到的是，在这关键时刻，梅院军出走江西。原来，他的家庭和情感遭遇了问题。

家庭和情感问题，一直都是人生中的关键和核心问题。而且，这个问题，夹杂着爱恨情仇，往往难以说清，而且也无法说清。对于梅院军而言，可能他也没有想到人生中会有这样"一出戏"。但无论如何，这是一把双刃剑，既有可能让他从此止步于安徽，也有可能使他一脚踏出一片新的天地，化悲痛、挫折为力量，将人生迈向更高的高度。梅院军离开安徽以后，并未消沉，而是抓住新的机遇，继续攀登艺术的高峰，积极为夺取梅花奖做准备。

黄梅戲藝術
ART OF HUANGMEI OPERA

梅院军的艺术人生
第三十一届中国戏剧梅花奖得主

封面人物梅院军

到了景德镇后，梅院军立即拿出了《瑶里古韵》，字正腔圆，形象俊朗，将景德镇的文脉款款唱来，一下子就惊艳了世人。戏迷们赞不绝口：梅院军又回来了！如果说，《瑶里古韵》只是牛刀小试的话，那么在紧锣密鼓中筹备的大戏《汤显祖》，就是他的"梯云纵"了。他全身心地投入到《汤显祖》的艺术世界中，经过两年的辛苦排练，终于在2019年底开始全国公演。

然而，就在这之后不久，新冠疫情暴发，《汤显祖》全国公演的计划受阻。投资如此浩大、阵容如此豪华的《汤显祖》，眼看着就要在悄无声息中落下帷幕了。三年疫情，《汤显祖》剧组处于解散状态，梅院军心急如焚，他把《汤显祖》视为自己的生命！他不甘心，他的艺术之花虽已蓓蕾初放，但并未结出硕果，他的心中依然装着黄梅戏艺术，憧憬于冲刺梅花奖。

2022年，梅院军把打算以《汤显祖》参加梅花奖评比的想法，告诉了几个朋友。他原以为这是他的痴人说梦，一厢情愿，没想到像汪晓明等铁杆兄弟，立即表示支持。作为一名大学教师，又作为一名黄梅戏演员和导演，汪晓明不忍心看到梅院军就此消沉，演员之路就此中断。两人找到几个热心朋友来临时客串，同时以江西省九江市湖口县黄梅戏剧团为基础班底。汪晓明就带着这个临时的七拼八凑的剧组，抓紧在湖口排练。就是这样一个剧组，依然面临着不稳定，有的演员因种种原因中途离开，给《汤显祖》的演练带来很大挑战。其中，最令人头疼的是女主角的更换，直到2023年4月潘柠静临时加入，她也是来帮助梅院军圆梦的！

《汤显祖》一边在紧张地排练，同时也在造势，他们邀请了黄梅戏"五朵金花"之一的吴琼来观赏。吴琼说："以前一直觉得黄梅戏年轻演员还缺少站在舞台中央的领军人才，昨日，黄梅戏舞台剧《汤显祖》让我看到了希望……主演梅院军让我刮目相看……希望，也相信，未来，梅院军将会成为新时代黄梅戏的新锐领军。"吴琼也是离开体制的演员，以她的江湖地位和艺术功底，这种评价是不带"水分"的。在梅院军冲刺梅花奖召开媒体见面会的时候，黄梅戏老艺术家黄新德鼓励道："梅院军已经成长为黄梅戏新生代男演员的领军人物，是黄梅戏货真价实的接班人，形象俊朗、嗓音一流、台风稳健、表演自然，他的作品，不是靠人海战术、豪华包装，不是讨廉价的便宜，他靠的是人物的塑造，呈现他心中的、过去的汤显祖，从而形成一个时空对话。希望小梅在努力中、坚守中，一步一步坚实地在曲折的崎岖小道上，走向明天……希望他对得起舞台、对得起自己的良心，对得起艺术。"作为著名黄梅戏表演艺术家、黄梅戏第一位梅花奖获奖男演员，黄新德也不是信口开河。两位黄梅戏艺术大师，如此看好梅院军和《汤显祖》，可见梅院军摘夺梅花奖是众望所归。除此之外，梅院军还率团在江西九江、湖北黄梅等地公演《汤显祖》，为剧作热身，也得到了观众们的喜爱。

那么，黄梅戏《汤显祖》到底是一部什么样的作品呢？

黄梅戏《汤显祖》以为什么要写《牡丹亭》为切入点，借助在创作中所发生的与之有关的人和事，还原汤显祖浪漫、孤傲、本真、善良、透世的人物本相和内心世界。梅院军接受采访时说：《汤显祖》"区别于传统生活小调，更多的是以精神层面去描绘一个真实故事。黄梅戏将汤显祖的浪漫、本真和善良演绎得淋漓尽致，在接地气的同时，也将精神层面推向了更高的艺术层面"。我对梅院军说："你的这部作品，直接把过去传统认为黄梅戏就是走欢快、清新的路线改变了，原来黄梅戏也可以出大戏，也可以是厚重的纯艺术的大戏。黄梅戏的未来的确在你这里，黄新德老师评价很到位。《汤显祖》所代表的黄梅戏发展方向，不是走样板戏路线，而是纯艺术的大气之作，它提升了黄梅戏的高度，必然是黄梅戏发展史上的里程碑之作。"汪晓明表示，韩剑英导演在编排黄梅戏《汤显祖》时没有运用恢宏气势和人海战术，更多的是以古典戏曲的美感、演员的功力和表现来展示这个人物，让大家看到汤显祖的困惑、孤傲、执拗、释然这一系列的心路过程。这样的设计对演员提出了更高的要求，梅院军汲取了传统戏曲的丰富营养，同时敢于挑战突破以往黄梅戏小生温润柔弱的刻板形象，大胆尝试不同的人物角色，并努力学习和尝试不同行当。在《汤显祖》一剧中，梅院军跨越小生和老生两个行当，唱腔纯正透彻、韵味悠长，对深层次情感的演绎非常饱满，表演干净潇洒飘逸，令人耳目一新。梅院军说："争取在黄梅戏新剧目创作、艺术表现形式拓宽等方面做更多有益的尝试和探索，让黄梅戏得到更好的传承与发展，用更有思想、更具深度、更高水准的艺术作品，带给观众美的享受。"

在终评的巅峰对决中，17 支竞演队伍，只有梅院军是民营剧组，也只有《汤显祖》是唯一的现场演出播放伴奏录音的剧组。汪晓明说："乐队伴奏，当然是最佳效果。但浩浩荡荡的团队，长途跋涉，支出从哪里来?!"最后，梅院军主演的《汤显祖》不负众望，如愿获得梅花奖。《汤显祖》这个七拼八凑的剧组，依靠团结一心，唱了一出荡气回肠的大戏!梅院军们的演出条件如此简陋，但他们身上的艺术精神却值得敬佩。梅院军获奖后，作为同村发小和同宗兄弟，我第一时间发去贺信，梅院军说："这是一个新的起点，未来的路依然严峻!"可见，梅院军并未飘飘然，只是把别人眼里的终点和顶峰，当作新的起点和立足点罢了!

有资深黄梅戏迷说："梅院军生在湖北黄梅，学习、成长于安徽，成名在江西。这朵梅花是鄂皖赣三省共同孕育的硕果，而黄梅戏也正是三省共同孕育的传统文化瑰宝。"这句话，非常公正、客观地描述了梅院军的艺术之路。

以黄梅戏参赛而获得梅花奖的，只有马兰（1987）、黄新德（1992）、杨俊（1996）、韩再芬（2000、2015）、吴亚玲（2002）、蒋建国（2007）、张辉（2009）、程丞（2017）等15人。梅院军成为第十六人，同时是继黄新德、蒋建国、张辉之后的第四名男性黄梅戏演员。希望如梅院军自己所认为的，这只是一个新的起点。祝愿梅院军在黄梅戏艺术道路上，走得更长、更远，为观众再献出更多《汤显祖》这样的精品巨作。

作于 2023 年 6 月

王阳明的一篇佚文

——兼谈王阳明与黄梅之缘

2015 年，黄梅石阳艳先生来京，示我《黄梅石氏宗谱》所收王阳明序言。初读之下，半信半疑。不久，台湾中国文化大学石佳音教授（原籍黄梅）来京开会，我把此序给他一阅，均未敢轻易论定真伪。当时，我也曾大致翻过《王阳明全集》，包括各种增订本，均未收录此序。家谱一般可信度较低，如果轻易信以为真，或恐贻笑大方，于是就把考证此文之事搁下了。

今年有幸到王阳明龙场悟道之地，感受了阳明心学起源的神奇魅力，于是想起了王阳明《黄梅石氏宗谱》序的真伪一事来。最近通过查阅《王阳明全集》《明史》等有关著作，大致可以论定《〈黄梅石氏宗谱〉序》确系王阳明佚文。此序全文如下：

> 守仁自奉命行抵粤西以来，日与莲峰老先生商酌机宜，筹办剿抚之策。具见瑰奇之抱，俊毅之概，窃谓当代名贤，

罕有伦比。惜军务倥偬，未遑一探其家世。兹札来委以续修谱序相罣诿。予为披阅谱稿再四，知君贵胄。族之在今河南者，凡数迁，逮二十四传而迁今江右之都昌，又四十一传而迁今湖广之黄梅，是为君始祖。支繁派衍，溯其渊源，自当以今河南为望。河南自其万石君居温，以驯行、孝悌著闻。后其苗裔之散处各县者，若唐澹川之在洛阳，安贫乐道；宋曼卿之在永城，气节自许，其最卓卓者欤！由是以观，知君之所以具此瑰奇之抱、俊毅之概者，盖渊源大有。自君出也，使君由是而加植焉，知后之人必有继万石君而兴者。续修谱牒，尚不过仁人孝子敦本尽伦之一端也。然即案牍余暇，聊缀数语以报命。嘉靖七年七月二十日，余姚王守仁顿首拜撰。

这是王阳明逝世前四个月写就的，涉及黄梅石氏源流等内容固多属客套话，唯提及"行抵粤西""莲峰老先生"，却事关王阳明生前最后一次重大军事行动，即平定田州、思恩之叛乱，扫荡八寨、断藤峡。这次军事行动，王阳明的左膀右臂是林富、石金。序言中提到的"莲峰老先生"即石金。石金生于成化二十二年（1486），弘治十七年（1504）举人，正德六年（1511）进士，殁于隆庆二年（1568），为明代知名御史。《明史》在《薛侃传》《姚镆传》《王守仁传》《广西土司二》等多处载其事迹，其中一则云："石金，黄梅人，巡按广西，与姚镆不协。后与王守仁共抚卢苏、王受。还台，值张、桂用事。御史储良才辈争附之，金独侃侃不阿，以是有名。"石金时与汉阳戴金齐名，《一统志》《湖北通志》等称"时人目之曰'楚有二金，台声铮铮'"，可见石金是刚正不阿的监察御史。《明史》记载石金"立朝敢言"，主要有四条，一为为揭发宁王或将谋反反被下诏入狱的胡世宁辩冤（当时"举朝嗫莫敢言"）；二为王阳明丁忧期间，"六载不召，御史石金等交章论荐，皆不报"；三为弹劾姚镆"攘剿无策，轻信罔上"；四为"御史喻希礼、石金皆以言皇嗣得罪"，是以下诏狱，"金戍宣州，久之赦还"。这四条，前三条均在王阳明生前，与之有直接或间接的关系，反映了石金好打抱不平的性格。王阳明平定宁王之乱，得有名无实的新建伯，居家六载不召，只有石金和席书为之论荐。嘉靖五年（1526），姚镆镇压田州之岑猛，表面上取得一定成效，却制造了"岑猛之乱"的冤案，导致岑猛余部卢苏、王受于嘉靖六年（1527）复叛。姚镆率四十万大军"不克成功"，甚至被叛军包围，大败而回。于是石金弹劾姚镆"攘剿无策，轻信罔上"，这才有了王阳明复出的机会。朝廷为了让王阳明安心复出，令姚镆致仕，并让新建伯"给赐如制"。

在处理卢苏、王受之叛的问题上，王阳明采纳了石金的建议，改剿为抚。《明史·王守仁传》载："守仁抵浔州，会巡按御史石金定计招抚。悉遣散诸军……"可以说，王阳明能够"不役一卒，不废斗粮"，平定卢苏、王受之叛，与石金早早认识到岑猛之乱系冤案的实质有关，《明史》称石金"巡按广西，与姚镆不协"，或即指此。岑猛、卢苏、王受等并非反叛朝廷，是由于岑氏家族内部矛盾，岑猛被诬告造反，而姚镆任意打压，激化了多方矛盾，导致岑猛死后，卢苏、王受被迫造反。嘉靖七年（1528）元月，卢苏、王受正式受降。二月，断藤峡一带瑶民生乱，王阳明以卢苏、王受为先锋，至七月，全面扫平八寨、断藤峡等。石金也跟随王阳明一起参与了这次军事行动。清代文学家喻文鏊在石金传中说："思、平两江父老遮道，言峡寇猖獗状，金从守仁讨之。连破油榨、石壁等寨，贼奔断藤峡，又破之，进剿仙台等寨，八寨尽平。"平定了卢苏、王受和八寨瑶民之乱后，正值黄梅石氏编修家谱，石金"委以续修谱序相謥诿"，才有了这篇嘉靖七年七月二十日的序言。

结合以上史实的梳理，可以看出这篇序言没有明显的硬伤，应该是一篇王阳明的佚文。倒是一些增订版《王阳明全集》收入了不少家谱序言，有些明显是假冒的。比如《竹桥黄氏续谱序》，落款时间为"正德十六年（1521）八月既望"，官衔为"兵部尚书新建伯"，而王阳明被诏封新建伯为正德十六年十二月十九日，不可能在当年八月既望称自己为新建伯。

如果说，王阳明与黄梅人石金共同剿抚粤西之乱，算是他与黄梅的一段前缘，那么他万万没有想到与黄梅还有一段身后缘。前几年，我读《传习录》有一个发现。在最早的三卷本《传习录》钱德洪跋文中，钱德洪提到"以付黄梅尹张君增刻之"，跋文落款为"嘉靖丙辰夏四月，门人钱德洪拜书于蕲之崇正书院"。很多学者据此认为我国最早足本《传习录》出版于湖北蕲春。其实，准确来说应该是湖北黄梅。当时湖北黄梅属于湖广蕲州（辖境主要为今天的湖北蕲春、武穴和黄梅），既然钱德洪特地指出由"黄梅尹张君"增刻，说明足本《传习录》刻于湖北黄梅。"黄梅尹张君"实为黄梅知县张九一。张九一（1534—1599），字助甫，河南新蔡人，被当时文坛巨擘王世贞誉为"后五子"之一（与汪道昆、张佳胤等并称）。张九一于嘉靖三十二年（1553）中进士，即任黄梅知县，一任三年，直至1556年。嘉靖丙辰年为嘉靖三十五年（1556），张九一正在黄梅知县任上。

作于 2023 年 10 月

代跋　梅杰的学术道路

张　红

2012 年，汤一介、乐黛云为梅杰（笔名眉睫）的十年学术文集《文学史上的失踪者》撰写推荐语说："梅杰以锲而不舍的精神发掘珍贵而渐已不为人知的现代文学史料著称于世。他对故乡湖北黄梅的历史人文，怀着浓浓的乡情。无论是对废名的研究，还是对喻血轮及其家族文人群的研究都极见功力，具有重要的史料价值。他以同样执着而奋发的精神对学衡派诸公的研究，特别是梅光迪研究，不仅材料详实，而且富于创意，多是发前人所未发。值此学风浮躁、空论充斥之时代，深感梅杰及其著作确是'一颗奇异的种子'，必将长成茁壮的大树。"这是学院派泰山北斗级的大师对一个民间草根学者的褒奖。许多年又过去了，梅杰已经完成了诸多研究，学术版图更为辽阔，探索与研究他的学术道路，对于学院内外的学者都具有积极的意义。

废名研究：学者梦的起源

梅杰认为黄梅的十大历史人物是弘忍、昙华、瞿九思、石昆玉、汪可受、喻文鏊、帅承瀛、汤用彤、废名、喻血轮或梅龚彬。其中最具研究价值的是弘忍、瞿九思、喻文鏊、汤用彤、废名、喻血轮。但瞿九思、喻文鏊、喻血轮在中国历史上地位有限，弘忍、汤用彤又研究者较多，于是梅杰优先考虑研究废名。他认为废名研究是一项重大空白，因为对废名的偏爱，他甚至认为废名在中国历史上的地位高于弘忍和汤用彤，是黄梅历史文化名人中排第一的人物。为了恢复废名的历史地位，让世人真正了解废名，他在中学时代就开始投入废名资料的搜集与整理，甚至以荒废高考为代价。梅杰在他的一万多字长文《我的废名研究之路》中曾对自己的学术道路作过动情的回忆。废名研究是他的学术梦想的起源，他之所以成为一名学者，皆因废名研究，废名研究是他的学术生涯的起点。

2004 年，年仅二十岁的梅杰，走访废名在黄梅的遗迹，拜访废名在黄梅的亲友，撰写万字长文《废名在黄梅》，不久在核心期刊《新文学史料》发表。这是一篇填补废名生平研究空白的文章，成为梅杰研究废名的代表作。这篇文章，不到一篇硕士论文的容量，但从其学术价值来讲，却相当于一篇有影响的博士论文。此后，梅杰又从废名生平史料角度入手，在《鲁迅研究月刊》《新文学史料》《博览群书》等期刊发表多篇文章，极大地丰富了废名研究，为今后废名传记的撰写提供了基础。

梅杰的废名研究文章先是 2009 年在台湾结集出版，四年多后，又在大陆再版。最近十年，虽然梅杰不再撰写废名研究文章，可是学界中人，每每提及梅杰，都以废名研究专家视之，可见梅杰的废名研究的生命力。

从梅杰的废名研究来看，有两点值得学院派学人注意。一是梅杰的学术研究不是建立在学位、职称、金钱和名誉的基础上，而是源自于真热爱，以及梅岭春、翟一民、冯思纯、陈建军等人的启蒙式引导。他与这些引路人之间的关系，毫无功利色彩，纯粹是为了学术研究。这是梅杰的学术生涯之所以能绵延不断的内因。二是梅杰有自知之明，善于扬长避短。他曾说："作为一名非学院派学人，我从一开始就知道，从文艺理论的角度研究废名绝非我之所长，而做学问也要扬长避短，不与人争，得做出自己的特色来，或能开辟出一片天地。再说，我本身也不想成为一个学院派学者，我想将自己的学术文章写出散文、随笔的味道。"

梅杰的废名研究，又渐渐扩展到废名圈研究，集中涉及废名的弟子朱英诞、废名的同学许君远。2005 年起，梅杰陆续开始撰写朱英诞研究的文字，引起陈子善等著名学者的关注，称他是朱英诞研究的开拓者。经过梅杰等人的呼吁和推动，朱英诞研究已经成为现代文学研究的热门课题，十卷本《朱英诞集》也得以出版，与此同时，梅杰正在抓紧撰写《朱英诞年谱》，近期有望出版。民国报人、翻译家许君远也有一定研究价值，梅杰在 2008 年就撰写了《许君远年表》，并在海峡两岸推出《许君远文存》，为世人了解许君远提供了文本基础。

方志研究：毕生的精神家园

梅杰选择研究废名，从本质上讲，是因为他想研究黄梅地方文化。梅杰十岁时，从叔叔梅自珍家里读到 1985 年版的《黄梅县志》，从此对黄梅地方志痴迷不已。从中学起，梅杰就开始搜集黄梅文史资料，涉及禅宗、黄梅戏、黄梅文人的作品集等。经过十年的搜集，梅杰敏锐地发现，对黄梅历史文化名人的研究是重大空白，几无人涉及。老一辈的黄梅文史工作者，对黄梅历史人物的研究大多停留在二手资料，基本没有接触原始著作，所以谈不上有什么学术价值。2003 年，梅杰到武汉后，借助湖北省图书馆和武汉市各旧书店的便利，以及他较早地有目录学意识，并善于跟名人后代打交道，获取不少原始资料。2011 年，梅杰又到北京工作，充分利用了国家图书馆和北京各大书店的优势条件，对黄梅古籍进行了摸排，并开始校点整理。2017 年，梅杰出版《黄梅文脉》，初步呈现自己的研究成果。

2006 年年初，梅杰写了一篇《古"九江""浔阳"在黄梅》的文章，后来疯传于各大网络媒体，甚至为百度词条使用。这一年，梅杰还写了关于黄梅喻氏、石昆玉、帅承瀛、刘任涛等人的系列文章，这些构成了他的黄梅文脉研究的起点。其中

《黄梅喻氏家族考略》，发表于 2006 年的《黄梅周刊》，正式提出黄梅喻氏的文化概念，引起世人关注。2008 年，梅杰写成《黄梅喻氏家传》，将整个黄梅喻氏文人群的研究推到了新的高度，为此后的黄梅喻氏宗谱的修撰、黄梅喻氏研究提供了全新的资料基础。自 2002 年起，梅杰沿着废名、喻血轮、喻文鏖、邓文滨、汤用彤、王默人等黄梅名人的顺序，开始全方位整体开展黄梅文化名人的研究工作。

梅杰曾在《绮情楼杂记》的再版后记中自述研究黄梅文化的历程："自入黄梅一中以来，我矢志研究黄梅历史人物，喻文鏖、废名、喻血轮、汤用彤、邓文滨、王默人、刘任涛等就是其中的重头戏。若以家族而言，则首推黄梅喻氏。十年来，我研究以喻文鏖、喻血轮等为代表的黄梅喻氏文人群，为此耗费了大量的时间、精力和金钱，但我从不后悔，而是乐此不疲，仿佛我此生就是为了给他们续命的，我的人生价值就是建立在他们的文学遗产之上。这种'怀良辰以孤往''蓦然回首，那人却在灯火阑珊处''缥缈孤鸿影'的情境，时时在我心头涌现，有时真的不胜唏嘘：我是怎么活过来的。"

以喻血轮研究为例，梅杰通过十几年的努力，将一个名不见经传的文学史上的失踪者和盘托出，使其成为在中国文学史上有一席之地的名家。2006 年，梅杰在《书屋》杂志发表《喻血轮与他的〈林黛玉日记〉》，为人大复印资料存目，成为第一篇喻血轮研究文章。此后不久，梅杰又陆续发表多篇研究喻血轮的文章，为喻血轮研究持续发力。2009 年，梅杰敏锐发现喻血轮的《绮情楼杂记》具有重大史料价值，积极整理，寻找出版机会，于2011年初推出。该书成为当年辛亥主题图书中的骄子，一度上了三联书店畅销书排行榜，自此喻血轮正式进入读者视野。梅杰利用自己在出版界、读书界和学术界的资源，并借助媒体的推动，让这本书具有了广泛的影响力。2012年，梅杰又乘势将喻血轮夫妇的《芸兰日记》《蕙芳日记》进行整理，于2014年出版。至此，喻血轮的重要代表作基本问世，完成了挖掘喻血轮工作的重要一环。2016年，梅杰考虑将《绮情楼杂记》的足本推出，并应"荆楚文库"编辑部之邀，主持《喻血轮集》的点校、整理、汇编工作。喻血轮的全部作品大约130万字，全部由梅杰一人点校，他为此耗费大量心血，但也为他以后撰写《喻血轮评传》奠定了基础。

2010年，梅杰开始研究邓文滨，并撰文指出《黄梅戏宗师传奇》不尊重史实，乱点鸳鸯谱，必将后患无穷。梅杰深恐邓文滨的真实面目被遮蔽，于是翻检故纸堆，校点整理邓文滨的著作，于2012年完成，后于2016年由华中师范大学出版社出版，纳入"荆楚文库"。邓文滨成为第一位进入"荆楚文库"的黄梅籍文人，也是"荆楚文库"最早的一批作者，梅杰的推动之功，不可磨灭。

由于梅杰有十多年的学术准备，"荆楚文库"除了邀请梅杰整理《邓文滨集》《喻血轮集》《喻文鏊集》，像《汤用彬集》《梅雨田集》，以及其他黄梅喻氏文人著作，也正等着梅杰点校整理。黄梅文人的著作率先、集中、批量入选"荆楚文库"，这与黄梅有梅杰这样的研究者是分不开的。除了"荆楚文库"，黄梅县志办也十分看重梅杰的学术工作，邀请梅杰担任核稿人，并把《黄梅姓氏志》《清代黄梅县志合订本》《新版黄梅县志》《黄梅年鉴》《黄梅风土志》等多种志书交由梅杰编辑出版。梅杰的加入，极大地加快了黄梅方志的出版进程，也保证了这批方志的学术质量。

梅杰研究黄梅方志，有两点值得注意。一是梅杰研究地方志，立足于原典，整理与研究相结合，互相推动，从不采用二手资料，更不会道听途说，这使得梅杰的研究工作立得住，具有更深长的生命力。经过梅杰多年的努力，黄梅古籍正陆续出版，这使梅杰可能成为新时期以来黄梅第一个通过校点原著来研究黄梅文化的学者。二是梅杰研究地方志，是把地方志当作学术工作对待，而不是以地方文史工作者自居。他善于将黄梅文化置身于中华文明史、中国文学史等大背景下来观照、谛视，给予科学、公正、客观的学术评价，成功把黄梅文化的研究从政府的地方文史工作，改造、转变为一项学术研究工作。这从2006年他写的一篇关于帅承瀛的文章中就可以看出来，他指出帅承瀛是中国最早的经世派人物之一，这是帅承瀛最大的历史意义。再如，他研究喻血轮、喻文鏊、邓文滨的文章，都科学地指出他们的历史坐标和文化价值，其中关于喻文鏊非袁枚一派的论述，发前人所未发，有醍醐灌顶之效。

儿童文学研究：学术版图上的点缀

2004 年，梅杰认识了黄梅籍童话作家萧衷先生，从此走进儿童文学的世界。他可能完全没有想到，这一次的认识，会成为他今后职业生涯的伏笔。2005 年，梅杰入读蒋风先生的中国儿童文学研究中心，并于 2009 年获得非学历研究生证书。很多认识梅杰的人，都会羡慕他能够将职业与志业相结合，其实这在很大程度上是一种误会。从本质上讲，梅杰是一位现代文学和地方志的研究者，而从工作上讲，梅杰是一位童书出版工作者，是一名文化企业的编辑，并非学院派学者。对此，梅杰有清醒的认识：在《我是怎样走上学术之路的》一文中，他对自己的定位是"业余学者、职业编辑"，即"精神上的学者、现实中的编辑"。学者与编辑完全是两码事，何况童书工作与学术爱好关联并不紧密，梅杰并未真正实现职业与志业相结合，至于他业余从事的学术出版工作，跟他的学术研究一样，完全是出自个人爱好，并非他的工作。

其实，跟大多数人一样，梅杰也面临诸多现实问题，他曾在《我的废名研究之路》的末尾回顾道："随着年龄的增长，又因为要走向社会，面临诸多现实问题，如找工作，谈对象，成家立业等许多世俗问题，而我自己又未能幸运地留在高校，所以我的废名研究受到了极大的冲击，终究没有完全持续下去。"梅杰的不少学术研究工作，之所以断断续续，前后绵延十多年，这种捡起、放下、再捡起、再放下的研究状态此后还必将如此，这恰恰是因为他作为一名非学院派学者，没有安逸、稳定的研究环境所导致的。

梅杰在学术道路上的不少导师，都奉劝过他要思考安身立命之本，他也为自己的工作问题长期茫然无助，直至 2008 年，他毅然、决然踏上童书出版之路，才略微缓解。尤其到了 2011 年他被著名出版家俞晓群看中，入职中国外文局海豚出版社，七年耕耘儿童文学出版，并著述不断，这才真正实现了他的"业余学者、职业编辑"的自我期许。梅杰发挥学术研究特长，从 2005 年开始研究儿童文学，到了海豚出版社后，更是力作不断，提出"泛儿童文学观"，结集出版《童书识小录》《丰子恺札记》等书。这些儿童文学研究工作，成为他的学术版图上的点缀。

梅光迪研究：触摸到学术的边缘

梅杰进入学术研究工作的路径，著名出版家、学者钟叔河先生曾如此总结："梅杰关心的首先是他本土和本姓的作家，这一点实在具有很不一般的意义。从低一点的视角看，由近及远，由亲及疏，由切己而普世，此正是一种切实有效的研究方法。从高一点的视角看，中国社会根本上就是乡土的和宗族的，近几十年变化虽多，本质却还依旧。梅杰用这种方法取得的成绩（包括挫折和失败），也就具有更为广大和深远的意义了。因此，我十分看重梅杰的工作，认为其指标性的价值，实在不亚于其学术文章达到的水平和创造的价值，也许还更大一些，更值得学术界和出版界的关心也。"

因为姓梅，梅杰也十分关注家族文化。一个偶然的机会，梅氏族人让梅杰整理梅光迪讲稿，使梅杰进入了梅光迪研究的世界。梅光迪虽然没有废名的名气大，但他在中国文化史上的地位却不低，整体影响应该不在废名之下，而且他与新文化运动紧密相连，注定要载入中国思想史册。废名在文学领域成就固然很高，但文学毕竟较为专门、冷僻，而梅光迪在更广泛的文化层面，比废名拥有更多的关注者，在思想学术界，影响更大。从一定程度上讲，只有梅光迪研究才让梅杰真正触摸到学术的边缘，让他真正跻身于学术界。

梅杰的梅光迪研究分为两个阶段。一是 2009 年开始整理梅光迪讲义，编纂梅光迪演讲集和《梅光迪文存》，这些著作于 2011 年顺利出版，在学术界产生了重大影响。后来又在台湾和大陆再版，体现了它们的深长生命力。二是研究梅光迪生平，撰写《梅光迪年表》《梅光迪年谱初稿》，并编出《梅光迪研究资料汇编》（待出）。与此同时，梅杰撰写了《梅光迪致胡适信函时间考辨》《梅光迪与新文化运动》《胡适与梅光迪之争》等长篇文章，发表了自己的学术见解，如指出梅光迪以"真正的新文化者"自居，也是新文化运动的组成部分，他并非反对新文化运动，而是反对胡适领衔的新文化运动，提出"胡梅之争"的实质，是新文化运动领导权的争夺，让人耳目一新。

2013 年初，梅杰的《梅光迪年谱初稿》完成，并请来新夏题签。延宕多年后，此书方才出版，梅杰感慨道："这本书是四五年前的旧作，一朝付印，算是满足了青春时代的学术梦想。从二十到三十岁，前五年研究废名，后五年研究梅光迪。黄梅喻氏研究（喻血轮和喻文鳌等）始终贯穿其中，间以许君远、朱英诞、邓文滨和儿童文学研究。十年之间，研究三五个人物，一个文化世家，便是我全部的青春岁月。"

梅杰是一位有学术抱负、历史情怀的民间草根学者，他认为自己的学术生涯才刚刚开始，学术领地才刚播完种，以上所有的成绩不过是初步呈现。据他对记者和朋友所讲，他今后还会撰写《黄梅喻氏年谱》《黄梅文化史》《黄梅作家研究》《废名评传》《喻血轮评传》《喻文鳌评传》《梅光迪先生年谱长编》《胡梅之争》《王默人研究》《泛儿童文学论》，并主持出版《黄梅古籍丛书》《黄梅汤氏资料汇编》《黄梅艺文志》等。这些具有集大成意义的学术著作，将继续书写一个学者的人生之路。

作于 2018 年

"叙旧文丛"书目

图书在版编目（CIP）数据

朗山轩读书记/梅杰著. —福州：福建教育出版
社，2025.3. —（叙旧文丛）. —ISBN 978-7-5758
-0253-6

Ⅰ. I209.6

中国国家版本馆 CIP 数据核字第 2024DV7518 号

责任编辑：黄晓夏
美术编辑：季凯闻

叙旧文丛
Langshanxuan Dushu Ji

朗山轩读书记
梅杰　著

出版发行	福建教育出版社	
	（福州梦山路 27 号　邮编：350025　网址：www. fep. com. cn	
	编辑部电话：0591-83716736　83716932	
	发行部电话：0591-83721876　87115073　010-62024258）	
印　　刷	福州万达印刷有限公司	
	（福州市闽侯县荆溪镇徐家村 166-1 号厂房第三层　邮编：350101）	
开　　本	890 毫米×1240 毫米　1/32	
印　　张	10.125	
字　　数	201 千字	
插　　页	2	
版　　次	2025 年 3 月第 1 版　2025 年 3 月第 1 次印刷	
书　　号	ISBN 978-7-5758-0253-6	
定　　价	58.00 元	

如发现本书印装质量问题，请向本社出版科（电话：0591-83726019）调换。